Eine Übersetzung von

Peter Borstel

Das dänische Original „Amtsdommer Sterner“ erschien 1906. Eine erste englische Veröffentlichung ist aus dem Jahr 1908 („The Magistrate's Own Case“) bekannt.

Der Übersetzer:

Peter Borstel (Jahrgang 1965) ist Journalist und PR-Berater. Er lebt in Bad Homburg und veröffentlichte bereits mehrere Bücher mit regionalem Hintergrund. Mit „Hessisch Roulette“ (2016) und „Saalburg-Komplott“ (2018) schrieb er zuletzt zwei Bad Homburg Krimis.

Palle Rosenkrantz

# Sterner

## Richter des eigenen Falls

Der historische Taunuskrimi

Peter Borstel Verlag

Erste Auflage, September 2019
Peter Borstel Verlag UG (haftungsbeschränkt),
Bad Homburg
Umschlaggestaltung: Christian Eickmanns,
Written Graphics, Schifferstadt
Coverbilder: Kurhaus Bad Homburg um 1900,
Palle Rosenkrantz (beide gemeinfrei)
Druck: Top-Buch.de, Offenbach
ISBN 978-3-00-063403-1
www.taunus-krimi.de

# EINFÜHRUNG: EIN MORD UND EINE FESTNAHME

## Erstes Kapitel

Rheingau heißt der von Weinbergen geprägte Landstrich, durch den der Rhein fließt; er durchläuft die Biege bei Bingen und passiert zuvor die nördlich gelegene Burg Ehrenfels. Hier, in Rüdesheim und Assmannshausen, wird die rheinische Traube zu Wein gepresst. Und hier sind die Leute glücklich und gut, der Boden ist fruchtbar und ihr Leben gestaltet sich leicht. Während sich der glänzende Fluss weiter Richtung Norden bewegt, murmeln seine Wellen von alten Legenden und Liedern. Bis hinunter an das Wasser fallen die weinberankten Hügel hinab, die sich weiter nordöstlich mit dem Kamm des Taunus vereinigen – einem erhabenen, bewaldeten Höhenzug, der das Rheintal zwischen Mainz und Bingen und das Maintal weiter bis nach Hanau vor den kalten Nordwinden schützt.

Der Taunus ist ein schönes Gebirge, weder wild, noch zerklüftet, sondern freundlich und friedlich. Er bietet Blicke über die weiten Wälder und die zwei silberscheinenden Flüsse, die sich zwischen steilen, weinberankten Ufern ihren Weg bahnen. Dort, wo das Rheingau endet und der Taunus beginnt, liegt an den südlichen Hängen der weltbekannte Kurort Wiesbaden. Weiter nordöstlich, auf der Südseite des Taunus, befindet sich Königstein mit der alten Burgruine Falkenstein – wie ein Adlernest auf einer Bergspitze südlich der Gipfel von Altkönig und

Feldberg, der Letztere mit fast 900 Metern Höhe. Und in Falkenstein befindet sich Deutschlands größtes Sanatorium für Lungenschwindsucht. Von da führt eine Straße unterhalb der bewaldeten Hänge durch das überschaubare Städtchen Kronberg mit seiner Eisenbahnstation hin zur zweitgrößten Kurstadt des Taunus: Homburg vor der Höhe.

Homburg ist eine kleinere Stadt mit etwa 10 000 Einwohnern; früher war es Sitz hessischer Landgrafen, jetzt gehört es zu Preußen und ist Zentrum eines Gerichtsbezirks mit eigener Polizei. Als Geschäftsstadt wird es in seinem Wachstum eingeschränkt, denn nur zehn Kilometer entfernt am Ufer des Mains und am Rande eines großen Waldes liegt die alte freie Reichsstadt Frankfurt: Die Geburtsstadt Goethes, das Zentrum des mittelalterlichen Deutschlands und einstige Krönungsstätte früherer Kaiser, fungiert mit ihren 275 000 Einwohnern nun als preußische Provinzhauptstadt.

Homburg ist so eine Art Vorstadt von Frankfurt und per Eisenbahn damit verbunden. Die Bahn überquert den kleinen Fluss Nidda bei Rödelheim, wo sich ihre Strecke teilt: zum einen in Richtung Homburg, zum anderen in Richtung Kronberg.

Die Eisenbahn zwischen Frankfurt und Homburg verkehrt regelmäßig und häufig, mit Fahrten über den gesamten Tag und zeitweise in der Nacht. Es ist nichts Ungewöhnliches für die Bewohner Frankfurts, dass sie Ausflüge in den Taunus und seine Bäder machen – wo im Sommer kosmopolitische Vielfalt zu sehen ist. Allein in

Homburg kann gegenwärtig ein großes Kontingent von fast 12 000 Besuchern untergebracht werden.

Doch nicht nur die Eisenbahn ermöglicht einen Besuch: Breite, dreispurige Landstraßen führen in alle Himmelsrichtungen und in der Sommerzeit fahren motorisierte Fahrzeuge durch das Tal zwischen Frankfurt und Homburg, genauso wie zwischen Homburg und Kronberg. Auch geht es bergauf in Richtung der Gipfel mit ihren Burgruinen, wo Raubvögel ihre Nester gebaut haben.

Homburg selbst ist eine alte Stadt, malerisch rund um das landgräfliche Schloss gelegen. Sie zeigt sich unverfälscht, mit einem Marktplatz und engen, kopfsteingepflasterten Gassen, über die Wagenräder gleiten und knarren – und wo Bäume über die Straße reichen und einander treffen. Das alte Rathaus erstreckt sich würdevoll in der Rathausgasse im nördlichen Quartier. Von hier führt eine Chaussee zur Saalburg und deren römischen Überresten.

Das südlich gelegene Stadtviertel ist ziemlich modern, es lässt das alte Homburg bescheiden in den Hintergrund rücken. In seinem Zentrum befindet sich das Kurhaus, wo einst das Roulettespiel zelebriert wurde: eine „Hölle", in der früher englische Guineen mit österreichischen Gulden und französischen Napoleonmünzen konkurrierten. Inzwischen stehen die Spieltische leer und harmlosere Unterhaltung soll den Gästen einen angenehmen und gesunden Aufenthalt in dem eleganten Badeort bieten.

In der Tat, Homburg ist ein mondäner Kurort und sein kosmopolitisches Leben lässt sich am ehesten in einem belehrenden und verlockenden Hotelprospekt einfangen: mit seinen etwas abgedroschenen Redewendungen und dem Ton, der Erinnerungen hervorruft – bei jedem, der schon einmal auf der Veranda eines Kurhauses gestanden hat und dabei das bunte Treiben eines deutschen Spa-Betriebs beobachtete.

***

Es war im Juli 1898. Die Saison in Homburg befand sich auf dem Höhepunkt. Alle großen, im Baedeker mit Sternen versehenen Hotels waren voll bis unter das Dach: Ritter's Park Hotel, das Victoria, das Augusta. Und in den etwas bescheideneren Privatunterkünften wohnten die sparsameren Norddeutschen, die trotz der Nähe zu den Weinerzeugern bevorzugt Bier tranken, an Orten, die von der Institution Baedeker mit den Worten „Gutes Bier zu haben" bekannt gemacht wurden. Die Terrasse und der Garten des Kurhauses pulsierten, eine Militärkapelle spielte. Ein Besucherstrom flanierte auf den Wegen des Kurparks, der sich bis zum Hardtwald erstreckt, unterhalb der Ausläufer des Taunus.

Der Homburger Kurpark ist der ganze Stolz der Stadt. Die frühen englischen Besucher sorgten für britisches Flair – einschließlich Dutzender Tennisplätze, wo sich die Creme der englischen Gesellschaft in Flanell gekleidet bewegte – mit ihrem Eifer und ihrer Ausdauer, mit der sie die Bälle über das Netz spielten; die Ausrufe „15:40" und „Spiel und Satz" waren lautstark zu vernehmen.

Es ist ein kleiner Teil britischer Erde, der an den Taunus überführt wurde: eine englische Kolonie, in der sich Lords und Ladys gemeinsam mit Bürgerlichen so verhielten, als ob sie daheim wären – mit der unausgesprochenen Weigerung, sich einzugestehen, dass sie in dem Land doch eigentlich Fremde sind, was wiederum die Einheimischen irritierte. Die Eingesessenen trösteten sich über diese Hochmütigkeit hinweg, indem sie jedes Extra berechneten. Und die Gäste bezahlten, ohne darüber zu murren, da es zu Hause weitaus teurer geworden wäre.

In dieser Zeit statteten die Königshäuser der Stadt Homburg jährliche Besuche ab. Und: Wenn Homburg gut genug für königliche Gäste war, dann war es sicherlich akzeptabel für alle, die sich für intelligent hielten, obwohl sie es zweifellos daheim bequemer gehabt hätten.

Es war gegen fünf Uhr am Nachmittag. Eine Gruppe Tennisspieler hatte gerade ihren Satz beendet, auf dem Platz, der als „Prince's Court" bezeichnet wurde. Einige Bälle wurden vermisst; und die Homburger Kinder, die als Balljungen für die Briten fungierten und für Beschimpfungen, die sie nicht verstanden, fürstlich entlohnt wurden, machten sich auf – um das Gestrüpp alter Rhododendren mit ihren vielen tiefroten Blüten zu durchstöbern.

Gerade als die Tennisspieler den Platz verließen, kam ihnen einer der Jungen entgegen, mit dem größtmöglichen Schrecken in seinem jungen Gesicht.

„Mylord, Mylord – gemordet, tot – Lord Faringdon!", schrie er aus einigen Metern Entfernung, und die erstaunten Engländer verstanden kein Wort.

Sie folgten dem Jungen und hastig bahnten sich alle einen Weg durch den Rhododendron-Busch – wo sie von einem Anblick aufgehalten wurden, der selbst eiserne Nerven in Furcht versetzte.

Vor ihnen lag mit geschlossenen Augen ihr Freund und Landsmann Cecil Laking, siebter Baron Faringdon. Der Besitzer von Rigsby Abbey und anderer stattlicher Besitztümer war tot.

„Tot", bestätigte Sir Alfred Westen, um anschließend einen starken Fluch auszustoßen. Und Colonel Wingfield von der sechsten Kavallerie gab die starken Worte mechanisch wieder. Danach schickten sie den Jungen zur Polizei und verharrten in Stille bei dem Körper des Mannes, den sie gekannt hatten.

Die Uhr schlug fünf, die Kapelle hörte auf zu spielen. Schnell verbreitete sich die Nachricht von dem Mord wie ein Lauffeuer im Park und in der Stadt. Dann erschien die Polizei und rund um die Rhododendren standen die englischen Besucher in ernster Stille – darunter auch Frauen, unfähig, sich der Sensation und dem Nervenkitzel zu entziehen. Sie erwarteten in schaudernder Spannung den Moment, in dem das, was von Lord Faringdon geblieben war, auf einer Bahre weggetragen würde.

Die Polizei sperrte den Tatort ab und der ranghöchste Anwesende, Polizeiinspektor Martin Schaltz, fertigte eine grobe Skizze von der Stelle und ihrer unmittelbaren Umgebung an.

Das Gebüsch befand sich, wie beschrieben, inmitten des Parks, an einer Wegkreuzung und nur wenige Meter von einem der zwei Wege entfernt. Der Körper war offensichtlich in die Büsche geschleudert worden. Das Gewicht hatte die Zweige hinuntergedrückt, so lange, bis der Tote darunter gerutscht war. Da lag er nun im Schatten und geschützt vor den Blicken, trotz des munteren Treibens im Park. Der eigentliche Mord konnte nicht im Gebüsch begangen worden sein. Dort gab es auf dem Boden keinerlei Spuren von Fußabdrücken; und die Äste waren nur da, wo der Körper lag, gebogen oder gebrochen.

Der Weg war hart und fest. Auf dem Rasen rund um die Rhododendron-Büsche fanden sich keinerlei Zeichen, die auf einen Kampf hindeuteten. Diese Büsche standen ziemlich allein, umgeben von offenem Gras. Und die beiden sich in der Nähe kreuzenden Wege waren nicht durch Büsche abgegrenzt. Kein Gartenpavillon oder eine Laube standen an dieser Stelle, das nächstgelegene Gebäude war ein kleines Häuschen einige Hundert Meter entfernt. Dahin wurde der Leichnam auf Anweisung der Polizei getragen.

Das Häuschen stand leer; seine Bewohner hatten es am gleichen Tag verlassen. Es handelte sich um einen italienischen Bankier und seine Frau, die einige Monate in Homburg verbracht hatten. Die Hütte wurde von dicken Sträuchern umgeben. So war es unwahrscheinlich, dass irgendjemand von drinnen gesehen haben könnte, was in dunkler Nacht passiert sein musste. Kein anderes Haus lag in unmittelbarer Nachbarschaft des Tatorts; und bei der dahinter verlaufenden Straße handelte es sich um die Hauptstraße zwischen dem Kurhaus und dem Zugang zum Park, an der sich viele Villen und Häuser befanden.

Die Polizisten waren beauftragt, den Leichnam zu bewachen. Derweil ging der Inspektor zu seinem unmittelbaren Vorgesetzten, dem Polizeipräsidenten – um zu berichten und Instruktionen zu erhalten. Der Wind blies durch den Park und die Menschenmenge zerstreute sich. In der Zwischenzeit verbreitete sich die Neuigkeit wie eine Flut über die Stadt. Überall gab es die gleichen Gespräche, die gleichen Gedanken. Die anstehende Aufgabe war, ein Rätsel zu lösen, das Rätsel des Cecil Laking, des siebten Barons Faringdon, und seines plötzlichen Todes im Kurpark von Homburg.

Was geschehen war, wurde zum Gesprächsthema in den Hotels, Wirtshäusern und Cafés. Der Fall brachte alle Telegrafen zum Klicken und alle Journalisten am Ort schrieben, was das Zeug hielt. Noch bevor die Tinte aus den Füllern getrocknet war, gingen ihre Texte an die Zeitungen. Der Druckprozess wurde gestoppt, um die Blätter mit den neuesten Sachverhalten zu füttern – mit etwas, von dem alle lesen, sehen und hören würden.

Mit dem gleichen Tempo, aber weniger öffentlichkeitswirksam, wurden weitere Räder in Bewegung gesetzt: eine enorme Maschinerie, die immer dann in Gang kommt, wenn das Recht gebrochen wird. Es galt, die

Person oder die Personen zu ergreifen, die für den Mord verantwortlich waren.

Noch vor wenigen Minuten kannten nur wenige in Homburg den Namen von Lord Faringdon. Nun befand er sich in aller Munde: Er und sein Schicksal waren Gegenstand eines jeden Wortes, das an diesem Nachmittag von den Leuten in Homburg vor der Höhe gesprochen wurde.

## Zweites Kapitel

Fritz Sterner, Doktor der Rechtswissenschaften, war im März 1898 zum Amtsrichter mit Sitz in Homburg vor der Höhe ernannt worden. Sterner stammte aus Holstein, sein Vater hatte als Jura-Professor an der Universität Kiel gearbeitet. Nach dem Frieden von 1864, als Holstein von Dänemark an Preußen abgetreten wurde, war er dorthin zurückgekehrt – zusammen mit seiner Frau und seinen zwei Kindern, darunter Sohn Fritz, der 1862 in Marburg das Licht der Welt erblickt hatte.

Fritz Sterner studierte in Bonn und Kiel, danach auch in Berlin; er machte seinen Abschluss mit Auszeichnung. Sein Referendariat absolvierte er am Strafgericht in Hamburg. Nachdem er durch eine exzellente Abhandlung über Voruntersuchungen in Kriminalfällen die Aufmerksamkeit auf sich ziehen konnte, bekam er das Amt in Homburg. Sein Vater war bereits in den frühen Achtzigerjahren als Witwer gestorben. Und seine Schwester heiratete einen jungen Arzt aus Kiel, der sich zum Spezialisten für Erkrankungen im Brustbereich qualifiziert hatte. Er erhielt einen verantwortungsvollen und gut bezahlten Posten an der Dettweiler-Klinik für Lungenschwindsucht in Falkenstein im Taunus.

Fritz war unverheiratet. Für ihn sei ein dauerhaftes Zölibat vorgesehen und er wäre von Kindesbeinen an mit Justitia verlobt, wie seine Schwester scherzhaft bemerkte. Für einige Jahre hatte Frau Schultz, eine ältere holsteinische Wirtschafterin, seinen Haushalt organisiert. Just als er nach Homburg umzog, entdeckte er, dass die alte Dame in eine Serie nennenswerter Unterschlagungen verwickelt war. Zu seinem großen Ärger musste er erstmals in seinem Leben einen Wechsel bei seinen Bediensteten vornehmen.

Er wurde nicht sehr glücklich mit diesem Wechsel. Seine gegenwärtige Hauswirtschafterin hatte ihm seine Schwester in Kronberg besorgt; doch er war den Umgang mit ihr nicht gewohnt und er vermisste immer wieder Frau Schultz, sagte er. Aber Frau Schultz hätte sich geweigert, in den Süden zu ziehen, fuhr er fort; dabei weigerte er sich, über den eigentlichen Grund zu sprechen, die schmerzhafte Entdeckung, die er gemacht hatte.

Ganz besonders ärgerte ihn der Gedanke, dass irgendwo eine Frau lebte, die zu seiner Feindin geworden war – durch ihre eigene Missetat. Das machte diese Feindschaft noch schmerzlicher, als wenn er selbst der Verursacher gewesen wäre: Die Frau wusste aufgrund der langjährigen Verbindung vieles, was er am liebsten vergessen und abgeschlossen hätte. Aber er konnte nichts machen. Und so beruhigte sich Sterner mit dem Gedanken, dass er einige Feinde hatte, genauso wie er Freunde besaß. Die Welt würde weitergehen, ohne dass sich jemand über diese Dinge den Kopf zerbrach, die ihn persönlich betrafen.

Sterner wohnte in einem schönen Junggesellenapartment in der Hauptstraße, nur ein paar Schritte vom Kurhaus entfernt: sehr zentral für Sommeraktivitäten und komfortabel geschützt vor dem Winterwetter. Er führte ein ziemlich zurückgezogenes Leben zwischen seinen Büchern, unterbrochen von gelegentlichen Treffen mit einigen Leuten und seltenen Besuchen des Kurhauses. Bislang besaß er keine Absichten, am vielseitigen Treiben dieses berühmten Badeorts teilzunehmen, bis es eines Tages zufällig einen alten Freund aus Hamburg oder Berlin nach Homburg verschlug.

Es war der Abend des 7. Juli im Jahr 1898. Die Post brachte ihm den Brief dieses Freundes: Baron von Sturm, ein Richter aus Aurich, der vorhatte, mit seiner Frau ein paar Wochen in Homburg zu verbringen. Sterner zeigte sich über diese Neuigkeit nicht wirklich erfreut. Er bewegte sich gerade zufälligerweise durch das Dickicht einer neuen Arbeit über Beweise in Kriminalfällen; Sturms Besuch, ahnte er, würde ein gehöriges Stück Zeit in Anspruch nehmen. Doch letztendlich gehörte das zu den Dingen, die das Leben so mit sich bringt: Ein Mann, der in der Welt seinen Weg gehen will, kann sich nicht seinen Mitmenschen verschließen. Und Sterner gehörte zu denjenigen, die ihren Weg gehen wollten; er war ambitioniert und er beabsichtigte, erfolgreich zu sein. Er besaß kein Vermögen, er hatte lediglich seine unwiderlegbaren Fähigkeiten, auf die er für seinen künftigen Weg zählen konnte.

Und diese Fähigkeiten brachten durchaus etwas in die Waagschale. Fritz Sterner war ein schlanker Mann mit dunklen, durchdringenden Augen, ziemlich kurzsichtig, sodass er eine goldumrandete Brille trug. Er erwies sich als zäh und ausdauernd, als eifriger Gymnasiast in seiner Jugend und enthusiastischer Segler von Kindesbeinen an. Das Meer war die einzige Sache, die er in Homburg vermisste, es fehlte ihm sehr. Sturm und er waren alte Segelfreunde; in Hamburg hatten sie gemeinsam ein herrliches Boot besessen, die *Alert*. Nun lag es ungenutzt in Wilhelmshaven. Sterner versuchte sich mit Autofahren zu trösten, einem Sport, den er mit großer Leidenschaft verfolgte. Er behauptete, dass dadurch seine Gedankenschnelligkeit und Geistesgegenwart trainiert würden – und damit die wertvollsten Qualitäten, die ein Amtsrichter haben sollte.

Fritz Sterner hatte gerade sein Abendessen eingenommen. Er genoss es, dahinzudösen, bevor er sich zurück an die Arbeit begab.

Da klingelte es an der Tür. Die Haushälterin kam mit einer Extraausgabe des *Homburger Lokalanzeigers*, der örtlichen Zeitung.

Sterner richtete sich in seinem Sessel empor, in dem er über einer Zigarre vor sich hin geruht hatte. Er streckte die Hand nach der Zeitung aus.

„Gibt es etwas Neues?"

„Ein schrecklicher Mord im Park, mein Herr!", antwortete die Haushälterin außer Atem. „Der reiche Engländer Lord Faringdon wurde ermordet aufgefunden. In einem Busch hinter den Tennisplätzen!"

Der Amtsrichter gab ein Zeichen, er nahm die Zeitung von seiner Bediensteten und las:

*ENTSETZLICHER MORD – EIN ENGLISCHER LORD IM PARK GETÖTET*

*Selbstmord ausgeschlossen / Hinweis auf den Mörder / Polizei aktiv*

*Ein Verbrechen fürchterlichster Art ist heute – oder wahrscheinlich eher heute Nacht – im Kurpark begangen worden. Der bekannte und enorm reiche Engländer Lord Faringdon wurde ermordet in einer Rhododendren-Gruppe hinter den Tennisplätzen aufgefunden. Die Entdeckung machte einer der Balljungen, der in die Rhododendren ging, um einen verlorenen Ball zu suchen, der dem Duke of Essex gehörte. Sein Entsetzen, als er den Körper von Lord Faringdon entdeckte, kann sich jeder vorstellen, denn er kannte ihn als häufigen Spielpartner des Dukes. Die Leiche lag da mit einer Schnittwunde im Rücken, die von einem Messer oder Dolch herrührte und genau durch die Schulterblätter ins Herz ausgeführt worden war. Der Tod dürfte unmittelbar danach eingetreten sein. Ein schwacher rötlicher Schaum zwischen den zusammengebissenen Zähnen und ein unbedeutendes Hämatom von der Wunde selbst waren die einzigen erkennbaren äußerlichen Indikatoren. Lord Faringdon trug Abendkleidung und einen leichten Mantel, der Blutflecken aufwies. Seine Brieftasche wurde in seiner Brusttasche gefunden und enthielt einen bemerkenswerten Betrag in Geldscheinen. Eine goldene Geldbörse und eine teure Uhr waren ebenfalls unberührt. Die Art der Wunde ließ einen Selbstmord ausscheiden und Raubmotive konnten gleichermaßen ausgeschlossen werden. Es kamen die wildesten Gerüchte in Umlauf, doch aus Rücksicht auf die prominenten Namen, die genannt wurden, können wir unseren Lesern davon nichts mitteilen.*

*Die Leiche wurde am frühen Abend gegen fünf Uhr gefunden. Polizeiinspektor Martin Schaltz kam als Erster an den Tatort, um Aufzeichnungen zu machen. Die Balljungen wussten freilich nichts. Dennoch gab es eine hilfreiche Spur für die Polizei: Auf dem Boden neben dem Körper fand sich ein kleines Medaillon. Wir können bestätigen, dass diese Entdeckung zu Befragungen und Enthüllungen führen wird, die unseren Lesern mehr Spannung vermitteln dürften als jede Detektivgeschichte. Heute nennen wir keine Namen, doch unsere klugen Polizeireporter werden morgen sicher Informationen geben können, die eine große Sensation enthüllen.*

*Das Fest an diesem Abend im Kurhaus wird abgesagt. Unter den Gästen hat sich große Empörung breitgemacht. Die Untersuchung wird in die Hände unseres neuen polizeilichen Amtsrichters gelegt: Dr. Fritz Sterner, der durch seine wichtige Arbeit über Befragungsmethoden bei Kriminalfällen großen*

*Ruhm in der wissenschaftlichen Welt erlangt hat. Es wird sich nun zeigen, ob der alte Spruch von Theorie und Praxis zutrifft. Wir wünschen dem tüchtigen und, trotz der Kürze seines Aufenthalts unter uns, überaus populären Richter viel Erfolg.*

Sterner las ruhig, legte die Zeitung beiseite und stand auf.

Die Haushälterin stand hinter ihm mit offenem Mund.

„Ist das nicht gräulich, mein Herr? Und nun müssen Sie ..."

„Ich werde", antwortete Sterner mit einem leichten Lächeln.

„Aber ist das nicht furchtbar?", beharrte die Frau.

Der Richter zuckte mit seinen Schultern.

„Das gehört alles zum Tagesgeschäft, Frau Kunze."

Die Bedienstete schaute ihren Herrn mit großer Angst an, drehte sich dann langsam um und schlurfte davon.

„Frau Kunze", rief ihr der Amtsrichter hinterher. „Noch eine Sache, bevor Sie gehen. Ich möchte in der Nachbarschaft keine Gerüchte über die Geschichte hören. Bitte geben Sie nichts von sich und lassen Sie niemanden hereinkommen, der neugierig ums Haus schleicht. Haben Sie das verstanden?"

„Oh, Verzeihung!"

Frau Kunze trottete hinaus.

Es klingelte an der Tür und Polizeiinspektor Martin Schaltz war zur Stelle.

Sterner nickte.

Schaltz machte halt und stand steif im Türrahmen; der Mann besaß eine stramme militärische Haltung. Das irritierte Sterner, der sich selbst mehr als einen Mann der Wissenschaft sah, weniger als Beamten. Seine Fälle erschienen ihm eher im Zusammenhang mit wissenschaftlichen Materialien, Laborarbeit und nicht unbedingt als leitende Verwaltungsarbeit. Schaltz' sture, ordnungsliebende Manieren waren nicht nach seinem Geschmack, aber er hielt ihn für einen nützlichen Kollegen. Ursprünglich handelte es sich bei Schaltz um einen Unteroffizier aus Brandenburg, der sich während seines Dienstes in Moabit ausgezeichnet hatte, besonders in Fällen von Taschendiebstählen. Weil das Kurhaus und der Spielsaal von Homburg beliebte Orte für Taschendiebe waren, hatten sie ihn dorthin entsendet – und er konnte sich eine phänomenale Reputation erarbeiten. Schaltz befand sich seit 33 Jahren im Dienst, in einer ruhigen, gleichförmigen militärischen Gewohnheit. Mittlerweile hatte er das 60. Lebensjahr erreicht und er begann über seinen Ruhestand zu reden. Sterner hatte ihn im Gespräch gebeten, weiterzumachen, er war darauf bedacht, einen alten und erfahrenen Gehilfen an seiner Seite zu haben. Doch im Nachhinein bereute er es; Schaltz war trotz seiner 60 Jahre viel zu sehr der Feldwebel, weniger der systematische Polizist – er besaß zu viel preußische Strenge, allerdings war auf ihn absolut Verlass. Dieses Strammstehen empfand Sterner als Ärgernis. Er hasste all dieses automatische Gehabe, Salutieren und Kehrtmachen; viel lieber hätte er es mit einem Rheinländer oder Württemberger zu tun gehabt, aber der Mann war nun mal da.

Schaltz blieb in der Tür stehen, die Stiefel zusammengeschlagen. Seine Finger berührten den Saum der Hose, sein weißer Schnurrbart ragte heraus so wie Borsten über dünnen Lippen und sein kurzes, graues Haar war von seiner verwitterten Stirn aus zurückgekämmt.

Sterner nickte erneut.

„Kommen Sie herein, Schaltz. Ich weiß bereits Bescheid."

Schaltz schaute misstrauisch auf die Zeitungen. Diese vermaledeiten Presseleute waren seine Todfeinde. Er hasste Journalisten, mit seiner ganzen aufrechten und äußerst disziplinierten Seele eines preußischen Polizisten.

„Gott sei Dank mussten sie sich diesmal kurz halten", lächelte Sterner. „Mit Sicherheit wissen sie gar nichts, diese Schreiberlinge, oder?"

Schaltz schüttelte seinen Kopf.

„Wissen Sie irgendetwas, Schaltz?"

„Nicht viel, mein Herr. Der Polizeipräsident forderte mich auf, unverzüglich zu Ihnen zu gehen. Der Körper wird bereits untersucht und der Bericht des Arztes liegt morgen vor. Die vorläufige Untersuchung kann in der Früh als Erstes abgeschlossen werden."

„Gibt es irgendwelche Festnahmen?"

„Nein."

„Verdächtigen Sie jemanden?"

„Nein."

„Wen haben Sie befragt?"

„Lord Faringdons Kammerdiener. Er spricht kein Deutsch. So erwies sich mein Englisch als nützlich."

„Sie sprechen Englisch?"

„Ja, mein Herr."

Ein Strahl Selbstwertschätzung breitete sich über das Gesicht des Polizisten aus.

„Hm", sinnierte Steiner kurz angebunden. „Wen noch?"

„Das Hotelpersonal."

Schaltz wirkte ein bisschen enttäuscht. Er schien mit seinem neuen Vorgesetzten nicht zurechtzukommen, aber er hielt nie dagegen.

„Wussten die irgendetwas?"

„Nichts."

„War Lord Faringdon in der vergangenen Nacht oder heute Morgen vermisst worden?"

„Nein, sein Kammerdiener glaubte, dass er – wie des Öfteren – in die Oper nach Frankfurt gegangen sei und dort übernachtet hätte."

„In der Abendgarderobe?"

„Er war ein junger Mann, mein Herr."

„Wann hat er das Hotel gestern verlassen?"

„Um sechs Uhr. Er aß zu Abend mit Herrn Saarbrücken, einem Weinhändler aus Frankfurt, verließ ihn aber direkt nach dem Dinner."

„Wo haben sie gegessen?"

„Im Kurhaus. Lord Faringdon nahm danach den Zug nach Frankfurt."

„Und Saarbrücken?"

„Blieb hier."

„Haben Sie Saarbrücken befragt?"

„Ja, er weiß nichts.“

„Sagen Sie mir, war Lord Faringdon nicht sehr intim mit diesem Herrn Saarbrücken? Was für ein Typ ist Saarbrücken?“

„Man spricht sehr gut über ihn. Sie kennen ihn, oder nicht?“

„Ja, so gut man jemanden kennen kann, in einem Nest wie diesem. Seine Frau ist hübsch, nicht wahr?“

„Äußerst hübsch. Sie wird als größte Schönheit im Kurhaus angesehen.“

Schaltz zerschmolz ein bisschen, der alte Polizist hatte eine Schwäche für schöne Frauen. Es muss hinzugefügt werden, dass dies seine einzige Schwäche war.

„Hm“, grübelte Sterner. „Haben Sie Frau Saarbrücken befragt?“

„Nein, mein Herr. Sie kam erst heute aus Frankfurt zurück, wo sie ein paar Tage verbracht hatte.“

„Warum haben Sie es nicht getan?“

„Herr Saarbrücken sagte, sie hätte großen Kummer. Als sie von dem Mord hörte, hätte sie einen Nervenzusammenbruch erlitten und musste dann zu Bett gebracht werden.“

„Hm.“ Sterner schaute auf. „Und dieses Ding, über das sie in der Zeitung geschrieben haben?“

Er nahm die Zeitung hoch und überflog den Artikel über den Mord.

„Ein Medaillon. Stimmt das?“

„Ja, da lag ein kleines Medaillon neben dem Körper.“

„Irgendeine Beschriftung?“

„Nein, es handelte sich um einen einfachen goldenen Anhänger mit einer sehr blonden Haarlocke und einem L in Gold auf einer Seite."

„Wie lautet Frau Saarbrückens Vorname?"

„Ich weiß nicht, mein Herr."

„Sie sollten es wissen, Schaltz. Finden Sie es für mich als Erstes heraus. Sie können in die Besucherliste schauen, aber bitte diskret. Und dann kommen Sie sofort wieder hierher zurück."

Schaltz machte kehrt, um zu gehen.

„Einen Moment", sagte der Amtsrichter, und Schaltz drehte sich erneut nach rechts.

„Befand sich irgendein Haus in der Nachbarschaft des Fundortes der Leiche?"

„Ein kleines Häuschen", antwortete Schaltz. „Es wurde bis heute von einem italienischen Bankier und seiner Frau bewohnt. Freilich sind sie heute Morgen abgereist."

„Oho", bemerkte der Amtsrichter. „Wie lautete der Name des Mannes?"

„Delphini", entgegnete Schaltz – und fügte hinzu: „Jedoch gibt es keinerlei Verdacht gegen sie. Ihre Abreise war schon vor langer Zeit arrangiert worden; es handelt sich um ruhige, respektable Leute, die wenig unternommen haben. Ich besorgte unverzüglich Informationen über sie und hörte nur Gutes. Sie sind Mann und Frau, die glücklich miteinander leben. Und soweit ich hörte, kennen sie den Verstorbenen nicht. Jedoch pflegte der Tote viele Freundschaften und nicht alle Bekannten gehörten zu der allerbesten Sorte."

Wieder nickte Sterner. Natürlich musste auch das untersucht werden.

„Senden Sie einen Mann zu der Hütte, um herauszufinden, wer dort bedienstet gewesen ist. Sorgen Sie dafür, dass die betreffende Person aufgefordert wird, morgen früh zum Verhör zu erscheinen. Gehen Sie sorgfältig vor, sodass jeder vorgeladen wird, der irgendetwas über die Menschen wissen könnte. Aber wie gesagt, das Erste ist, den Vornamen von Frau Saarbrücken herauszufinden. Sie hätten sich danach erkundigen müssen. Legen Sie jetzt los."

Schaltz zog sich zurück. Er gestand sich ein, dass die Standpauke verdient gewesen war. Anfangs hatte er kein großes Vertrauen in den theoretisch denkenden Doktor besessen, doch dies hier war eine praktische Angelegenheit. Dennoch, um ehrlich zu sein, gab es gegenwärtig keine wirklichen Gerüchte über die attraktive Dame und den Lord. Sein Name wurde hauptsächlich mit einer italienischen Marquise und einer Sängerin an der Frankfurter Oper in Verbindung gebracht.

Schaltz kam mit der Information zurück. Frau Saarbrücken hieß Elisabeth; und diese Tatsache schien seine Laune zu verbessern.

„Elisabeth – E. – Lise – Lieschen – Lizzie", brummte Sterner vor sich hin. „Wie wird sie von ihrem Ehemann genannt?"

„Ich weiß nicht, mein Herr."

Sterner stand auf. „Schauen Sie, Schaltz. Als ich hierherkam, sprachen Sie davon, über Ihren Ruhestand nachzudenken. Sie hatten eine lange Dienstzeit und haben sich Ihre Pensionsansprüche erworben. Ich würde Sie gerne halten, weil Sie fähig sind und mit den Dingen hier wohlvertraut. Ihre Kollegen sind überwiegend Dummköpfe, wie ich neulich gesehen habe. Jetzt haben wir einen schwierigen Fall, oder er könnte schwierig werden. Sollten Sie weiter wünschen, auszuscheiden, werde ich an diesem Abend an den Gerichtspräsidenten in Hamburg schreiben und nach einem Polizisten fragen. Oder vielleicht besser an den in Moabit. Sie können tun, was Sie wollen."

„Dr. Sterner, ich habe das nicht verdient."

„Sehr gut, dann wollen Sie bleiben?"

Schaltz richtete sich auf und nun hörte sich seine Stimme wieder fest an.

„Ja", antwortete er kurz.

„Sehr gut. Dann werden Sie augenblicklich Herrn Saarbrücken festnehmen und seine Frau für morgen früh um zehn Uhr zur Vernehmung ins Rathaus bestellen."

„Wa-as?"

„Haben Sie nicht gehört, was ich sagte?"

„Aber, Dr. Sterner!"

„Ich fragte Sie, Schaltz, ob Sie in diesem Fall dienen möchten. Sie entgegneten *Ja*. Dies ist ein Befehl. Sie werden in Begleitung von zwei Ihrer Kollegen zu dem Hotel gehen und dort ohne großes Aufsehen in meinem Namen den Kaufmann Helmuth Saarbrücken festnehmen. Haben Sie das verstanden?"

„Ja, mein Herr."

Der Boden schwankte, als Schaltz seine Stiefel zusammenknallte.

„Ich habe Ihnen gegenüber mehrfach ausgedrückt, Schaltz, kein Offizier zu sein“, betonte Sterner missbilligend. „Meine Arbeit macht mich etwas nervös, dieses Hackenzusammenschlagen ärgert mich. Haben Sie den Befehl verstanden?“

„Ja, Herr.“

Die Muskeln in den Beinen des Polizisten bebten. Dann ging er.

Fritz Sterner zündete sich eine sehr starke Zigarre an und ließ sich zurück in seinen Sessel fallen.

Dr. Sterners starke Seite lag in seiner Angewohnheit, schnell zu handeln. Kaum hatte er einen Entschluss gefasst, setzte er ihn in die Tat um. Hier gab es einen Fall, der bereits die größte Aufmerksamkeit erweckt hatte, der sich schnell zu einem Gesprächsthema über ganz Europa verbreiten würde. Sterner wusste nur zu gut: Der Mann, auf den nun eine Verbindung zu dem Fall hindeutete, war einer, der vielleicht von niemandem verdächtigt wurde.

Sterner kannte sich im Kurpark leidlich aus, in seinen Gedanken konnte er den Tennisplatz und das Gebüsch an der Kreuzung sehen. Ihm war bekannt, dass es sich bei der hinter den Sträuchern verlaufenden Straße um eine öffentliche Durchgangsstraße handelte – die meistfrequentierte im Park. Ebenfalls wusste er von dem Häuschen, zu dem sie die Leiche getragen hatten; seine Insassen kannte er nicht; zunächst war er zusammengezuckt, als er hörte, dass die Bewohner abgereist waren. Dann machte er eine Anmerkung mit dem Namen Delphini auf einer Seite seines Notizblocks.

Unter normalen Umständen würde er diesen Mann zur Vernehmung laden, doch er weigerte sich, in diesem Zusammenhang den Telegrafen zu benutzen. Und seine Gedanken gingen zurück zum ersten Hinweis, zur Anweisung, die er Polizeiinspektor Schaltz gegeben hatte.

*Das Medaillon und die Initialen auf dem Gehäuse.*

Von dieser Sache wusste Dr. Sterner mehr als jeder andere in Homburg. Er stand auf und ging in seinem Raum auf und ab.

Es kündigten sich anstrengende Tage an. Aber der Plan, den er ausgedacht hatte, wollte bis zum Ende ausgeführt werden. Und hier gab es was, das mehr als ein bloßes wissenschaftliches Experiment war: Hier ging es um menschliche Schicksale.

Der Brief an Baron von Sturm wurde an diesem Abend nicht mehr geschrieben.

## Drittes Kapitel

Die Firma Fürste & Wienecker in Frankfurt am Main ging 1896 in andere Hände über. Das alte Weingeschäft mit den großen Gewölbekellern wurde in diesem Jahr vom jungen Hamburger Kaufmann Helmuth Saarbrücken übernommen. Saarbrücken war der Sohn eines Importeurs aus Hamburg, 36 Jahre alt und in seiner Heimatstadt ein prominenter Segler. Ihm gehörte das Cup-Verteidigerboot *Germania*, mit dem er sich vor (dem englischen Städtchen) Cowes behauptet hatte und so den Engländern die Trophäe entriss. Als Geschäftsmann besaß er wenig Reputation. Sein Vater, der das etablierte Hamburger Geschäft einem älteren, steteren Sohn übergeben wollte, kaufte den Weinhandel, um Helmuth vom Meer wegzubringen – und damit vom Jachtsport, der zu seinem finanziellen Ruin zu werden drohte.

Dann kam die Heirat mit dieser Frau. Es gab nichts, was gegen Fräulein Gross sprach. Zugegebenermaßen war jedoch herzlich wenig über sie bekannt. Sie besaß eine außerordentliche Schönheit und lebte mit ihrer Mutter in Altona. Einige Jahre hatte sie in England verbracht und ein Jahr in der Schweiz. Über ihren Vater wurde gesagt, er sei Kapitän eines Dampfschiffes gewesen, das im Chinesischen Meer untergegangen sein soll; von ihrer Mutter wurde vermutet, sie hätte als Gouvernante irgendwo in Sussex oder Kent gearbeitet. Kurz gesagt, alles über diese Leute war „mutmaßlich". In Altona lebte Fräulein Gross in einer Villa nahe des Elbuferwegs – dort, wo die *Germania* ihren Liegeplatz hatte. Eines Tages informierte Helmuth Saarbrücken seinen Vater, dass er sich verlobt hätte. Der alte Mann schien nicht gerade hocherfreut, aber es brachte nichts, vergossener Milch hinterherzuweinen. Saarbrückens Kinder waren immer verwöhnt worden. So fand die Hochzeit im Mai 1896 in Hamburg statt, mit all dem dazugehörigen Pomp, und das junge Paar ging auf eine Reise in den Süden. Das Frankfurter Geschäft wurde gekauft und die Firma Fürste & Wienecker wechselte den Besitzer.

Anfänglich fühlte sich Helmuth sehr verliebt, seine Frau weniger. Er war ein starker, gesunder Kerl, indes etwas zu groß und ungestüm, und er setzte sein Gehirn nur selten ein. Frau Saarbrücken, die Lizzie in der Kurzform für Elisabeth genannt wurde, verfügte über viel mehr Intelligenz als ihr Ehemann. Sie sprach gut Englisch und Französisch, spielte, sang und malte, war lebensfreudig und stellte sich gern zur Schau. Anders formuliert: Sie besaß alle Fähigkeiten, um eine führende gesellschaftliche Rolle einzunehmen. Doch missgünstige Götter hatten ihr eine Sache verweigert – die richtige Herkunft. Das bedeutete einen Klotz, den sie mit sich herumschleppte; ihr Ehemann tat alles, was er tun konnte, um sie voranzubringen. Seine Position war gut, er selbst bestens angesehen, das Geschäft florierte und sein Vater besaß zweifellos sehr großen Reichtum.

Kurz gesagt, er bekleidete eine gewisse soziale Stellung, wenn auch nicht in der allerobersten Gesellschaft, und meldete Ansprüche auf Gegenleistung an. Denn der Geldadel sah sich so exponiert wie die richtige Aristokratie. Jedoch schaffte es Saarbrücken nicht, einen Platz in der Gesellschaft zu erobern, den er sich für seine Frau vorgestellt hatte. Sie selbst kümmerte das nicht so sehr, er allerdings wollte es unbedingt. In Homburg war er damit erfolgreicher. Die hauptsächlich englische Aristokratie lebte hier außerhalb ihres Heimatlandes in einer bestimmten Leichtigkeit. Die Saarbrückens fanden den erwünschten Zugang zu Lord Faringdon.

Cecil Laking, der siebte Baron Faringdon, besuchte Homburg regelmäßig. Er war 27 Jahre alt, von einem sehr hellen Teint, ganz und gar nicht gut aussehend – aber brillant und höflich in seinen Umgangsformen. Sein Reichtum und seine Großzügigkeit machten ihn sehr beliebt in Homburg. Er lebte ausschließlich für Segeln, Tennis und Autofahren, für nichts anderes als den Sport. Sein Sprachschatz beschränkte sich aufs Englische. Und von den meisten Dingen hatte er keine Ahnung, nichtsdestotrotz war er ein wahrer Gentleman. Außerdem gehörte er zum königlichen Jachtgeschwader. Viel mehr gab es über ihn nicht zu sagen; abgesehen von der Tatsache, dass er sich zur Damenwelt hingezogen fühlte und ihr die Zeit widmete, die er nicht beim Segeln oder anderen Vergnügungen verbrachte.

Mit Saarbrücken segelte er, als der noch Junggeselle war und bevor dieser heiratete und seine Frau leidenschaftlich liebte. Lord Faringdon war ebenfalls Junggeselle. Er besaß keine nahen Angehörigen. Es gab entfernte, verarmte Verwandtschaft in Roxley. Dieser Zweig der Lakings hoffte inständig darauf, dass der adlige Cecil eines Tages mit seinem Schiff *Primrose* im Ärmelkanal kentern würde – oder sein motorisiertes Fahrzeug kopfüber gegen einen Felsen in den Ardennen steuerte.

Derweil lachte sich Cecil eins ins Fäustchen. Er würde ihnen ein Schnippchen schlagen, heiraten, wenn die Zeit gekommen sei, und viele Kinder haben. So könnte er die

Nachfolge auf Rigsby Abbey sichern. Noch schien es nicht so weit zu sein. Und nun war der äußerst reiche Lord Faringdon ermordet worden; in Roxley wurde diese Neuigkeit mehr mit Fassungslosigkeit als mit Bedauern aufgenommen.

Im Homburger Kurhaus brachte die Nachricht von Lord Faringdons Tod alles durcheinander. Ein Fest wurde abgesagt, das in Verbindung mit dem Besuch des Duke of Essex stattfinden sollte. Die Besucher schwärmten zwischen den Tischen umher, so wie Ameisen in einem zerstörten Ameisenhaufen. Und all die Gäste, die in Privatquartieren oder Hotels wohnten, strömten in höchster Beunruhigung ins Kurhaus. Reporter kamen in Massen aus Frankfurt angereist, alles war im Zustand heller Aufregung.

Am späteren Abend flaute die Anspannung ein wenig ab. Genauer betrachtet bedeutete die Sache eine gute Werbung für den Ort, denn Diebstähle rückten in den Hintergrund. Das Ganze wirkte wie ein prächtiges Abenteuer. Der junge Lord hatte den Ruf eines Don Juan. Jetzt kamen sämtliche denkbaren Gerüchte und Mutmaßungen in Umlauf, jedoch wusste keiner Genaues.

Saarbrücken wurde nachgesagt, sehr betroffen über den Tod seines Freundes gewesen zu sein. Und seine Frau kam postwendend aus Frankfurt angereist.

Seit dem ersten Jahr ihrer Hochzeit ist viel über die Saarbrückens und Lord Faringdon geredet worden. Die Vertrautheit zwischen der jungen Ehefrau und dem wohlhabenden Engländer wurde häufig kommentiert, fand aber mit der Zeit weniger Aufmerksamkeit – zuletzt ist sie sogar als ziemlich normal angesehen worden.

Martin Schaltz befand sich nach Verlassen der Wohnung des Richters wieder draußen auf der Straße. Sein Kopf schwirrte wie das Werk einer kaputtgegangenen Uhr.

Dies war aber mehr als nur ein technisches Problem. Er kannte Saarbrücken gut, er hatte dessen Bekanntschaft in Verbindung mit einer unbedeutenden Diebstahlsangelegenheit gemacht. Und er hatte dabei eine „großzügige Zuwendung" erhalten. Er wies diese Bestechung nicht zurück, weil sie von einem Frankfurter stammte – während er niemals etwas von den Homburgern annahm. Schaltz kannte außerdem Frau Saarbrücken, sie war sanft und schön. Und nun müsste er ohne ein Anzeichen des Verdachts einen der wichtigsten Besucher am Ort festnehmen: einen angesehenen Frankfurter Kaufmann – wegen dieses Greenhorns, dieses wissenschaftlichen Doktors der Rechtswissenschaft. Zumindest hätte er ihm den Grund nennen können.

Immerhin existierte da das Medaillon mit dem blonden Haar und dem L. Sicher, der Name der Dame lautete Elizabeth, was mit Lieschen oder Englisch mit Lizzie abgekürzt werden könnte. Aber es gab Dutzende blonder Damen mit einem L in ihrem Namen. Da musste mehr dahinterstecken.

Schaltz war es eigentlich gewohnt, seine Vorgesetzten zu dirigieren. Diese Leute waren üblicherweise jünger als er. Und sie hatten zweifelsohne Vertrauen in ihn. Dieser Befehl war freilich mehr, als er herunterschlucken konnte.

Natürlich bestand für ihn auch die Möglichkeit, abzudanken. Schaltz hatte einen guten Dienst getan, er könnte ehrenvoll zurücktreten. Allerdings, ein Rücktritt wegen eines Fehlers? Nein, nein und abermals nein!

Dieser Fehler, dieser riesige verdammte Fehler. Klar, Sterner würde die Verantwortung übernehmen müssen, doch der Richter war neu, an seinem Arbeitsplatz und an diesem Ort.

Die Schande würde Schaltz erdulden müssen. Wenn die Affäre in einem Skandal endete, dürfte der Richter lediglich an einen anderen Ort versetzt werden. Dagegen würde er, Schaltz, es kaum wagen können, sich in den Tavernen oder selbst auf der Straße zu zeigen. Hier in Homburg hatten ihn die Menschen mit der Position als Treuhänder des Veteranenklubs geehrt. Und hier hatte seine königliche Hoheit, der Prinz von Wales, von ihm Notiz genommen; ganz zu schweigen von der großartigen kleinen Prinzessin aus königlichem Hause!

Schaltz stand neben sich voller Verzweiflung. Wenn er wenigstens ein bisschen Information zu seiner Orientierung gehabt hätte; doch er hatte lediglich einen Befehl erhalten, einen vermaledeiten, idiotischen, sinnlosen Befehl, der dennoch befolgt werden musste.

Er zögerte. Sollte er umdrehen, zum Amtsrichter zurückgehen und ihn mit dem nötigen Respekt nach einer Erklärung fragen?

Nein, Schaltz war ein Soldat; dieser wissenschaftliche Doktor konnte das Militär noch so sehr verachten. Doch letztlich war er auch ein Preuße. Nein.

In diesem Augenblick hasste Schaltz den dünnen Mann mit dem stechenden Blick hinter seiner goldenen Brille. Nichtsdestotrotz war der Doktor ein intelligenter Mensch. Schaltz hatte dies schon ein- oder zweimal festgestellt, schnell wie ein Falke war er.

Sodann, der Auftrag musste ausgeführt werden.

Mit langsamem Schritt und schweren Herzens marschierte Schaltz durch die Polizeistation, um seine Kollegen aufzulesen und an die Arbeit zu gehen. Er stand direkt unter dem Befehl des Amtsrichters, sodass er nichts mit dem Polizeipräsidenten zu tun hatte, einem älteren, steifen Zuchtmeister, der sich mit Sterner überhaupt nicht verstand.

Es gab keinen anderen Ausweg, als zu gehorchen.

## Viertes Kapitel

Gegen neun Uhr abends tauchte Schaltz begleitet von zwei Polizisten in Zivil beim Pförtnerhäuschen des Kurhaushotels auf. Er ersuchte, Herrn Saarbrücken zu sprechen. Der Portier zeigte sich verdutzt. Jedoch war ein Mord geschehen, sodass der Besuch nicht verwunderlich erschien. Nebenbei gesagt hatte er keine Ahnung, was das Ziel des Besuches anging. Die beiden Zivilpolizisten blieben außerhalb der Hoteltür – und natürlich war es möglich, dass die Polizisten eine Menge Fragen an Herrn Saarbrücken hatten. Schließlich handelte es sich bei ihm um den besten Freund des Ermordeten.

„Sie haben Glück, gerade jetzt zu kommen, Herr Schaltz", verriet der Portier. „Die Saarbrückens haben eine Kutsche bestellt, um den Zug um 10:15 Uhr zu erreichen. Sie reisen an diesem Abend ab."

Schaltz zuckte zusammen.

„Sie reisen ab? Ich dachte, die Dame ist krank."

„Ihr geht es besser. Herr Saarbrücken möchte das Hotel verlassen. Er hat seine Rechnung bezahlt und verlässt uns wie gesagt mit dem Zug um 10:15 Uhr. Aber es bleibt noch genug Zeit, um ihn zu befragen. Soll ich Sie ankündigen, Herr Schaltz?"

Schaltz dachte einen Moment nach. Was wäre, wenn der Richter am Ende doch richtig lag. *‚Sie reisen ab! Er hat seine Rechnung bezahlt!'*

Er wandte sich dem Portier zu: „Würden Sie Herrn Saarbrücken bitten, herunterzukommen? Wir können dann ins Büro gehen. Ich warte hier inzwischen. Bitte sagen Sie ihm, dass ich ausdrücklich mit ihm für einen Moment sprechen möchte."

„Gerne."

Der Portier befand sich bei diesen Worten schon halb auf der Treppe.

Saarbrücken kam unverzüglich herunter. Er hatte sich reisefertig angezogen und begrüßte den Polizeibeamten mit einem freundlichen Lächeln.

„Schon stehe ich Ihnen gänzlich zu Diensten, Herr Schaltz. Was kann ich für Sie tun?"

Schaltz machte eine leichte Verbeugung.

„Der Polizeipräsident würde Sie gerne an diesem Abend sehen, mein Herr. Es geht um den Mord, über den wir seit heute Nachmittag sprechen."

Saarbrücken schaute verärgert drein.

„Geht es nicht zu einem anderen Zeitpunkt? Ich muss sagen, dass dies jetzt sehr unpassend ist; ich reise diesen Abend ab. Meiner Frau geht es gar nicht gut. Wir sind mit dem Packen beschäftigt."

Er sah auf seine Uhr.

„Unser Zug geht um 10:15 Uhr. Ganz nebenbei, ich weiß gar nichts über den Fall. Es ist wirklich äußerst ungünstig."

Schaltz zuckte mit den Achseln.

(Er erwähnt im Anschluss den Befehl von Richter Sterner nicht).

„Der Polizeipräsident fragte mich, ob Sie so gut wären, auf einen Sprung vorbeizukommen. Ich habe Befehle, denen ich gehorchen muss."

„Natürlich haben Sie das, Herr Schaltz. Doch um die Wahrheit zu sagen, fühle ich mich gar nicht geneigt, meine Vorbereitungen zu ändern, um Herrn von Bitter zu gefallen; besonders deshalb nicht, weil es ihm an Höflichkeit mangelte, bei den wenigen Anlässen, zu denen wir uns getroffen haben. Und auch beim zweiten Nachdenken bleibe ich bei meinem Nein. Wenn mich Herr von Bitter sehen möchte, bringen Sie ihn hierher. Es gehört sich nicht, Leute um neun Uhr abends aus dem Haus zu bitten. Außerdem fahre ich lediglich nach Frankfurt. Mein Haus dort ist sehr wohl bekannt und wenn das Gericht mich ruft, werde ich erscheinen."

Schaltz nahm die Worte gelassen auf.

„Das ist nicht der richtige Weg, Herr Saarbrücken. Sie wissen, dass es zu den Aufgaben der Polizei gehört, für jedermanns Sicherheit zu sorgen: in einer Angelegenheit von dieser Bedeutung, wo es im allerhöchsten Interesse liegt, alles aufzuklären. Hat irgendein Bürger da das Recht, der Polizei etwaige Steine in den Weg zu legen?"

Saarbrücken lächelte milde.

„Vielleicht haben Sie recht, Herr Schaltz. Lassen wir es gut sein. Warten Sie einen Augenblick, ich spreche mit meiner Frau."

Schaltz dachte kurz nach.

„Besser nicht, Herr Saarbrücken."

Saarbrücken reagierte gereizt.

„Sehen Sie, mein lieber Herr Schaltz. Ich könnte die Geduld verlieren, ich beabsichtige nicht, ohne meinen Hut hinauszugehen."

Schaltz wandte sich dem Portier zu.

„Würden Sie hinaufgehen und Herrn Saarbrückens Hut holen?"

Saarbrücken kam sich lächerlich vor.

Während der Portier nach oben ging, drehte er sich Schaltz zu.

„Man könnte meinen, Sie wollen mich einsperren."

Schaltz warf ihm ein gequältes Lächeln zu.

Saarbrückens Verärgerung nahm zu. Er bewegte sich einen Schritt auf die Treppe zu, um sich dann zu dem Polizisten umzudrehen.

„Grüßen Sie Herrn von Bitter von mir und sagen Sie ihm, dass er mich unter meiner Adresse findet."

Er ging erneut einige Schritte auf die Stufen zu.

Schaltz legte eine Hand auf seinen Arm.

„Herr Saarbrücken, Sie sind ein vernünftiger Mann", betonte er mit ernsten Worten. „Sie möchten doch keinen Skandal. Sie *müssen* mit mir kommen."

Das Blut stieg in dem Kopf des jungen Mannes auf, die Venen stachen aus seiner Stirn hervor.

„Heißt das, Sie wollen mich einsperren, Herr Schaltz?"

Schaltz zuckte erneut mit den Achseln.

„Seien Sie verflucht! Antworten Sie mir! Und stehen Sie nicht da wie ein Narr! Sind Sie gesandt worden, um mich einzusperren?"

Die Polizistenseele kochte in Schaltz, doch es gelang ihm, sich zu beherrschen. Unglücklicherweise bewegten sich seine beiden Begleiter in diesem Moment in die Nähe des Eingangs, angezogen von Saarbrückens lautem Gefühlsausbruch.

Der Hotelportier kam mit dem Hut hinunter. Er gab ihn dem Weinhändler mit einem außerordentlich erschrockenen Blick. Einige weitere Personen bekamen die Szene mit.

Es entstand eine äußerst missliche Situation.

„Kommen Sie, Herr Saarbücken", raunte Schaltz.

Er ging auf ihn zu, seine beiden Polizistenkollegen interpretierten diese Bewegung falsch und traten schnell ein.

Saarbrücken wich zurück, sein Kopf schien zu platzen. Mit einem gewaltigen Zerren riss er am Treppengeländer, bis er ein großes Teil in der Hand hielt.

„Ich werde den ersten Mann niederschlagen, der mir näher kommt!"

Seine mächtige Stimme erscholl durch die Halle. Der Portier stand einigermaßen verwirrt daneben. Die Polizisten sprangen nach vorn, es wurde ziemlich laut. Und das Teil vom Treppengeländer zerbarst in Stücke, nachdem es gegen die Stufen geschlagen war. Die drei Männer warfen sich auf Saarbrücken, so wie Hunde beim Attackieren eines Hirsches. Der wiederum war außerordentlich stark, etwa 1,83 Meter groß und von breiter Proportion. Er wog mindestens hundert Kilo. Es entwickelte sich ein harter Kampf, doch gegen die Überzahl konnte er nichts ausrichten. Die Handschellen klickten an seinen Handgelenken und er wurde von den zwei Polizisten zu der Kutsche geschleift. Währenddessen saß Schaltz auf der Treppe, schnaubend wie eine Dampflok.

Saarbrücken wirkte komplett außer sich vor Wut. Es schien augenfällig zu sein, dass er nicht zurechnungsfähig für sein Handeln war. Sein Benehmen kam dem eines wilden Tieres gleich. Nun jedoch hatten sie ihn verhaftet und die Droschke entfernte sich im scharfen Trab vom Hotel.

Eine große Menschenmenge hatte sich versammelt. Die Spannung und die Irritation waren enorm. Saarbrücken galt als äußerst beliebter Mann in Homburg. Und die Ausländer und Deutschen empörten sich laut über die Brutalität der Polizei. Die Leute strömten von allen Seiten herbei. Der Portier hatte seine Hände voll zu tun, sie zurückzuhalten, während Schaltz keuchend inmitten der Meute stand.

Das war ein „bezaubernder" Auftakt – und nun musste er damit fortfahren und die Ehefrau belästigen. Resolut bahnte er sich einen Weg durch die Menge und schritt die Treppe hinauf. Schaltz kannte die Nummer des Raums, die 66 auf der zweiten Etage.

Er flog fast nach oben. Als er die Tür erreicht hatte, hielt er kurz inne, dann klopfte er an. Eine klare Stimme antwortete.

„Herein!"

Er öffnete die Tür und betrat das Zimmer.

Frau Saarbrücken saß abreisebereit mit aufgesetztem Hut und angezogenem Mantel auf dem Sofa. Sie erschien ein bisschen blass, jedoch mit sehr ruhigem Gesichtsausdruck und mit einem recht entschlossenen Blick.

Schaltz verbeugte sich.

„Sie müssen entschuldigen, Madame, aber Amtsrichter Dr. Sterner befahl mir, Ihren Mann festzunehmen, und ich habe es getan. Der Richter hat seine Gründe, ich bin nur ein untergeordneter Beamter. Herr Saarbrücken war sehr verärgert; er ist ohne Zweifel sehr reizbar."

Die Dame nickte formell, aber sprach kein Wort.

„Der Skandal hätte verhindert werden können und ist sicher nicht mein Fehler gewesen. Es gab eine Szene und was dann passiert ist, hat sich Herr Saarbrücken selbst zuzuschreiben. Sterner forderte mich weiterhin auf, Sie, Madame, zu bitten, morgen um zehn Uhr zu erscheinen."

„Bei Dr. Sterner?"

Sie erhob sich prompt.

„Nein", entgegnete Schaltz. „Auf der Polizeistation."

Frau Saarbrücken wurde blasser, doch nicht ein Muskel ihres Gesichts bewegte sich.

„Mit anderen Worten, Herr Polizeidirektor oder was immer Ihr Titel auch sein mag, ich bin ebenfalls festgenommen?"

Schaltz protestierte energisch.

„Nein, Madame, das ist überhaupt nicht unsere Absicht. Doch der Amtsrichter führt eine Untersuchung durch. Und jeder, der in Betracht kommt, irgendetwas zu wissen, ist gesetzlich verpflichtet, zu erscheinen."

„Lässt sich das irgendwie vermeiden? Ich versichere Ihnen, ich bin genauso unschuldig wie mein Ehemann. Und ich habe nicht die geringste Idee, bin über die Sache ebenso erstaunt wie jeder andere auch. Lord Faringdon war ein Freund von uns. Doch ich bekräftige, keine Ahnung zu haben, wie diese Tat begangen wurde."

Schaltz betrachtete sie genau. Ihr feines ovales Gesicht, das zuvor blass wirkte, war nun mit schwacher Röte überzogen. Ihr blondes Haar lag wie ein Kranz unter dem braunen Filzhut. Und aus diesem transparenten Gesicht leuchteten zwei große blaue Augen, mit einem außergewöhnlichen Graustich, so tief wie das Meer.

Schaltz fühlte sich überaus unwohl.

Die Dame dachte einen Moment lang nach. Dann machte sie mit der Hand eine Geste.

„Nehmen Sie Platz, Herr Kommissar, für einen Augenblick. Es gibt keinen Grund zur Eile."

Sie lächelte zaghaft.

„Ich bin ein bisschen überwältigt. Erst dieses schreckliche Ereignis, der Tod meines besten Freundes. Dann diese völlig unbegreifliche Festnahme meines Mannes und nun … Denken Sie nicht, dass dies zu viel für eine zerbrechliche Frau ist? Lassen Sie mich erklären."

Schaltz fand, dass die Schilderung nicht genau zu ihr passte.

„Bestimmt werden Sie verstehen", fuhr sie fort, „dass die Aussicht, in eine Angelegenheit dieser Art verwickelt zu sein, für eine Dame wie mich alles andere als attraktiv ist. Ein paar wenige Worte werden eindeutig meine Unschuld beweisen. Ich bin ziemlich ratlos, um zu vermuten, für was ich beschuldigt werde. Ich werde tun, was immer Sie verlangen, aber ersparen Sie mir den Weg zum Polizeigericht."

Schaltz wurde unruhig. Einerseits war es heftig, eine Dame zu dieser Tageszeit zu belästigen. Auf der anderen Seite irritierte ihn die Art, wie sie es aufnahm; und das erschien mehr als verdächtig. Sie wirkte vollkommen vorbereitet.

Lag Sterner also richtig? Er warf einen verstohlenen Blick auf sie. Teuflisch, wie schön sie war.

„Madame“, sagte er. „Es tut mir leid, Ihnen mitteilen zu müssen, dass es unmöglich ist, Ihrem Ansinnen nachzukommen. Ich habe meine Befehle, ich bin verpflichtet, sie zu befolgen.“

„Ist der Richter telefonisch erreichbar, Herr Kommissar?“

„Wie bitte?“

„Ich fragte, ob Dr. Sterner telefonisch erreichbar ist?“

Schaltz fiel aus allen Wolken. Da möchte eine Zeugin um neun Uhr abends mit dem Richter über ihre Vernehmung sprechen. Na gut, warum nicht? Das war das Zeitalter des Fortschritts, es gab ein Telefon. Schaltz ging zum Tisch, auf dem das Telefon stand, und rief die Vermittlung an. Er wurde mit Sterner verbunden.

„Schaltz hier, mein Herr.“

Sterners Stimme klang ziemlich verärgert.

„Was wollen Sie?“

„Saarbrücken ist verhaftet. Er leistete Widerstand und unglücklicherweise ging es nicht ohne großes Aufheben. Er verhielt sich exakt wie ein Geistesgestörter.“

„Dann sind Sie gewiss falsch zu Werke gegangen.“

Schaltz zuckte zusammen.

Die Stimme redete weiter, mit bitterem Sarkasmus.

„Haben Sie mich um diese Zeit angerufen, um mir das zu erzählen?“

„Nein, mein Herr. Frau Saarbrücken bat darum, Sie sprechen zu dürfen.“

Es kam keine Antwort.

Schaltz wiederholte seine Worte.

Es gab eine kurze Pause und dann meldete sich die Stimme zurück, scharf und kurz.

„Ich kenne die Frau nicht. Und ich bin es nicht gewohnt, mit Zeugen durch das Telefon zu reden."

Schaltz schüttelte den Kopf, doch Frau Saarbrücken schritt schnell nach vorne und ergriff den Telefonhörer.

„Ich bin keinesfalls in diese Angelegenheit verwickelt …"

Schaltz stand fast einen Meter hinter ihr. Er hörte ein fremdes Summen aus der Leitung, konnte aber nicht herausfinden, was Sterner sprach – und plötzlich wurde der Hörer aufgelegt.

‚Was für ein Flegel', dachte sich Schaltz.

Frau Saarbrücken war blutrot angelaufen, sagte jedoch nichts.

Schaltz wartete höflich einen Augenblick.

„Madame", sprach er dann. „Ich habe nun meinen Botengang erfüllt. Darf ich davon ausgehen, dass Sie morgen früh erscheinen?"

Frau Saarbrücken nickte wortlos mit dem Kopf und Schaltz machte den Abgang. Er war ein galanter Mann und empfand es als ungewöhnlich rüde von dem Richter, ohne eine beruhigende Antwort einfach aufzuhängen. Was die gut aussehende Dame anging, gab sie sich sehr gefasst und schien, wie sich Schaltz eingestand, nicht völlig frei von jedwedem Verdacht zu sein. Da war das Medaillon, das auf sie hinwies. Das musste an sich noch kein belastender Umstand sein. Nur fand sich etwas in ihrer Haltung, das den Instinkt des Polizisten anregte. Es konnte durchaus möglich sein, dass der lästige und arrogante Amtsrichter den Nagel auf den Kopf getroffen hatte.

Zu allem Ärger hatte der Kaufmann ein richtiges Theater aufgeführt. Schaltz fühlte wahrhaftig, dass die Leute auf ihn finster hinabschauten, während er die Straße hinunterging. Er war immer stolz darauf gewesen, seine Pflichten auf ruhige Art wie ein Gentleman lösen zu können. Und er hatte nur getan, was richtig war. Welch einen Wirbel hatte der Mann dabei gemacht! Das sah nicht nach Unschuld aus – sondern genauso, wie sich ein professioneller Krimineller verhielt.

Dessen ungeachtet reichten die Beweise gegen ihn nicht aus.

Auf der Polizeistation lag Saarbrücken auf einer Holzpritsche in der Ausnüchterungszelle. Ein Arzt war gerufen worden, er gab ihm eine Morphium-Injektion.

Die ganze Stadt befand sich weiter in Aufruhr. Dr. Sterners Name wurde von allen Seiten verwünscht. Die Zeitungskorrespondenten gingen erzürnt mit ihm um; und während die kurze Sommernacht über Homburg vor der Höhe fiel, verbreitete sich die Neuigkeit von der Tat via Tausender Kanäle über ganz Deutschland: in Buchstaben gesetzt und beim Frühstück mit dem Morgenkaffee serviert – mit der Überschrift:

*Schrecklicher Mord, unerhörte Brutalität der Polizei.*

Auf diese Weise wurde ein aufsehenerregender Mordfall zu all den vorherigen hinzugefügt: „Der Homburger Kurparkmord". Der erste Name in dem Stück war der Lord Faringdons. Doch durch die allem Anschein nach ganz zufällige Verknüpfung von Namen, die nichts miteinander zu tun zu haben schienen, wurde sein Name von anderen verdrängt. Und die Begleitumstände verflochten sich unauflöslich zu einem Gewebe – zur „Affäre".

Der erste Name in Verbindung mit Lord Faringdon war derjenige, den die Gesellschaft als Arm des Rächers bezeichnete: Dr. Sterner trat hervor und bekam seinen Platz in einer Kette von Ereignissen. Er hatte gehandelt und dadurch gelangten zwei Personen zu der Reihe hinzu: Helmuth Saarbrücken und seine junge, bildschöne Frau Lizzie.

Faringdon – Sterner – Saarbrücken, so lauteten die allerersten Akteure in diesem Fall. Und alle, die intim mit ihnen vertraut waren, erwähnten noch einen vierten Namen, den des Rechtsanwalts Isidor Rosenthal, Saarbrückens Rechtsbeistand. Er würde als Verteidiger des Ehepaars auftauchen, das sein Leben und seine Sicherheit durch die rächende Macht der Justiz bedroht sah.

Der Fall konnte nun in eine Reihenfolge gebracht werden: Lord Faringdon war tot, ermordet. Quasi neben der Leiche befand sich der Amtsrichter, Fritz Sterner, der den Fall als *den seinen* ansah – Dr. Fritz Sterners Fall. In seinem ersten Akt machte er daraus auch den Fall von Helmuth Saarbrücken und dessen Frau.

Ihre Namen lagen offen, die Personen waren da. Nun konnte das große Drama vor den Augen der gaffenden Masse beginnen: Jeder an seinen Platz!

# ERSTER TEIL: DIE UNTERSUCHUNG

## Erstes Kapitel

Am 8. Juli eröffnete Untersuchungsrichter Sterner die Befragung von Lord Faringdons mutmaßlichem Mörder. Oder anders formuliert: Die öffentliche Vernehmung des bekannten Frankfurter Kaufmanns Helmuth Saarbrücken, beschuldigt des Mordes.

Die Entrüstung in Homburg war immens; Menschenmassen strömten über die Straßen; das Rathaus wurde regelrecht belagert. Und Sterner musste einen nicht öffentlichen Eingang nutzen, um unerkannt durch die Menge ins Gericht zu kommen.

Ein jeder ergriff Partei für Saarbrücken. Seine Freilassung wurde lautstark verlangt. Die Gendarmen waren nach draußen beordert worden. Der in seinem tiefsten Herzen auf der Seite des Volkes stehende Polizeipräsident, der sich der Autorität des Richters beugen musste, überlegte: Er dachte darüber nach, eine Einheit der Bockenheimer Husaren anzufordern, um so die Ordnung aufrechtzuerhalten.

In der Zwischenzeit traf ein Telegramm ein, das an die zuständige Obrigkeit gerichtet war. Aufgrund der gewachsenen Anspannung wurde es unverzüglich öffentlich gemacht. Mit einem Schlag veränderte sich dadurch die Stimmung der Volksseele. Die Nachricht kam aus London, ihr Absender war der angesehene Rechtsanwalt

Sir Longland Hearne. Der Inhalt des Telegramms lautete wie folgt:

*Ich gestatte mir, Ihnen mitzuteilen, dass Frau Lizzie Saarbrücken aus Frankfurt die einzige Erbin des persönlichen Besitzes des letzten Lord Faringdon ist. Ich verlasse London um 10:15 Uhr und reise direkt nach Homburg.*

*Longland Hearne, Kronanwalt*

Dr. Fritz Sterner erlangte augenblicklich Berühmtheit. Die Reaktion war gewaltig: Von der Menge, die außerhalb der Rathausmauern stand, brannte ein Beifallssturm auf. Keine Menschenseele in Homburg zweifelte daran, dass er die richtige Vermutung gehabt hatte. Andererseits konnten sie es sich nicht vorstellen, wie er die Sache von Anfang an so klar durchblickt hatte. Die Massen verstreuten sich allmählich und es bestand keine Notwendigkeit mehr, nach Truppen zu senden.

Gegen Mittag traf Saarbrückens Anwalt, Isidor Rosenthal aus Frankfurt, mit dem Zug ein – ein junger Jurist mit äußerst hohem Ansehen, der am Oberlandesgericht zugelassen war.

Auf Initiative der Polizei war der Fall sofort an Sterner übergeben worden. Es oblag ihm, den Körper zu begutachten, bevor die Staatsanwaltschaft die Sache in die Hand nahm. Gemäß Paragraf 161 des Strafgesetzbuches durfte der Richter nur eine vorläufige Befragung durchführen, danach hatte er den Fall der Anklage zur weiteren Verfolgung zu übergeben. Nun war es das Ziel von Saarbrückens Verteidiger, die Angelegenheit so schnell wie möglich an das Strafgericht in Frankfurt zu überführen. Hier war er ein sehr bekannter Mann. Und hier hoffte er, seinen Mandanten wirksamer unterstützen zu können als gegenüber dem ihm ziemlich unbekannten Homburger Amtsrichter. Allerdings bestand die Möglichkeit, dass Sterner vom Gerichtspräsidenten mit der Hauptuntersuchung beauftragt werden würde, die auf den Bericht der Anklage folgte. Dies schien sogar mehr als wahrscheinlich, da Sterner als Experte in Kriminalangelegenheiten galt und das Justizministerium von ihm eine hohe Meinung besaß. Ganz nebenbei berechtigten ihn auch die Buchstaben des Gesetzes, damit betraut zu sein – was eine sehr praktische Lösung sein würde, da er sich ohnehin vor Ort aufhielt.

Indes war seine Beschäftigung in dem Fall fragwürdig, obwohl er es sich wünschte. Und Rosenthal verfolgte das Ziel, ihn dazu zu bewegen, die Aufgabe abzugeben. Der Anwalt zweifelte nicht an der Unschuld seines Mandanten, wenngleich er im Bilde war, dass Saarbrücken sehr hitzköpfig sein konnte – und sich, was sonst niemand wusste, am Rande des finanziellen Ruins befand. Das Geheimnis von Lord Faringdons Testament kannte er ebenfalls. Er schien sich allerdings nicht sicher zu sein, ob dies bereits in Homburg öffentlich bekannt war.

Der Anwalt traf den Amtsrichter im Gericht und fand sofort Zugang. Sterner behandelte ihn sehr höflich und drückte sein Bedauern aus, dass der Beschuldigte seiner Sache durch sein unverantwortliches Verhalten gegenüber der Polizei geschadet habe. Dieses Verhalten würde an sich schon genügen, um ihn in ernsthafte Schwierigkeiten zu bringen – selbst wenn es den auf ihm lastenden Verdacht des Mordes gar nicht bestärkte.

Rosenthal versuchte, seinen Mandanten zu entschuldigen.

Sterner schaute ihn eindringlich an, sprach aber kein Wort.

Rosenthal musste es unbedingt vermeiden, den Richter zu brüskieren. Deshalb fragte der Anwalt nach den Gründen für die gewaltsamen Maßnahmen gegenüber Saarbrücken.

Sterner lehnte sich in seinem erhöhten Stuhl zurück und spielte lässig mit seiner goldenen Brille.

„Ich sage es Ihnen, Herr Rosenthal. Drei Dinge: erstens meine persönliche Erfahrung mit Herrn Saarbrücken, die aus Treffen in gemeinsamen Hamburger Tagen resultiert; und aus dem königlichen Jachtklub, wo er sich in den frühen Neunzigern nicht mit Ruhm bekleckert hat. Er war als Raufbold bekannt."

„Aber er hat einen guten Kern", warf der Anwalt ein.

Der Richter zuckte mit seinen Schultern.

„Das ist eine Geschmacksfrage. Ich habe mich nie für ihn begeistert."

„Hatten Sie jemals eine Meinungsverschiedenheit mit ihm?", fragte Rosenthal vorsichtig. Das wäre wenigstens ein Grund gewesen, Sterner den Fall zu entziehen.

Sterner erkannte die Absicht, offenbarte sich jedoch nicht.

„Nein", antwortete er. „Nichts dieser Art. Mein zweiter Grund ist, dass seine Frau allen Besitz von Lord Faringdon erbt."

Sterner warf ihm ein überlegenes Lächeln zu.

„Vielleicht verwirrt Sie das. Auf der anderen Seite bin ich verwundert zu hören, dass *Sie* es wissen."

„Ich bin der Anwalt von Herrn Saarbrücken", bemerkte Rosenthal entschuldigend.

„Dann wissen Sie wohl auch, dass er ein ruinierter Mann ist?"

Sterner schwenkte seine Brille.

Der Anwalt errötete stark.

„Sie werden wahrscheinlich zustimmen, dass diese drei Umstände in sich ziemlich schlüssig sind. Wenn Sie die Berichte der Polizei lesen, werden Sie erkennen, dass die Dinge, milde gesagt, schlecht für Herrn Saarbrücken stehen."

Der Rechtsanwalt verzagte.

„Könnte ich ihn sehen?", fragte er mit ziemlich leiser Stimme.

„Das ist zum gegenwärtigen Augenblick gar nicht so einfach. Sind Sie sich bewusst, dass der Fall noch nicht den Anklagebehörden übergeben wurde? Wahrscheinlich geschieht das unmittelbar nach der heutigen Vernehmung. Bis dahin, denke ich, ist es besser, zu warten."

Rosenthal schwieg etwa eine Minute. Dann sagte er:

„Angesichts der Schwere des Vorwurfs und der befremdlichen Begleitumstände gegenüber dem Beschuldigten wäre es der richtige Ablauf, ihm von Anfang an einen

Rechtsbeistand zu erlauben – umso mehr, weil er seine Situation vor Gericht falsch einzuschätzen scheint. Ich bin überzeugt, er wird *mir* zuhören, weil er volles Vertrauen in meine Person hat. Das dürfte die Angelegenheit auch für Sie heute leichter machen. Und deshalb glaube ich nicht, dass Sie sich weigern, mich als seinen Rechtsbeistand einzusetzen. Die endgültigen und rechtskräftigen Abmachungen können solange zurückgestellt werden, bis der Fall zur richterlichen Untersuchung vor das Strafgericht kommt."

Sterner mochte den Rechtsanwalt nicht. Wie viele Richter vertraute er mehr sich selbst. Er entschied daher, sich Rosenthals Antrag zu verweigern und ihn auf die Anklage zu verweisen. Dabei wiegelte er seine etwas unfreundliche Weigerung mit einer Anspielung auf seine besondere Position ab – als Amtsrichter an einem Gericht, an dem der Fall naturgemäß letztendlich nicht verhandelt werden würde.

An dieser Stelle ist anzumerken, dass nach deutschem Recht ein Mordfall vor das Große Geschworenengericht gelangt – in diesem Fall nach Frankfurt, aufgrund der Anklageschrift des Staatsanwalts. Augenblicklich ging es nur um die Frage der vorläufigen Polizeibefragung, die angesichts der Bedeutung des Falls sofort in die Hände des lokalen Amtsrichters gelegt worden war. Ihm oblag keine Rechtsprechung; ihm konnte aber vom Obersten Gerichtshof, wie beschrieben, die Vernehmung anvertraut werden.

Rosenthal musste nun das Beste aus der Ablehnung machen, jedoch spürte er Enttäuschung. Schließlich war er ein Mann mit Einfluss und einiger Bedeutung durch seine familiären Verbindungen zu den größten Bankiers Frankfurts. Kurz gesagt, er wurde von allen Autoritäten empfangen und besaß ihre Gunst. Innerlich hoffte er, dass der junge Richter seine Widerwärtigkeit noch bereuen würde.

Wenn es zu einem Prozess kommen würde, stünden die beiden Hauptbeteiligten, Anklage und Verteidigung, vom ersten Augenblick an in unerbittlicher Opposition zueinander. Sterner fühlte dies, doch er wollte in dieser Phase freie Hand haben. Gerade jetzt war es wichtig, dass der Fall auf eine Spur gesetzt wurde, aus der es kein Entrinnen gab.

Er war sehr vertraut mit dem Justizministerium und besonders mit dem Gerichtspräsidenten. Und unabhängig davon war er überzeugt, dass ihm der gesamte Fall eigenverantwortlich zur Untersuchung übertragen werden würde.

Wenn es so käme, hätte er die Verteidigung in seiner Macht; und gemäß dem Gesetz wäre er in der Lage, sämtliche Gespräche zwischen dem Verdächtigen und seinen Anwälten zu verbieten – es sei denn, sie fänden in seinem Beisein statt. Dieses Recht würde er mit Sicherheit nutzen.

Rosenthal entschied seinerseits, auf jeden Versuch zu verzichten, mit seinem Mandanten sprechen zu können. Er beschränkte sich darauf, ihm einen Brief zukommen zu lassen, in dem er seine Rechtsdienste anbot.

Danach kehrte er nach Frankfurt zurück, um seinen Einfluss an der richtigen Stelle geltend zu machen. Er gab sogar den Gedanken auf, die Frau seines Mandanten zu besuchen, mit der er persönlich kein allzu freundschaftliches Verhältnis pflegte. Er glaubte nicht, dass er auf ihr Vertrauen zählen könnte.

Der Vorraum des Gerichts war voll mit Leuten, die befragt werden sollten. Sterner wünschte sich, ein ganzes Bündel an Beweisen vorliegen zu haben – bevor er die Vernehmung der zwei wichtigsten Personen durchführte, die des Gefangenen und seiner Frau.

Lizzie Saarbrücken erschien aufgrund der Vorladung. Sie saß ruhig wartend in dem frequentierten Vorraum. Dabei trafen sie zahlreiche neugierige, verstohlene Blicke; es wurde über sie und das überraschende Telegramm geflüstert.

Im Gerichtsraum selbst arbeiteten Sterner und Schaltz an den Beweisen, die ihnen bereits vorlagen. Das Telegramm hatte großen Eindruck bei Schaltz hinterlassen; zunächst war er mit Widerwillen an die Arbeit herangegangen. Auf ihn wirkte das, was Sterner getan hatte, unschicklich und er selbst war vom Verhalten der Öffentlichkeit in Mitleidenschaft gezogen worden. Doch als das Telegramm eintraf und der Kurs des Richters ungeteilten Applaus fand, blühte Schaltz auf, wie eine Gewitterblume nach dem Sturm. Er dachte dabei auch an den Glanz, der eines Tages auf ihn herabscheinen würde.

Was Schaltz tun konnte, war, an die Arbeit zu gehen, und das tat er dann auch – um seinem Vorgesetzten zu zeigen, dass ein emsiger und zuverlässiger Untergebener bei der Lösung eines schwierigen Problems von höchstem Nutzen sein könnte.

Doch zunächst musste er seine Neugier befriedigen. Und deshalb fragte er vorsichtig, in einem respektvollen Ton, nach.

„Sie nehmen es mir hoffentlich nicht übel, mein Herr. Aber da ich für Sie ein gutes Stück Arbeit in diesem Fall übernehme, dürfte ich mir eine Frage erlauben: Haben Sie es gestern Abend geahnt?"

Sterner schaute auf.

„Nein, ich habe es nicht geahnt."

Schaltz schwieg.

Sterner lächelte ihn gelassen an und fügte hinzu:

„Ich sagte, ich habe es nicht geahnt, Schaltz – weil ich es wusste."

„Wie bitte?"

„Ich wusste es; glauben Sie, ich hätte diese Person festgenommen, wenn ich es nicht gewusst hätte?"

„Dann kannten Sie den Ermordeten persönlich?"

„Nein."

„Aber das Ehepaar Saarbrücken, mein Herr?"

„Ein bisschen."

„Wie konnten Sie dann …?

„Ich kenne Longland Hearne, und ich erblickte das Testament, das durch mich persönlich erstellt wurde."

Schaltz war sprachlos.

„Es wurde im Mai 1896 aufgesetzt", fügte Sterner hinzu. „Seinerzeit befand ich mich in England und studierte englisches Recht bei Sir Longland Hearne. Es ist ein simpler Zufall, nichts anderes. Ich beabsichtige nicht, dafür irgendwelche Anerkennung einzuheimsen. Ganz nebenbei, es handelt sich nur um einen einzelnen Hinweis in dem Fall. Es ist sicher für Sie leicht verständlich, dass ich beabsichtige, diesen Aspekt zum Ausgangspunkt zu machen. Lassen Sie uns nun an die Arbeit gehen."

Sie arbeiteten sich durch die Berichte. Im Hinblick auf das Auffinden der Leiche und die Zeit nach dem Tod gab es nichts Neues festzustellen. Diese Seite der Angelegenheit schien eindeutig klar. Was Lord Faringdon anging, lagen keine weiteren Erkenntnisse vor. Die Frankfurter Polizei war per Telefon informiert worden. Sie untersuchte jetzt intensiv seinen dortigen Besuch in der Stadt am fraglichen Abend.

Das Ehepaar Saarbrücken würde zeitnah vernommen werden. Zunächst kamen all die Leute an die Reihe, deren Aussagen sich in den Protokollen befanden.

Es stellte sich heraus, dass Lord Faringdon im Hotel mit Saarbrücken zu Abend gegessen hatte – gegen sechs Uhr, an dem Abend, bevor die Tragödie passierte. Danach hatte er den Zug um viertel nach sieben in Richtung Frankfurt genommen. Andererseits wurde er von niemandem am Bahnhof bei seiner Rückkehr gesehen. Aller Wahrscheinlichkeit nach dürfte er mit dem Zug um 0:16 Uhr wieder zurückgekehrt sein.

Saarbrücken hatte den Abend mit Bekannten verbracht: den Bechmessers aus Altona, die im Hotel Kaiserin-Friedrich nächtigten. Sie spielten Whist und Saarbrücken ging gegen halb zehn heim ins Kurhaushotel. Hier fand bis elf Uhr ein Konzert statt, auf dem er gesehen wurde. Anschließend marschierte er hinauf in sein Zimmer.

Gegen halb eins nachts ließ ihn der Nachtportier nach draußen. Saarbrücken trug einen leichten Sommermantel und schien in Eile zu sein. Besagter Portier hatte seine Schicht um Mitternacht angetreten.

Saarbrückens nächtliche Abwesenheit sorgte für viel Aufmerksamkeit, als das Telegramm bekannt wurde. Zuvor hatte niemand der Geschichte irgendeine Bedeutung zugemessen. In der Hochsaison gingen die Hotelbesucher zu jeder Nachtstunde ein und aus; es wurden in den verschiedenen Hotels und Privathäusern täglich Kartengesellschaften und Bälle ausgerichtet. Frau Saarbrücken kam von ihrem Frankfurt-Besuch an dem Tag zurück, an dem der Mord entdeckt wurde.

Je mehr Schaltz die verschiedenen Berichte und Aussagen las, mit denen der Fall zur Anklage gebracht wurde, desto unsicherer wurde er. Es sah wirklich so aus, als hätte der untersuchende Richter das bessere Ende erwischt. Dennoch war es weiterhin zweifelhaft, ob beide schuldig waren oder nur einer von ihnen. Direkt schuldig konnte sie nicht sein.

Der formale Beschluss für eine Hausdurchsuchung lag nun vor. Sterner unterbrach das Verfahren für eine Stunde und nutzte die Zeit zum Mittagessen. Derweil begab sich Schaltz zu den Räumen, die von den Saarbrückens bewohnt wurden, um sie zu inspizieren.

Nichts Wichtiges wurde gefunden. Einige Briefe und Papiere wurden beschlagnahmt. Ein korsischer Dolch mit stählerner Damaszenerklinge und der Prägung „Vendetta" befand sich in Saarbrückens Handkoffer. Er glänzte und schien als Brieföffner genutzt worden zu sein. Darüber hinaus konnte nichts Erwähnenswertes zutage gebracht werden. Gemäß den Anordnungen des Richters wurden die Papiere nicht näher von der Polizei untersucht.

Sterner arbeitete unermüdlich und geräuschlos. Gegen zwei Uhr nachmittags hatte er bereits hinreichende Fortschritte gemacht. Das versetzte ihn in die Lage, einen allgemeinen Überblick über das vor ihm liegende Materialdurcheinander zu erlangen. Und dieses Bild von dem Fall ließ sich logisch betrachtet in drei Gruppen unterteilen.

Erstens: alles, was sich mit dem Tatort und der Entdeckung der Leiche in Verbindung bringen ließ. Hier war er verpflichtet, sich auf den Polizeibericht zu beschränken und auf die Autopsie des Arztes. Selbstverständlich beabsichtigte er, später am Tag die Stellen selbst zu begutachten. Gegenwärtig stand fest, dass Lord Faringdon bei seiner Entdeckung auf dem Rücken lag. Und, soweit es bestimmt werden konnte, musste er entweder auf dem Weg beim Gebüsch umgebracht worden sein, wo er gefunden wurde, oder er ist nach dem Mord dorthin gebracht und in die Büsche geworfen worden.

Die Wahrscheinlichkeit sprach zugunsten der ersten These. Es war eine rasche Tat, die verübt worden war, ein heftiger Schlag mit einem Dolch – gefolgt von einer hastigen Bewegung, um den Körper erst einmal vom Weg zu bekommen. Der Mörder unternahm keine Anstrengungen, um die Spuren seiner Tat zu beseitigen. Es gab keinen geeigneten Platz zum Verbergen des Toten und er dürfte sich gedacht haben, dass die Leiche recht schnell entdeckt werden würde. Außerdem sah es am Fundort nach einer vorsätzlichen Ermordung aus. Die Wunde befand sich im Rücken des Opfers, ein Anzeichen für eine geplante Attacke. Und dies war nicht mit der Absicht eines Raubüberfalls geschehen. Alle wertvollen Dinge, die der Engländer bei sich trug – eine goldene Uhr, Bargeld und Schmuck – wurden bei dem Leichnam gefunden. Eng verbunden mit der Entdeckung der Leiche war auch das Medaillon, das die Gedanken des Richters zunächst zum Ehepaar Saarbrücken führte. Es lag auf dem Boden, eng neben der Leiche, wurde aber nicht durch den Körper verdeckt.

Vermutlich hatte die Person, die dann die Leiche in die Büsche gelegt hatte, das Medaillon fallen gelassen – und in der Dunkelheit nicht bemerkt, dass damit ein Anhaltspunkt hinterlassen wurde, der beim Entdecken des Toten auf ihn oder sie hinweisen würde. Das Medaillon bestand aus einer dünnen Goldschicht und war dafür vorgesehen, an einer Uhrkette getragen zu werden. Der gespaltene Ring, mit dem es eingehängt wird, war geöffnet und das schien der Grund zu sein, warum es abgerutscht war.

Was den Tatort anging, hätten die Gäste aus dem gerade hundert Schritte vom Gebüsch entfernten Häuschen durchaus Informationen geben können – darüber, was sich zugetragen haben könnte. Sie hatten die Abreise just *an jenem Tag* angetreten, was unter gewöhnlichen Umständen verdächtig sein könnte. Aus diesem Grund musste das Ganze auch von dieser Seite aus betrachtet werden. Die Dienerin der ausländischen Gäste, ein österreichisch-italienisches Dienstmädchen mit dem Namen Nathalia Stolzi, hielt sich wartend in der Lobby unter den Zeugen auf.

Nach einigen Worten, die sie der Polizei erwiderte, wurde ihre Befragung aufgeschoben. Der Richter entschied, mit ihrer Vernehmung zu warten, bis zu dem Zeitpunkt, an dem die Möglichkeit bestand, ihre Aussage mit der vollzogenen Festnahme (von Saarbrücken) zu verknüpfen.

Die zweite Kategorie von Fakten hatte eine Verbindung zu Lord Faringdons Person. Für den Moment gaben sie nicht viel Material her. Aber es war gewiss, dass alles, was über den gemeuchelten Lord bekannt wurde, auf eine enge Verbindung zwischen dem Verstorbenen und dem verhafteten Kaufmann Saarbrücken hindeutete. Daraus ergab sich eine Kette kompromittierender Umstände zuungunsten des Letztgenannten. Somit ging der Richter kein Risiko ein, den Arrest rechtfertigen zu müssen oder dass für seine Vernehmung des Gefangenen die entsprechende Grundlage fehlte.

Und die dritte Gruppe von Tatsachen bestand aus gesammelten Informationen über den Gefangenen persönlich. Da kam schon ein beträchtliches Maß zusammen. Das Gewicht dieser Beweise rechtfertigte das Vorgehen des Richters – ihm erlaubten die vorliegenden Unterlagen, ein komplettes Bild der Handlung zu entwickeln, die dem Verbrechen zugrunde lag: mit seinen Motiven, der Vorbereitung und der Ausführung. Dies nennt sich die Methode der vorgefassten Meinung. Von dem Moment an, an dem Saarbrückens Vernehmung begann, stand er als der Mörder da: als der Mann, dessen Motive, Pläne und Handlungen bekannt waren, als Mann, der sich selbst gegen den Angriff verteidigen musste.

Schaltz sah es als sicher an, dass Sterner diesen Weg verfolgen würde. Es handelte sich um die gewöhnliche, traditionelle Methode. Und obwohl viel gegen diese Methode eingewendet werden konnte, war sie so eng mit den kriminalistischen Prozeduren verbunden, dass sie fast immer eingesetzt wurde.

Sterner selbst war ein wissenschaftlicher Kriminalist, die Voruntersuchung sein Spezialgebiet. Konservativ, wie er dachte, hatte er die Methode anfänglich nur übernommen und dann weiterentwickelt. Jetzt verteidigte er sie um jeden Preis.

Verwunderte es da, dass er die Verfahrensweise hier ebenfalls anwendete? War es überraschend, wie er seiner offiziellen Aufklärungspflicht nachkam – mit diesem bereits klar festgelegten Bild des Verbrechens im Kopf, das durch all die gesammelten Informationen erhellt wurde?

Jetzt verblieb der wichtigste Teil der Arbeit an diesem Tag: die Vernehmung von Saarbrücken und seiner Frau.

## Zweites Kapitel

Frau Saarbrücken kam als Erste an die Reihe. Sie hatte eine unruhige Nacht verbracht und sah sehr blass aus.

Als sie in den Gerichtssaal gebracht wurde, erhob sich Sterner und verbeugte sich respektvoll vor ihr. Sie errötete stark. Neben dem Protokollanten saß Schaltz als Zeuge. Auf Aufforderung des Richters wurde für die Dame ein Stuhl gebracht.

Sterner lehnte sich nach vorn und sprach zu ihr in einem sehr gedämpften Ton.

„Meine Dame“, sagte er. „Lassen Sie mich zunächst anführen, dass der von mir vollzogene Schritt notwendig war; sowohl Ihnen zuliebe als auch im Interesse der Justiz. Ich bin offiziell verpflichtet, Ihnen einige Fragen zu stellen, und bitte um Ihre Antwort. Darüber hinaus möchte ich Sie auf Ihre gesetzliche Verpflichtung hinweisen, dem Gericht die Wahrheit zu erzählen – und nichts als die Wahrheit.“

Frau Saarbrücken wirkte ziemlich durcheinander. Sie neigte wortlos ihren Kopf nach vorn.

„Ihr Name ist Elisabeth Saarbrücken. Sie sind mit Helmuth Saarbrücken verheiratet, Weinhändler aus

Frankfurt. Gegenwärtig halten Sie und Ihr Mann sich im Kurhaushotel auf. Ist das richtig?“

Frau Saarbrücken nickte erneut.

„Sie wurden am 22. April 1872 in Kiel geboren. Ihre Eltern waren Kapitän John Gross und seine Frau Emilie, deren Mädchenname Hansen lautete. Ihr Vater ist verstorben, Ihre Mutter lebt. Ist das richtig?“

Der Richter erwähnte dies alles sehr schnell, sodass sie nicht wie gewöhnlich antworten konnte. Schaltz war erstaunt. Sterner musste seit dem Vorabend sehr viel Zeit darauf verwendet haben, während er selbst nicht einmal den Mädchennamen der Frau kannte.

Frau Saarbrücken hob ihren Kopf und der Richter schlussfolgerte hastig.

„Sie wurden niemals zuvor verurteilt oder belastet?“

Der Füllfederhalter des Protokollanten kratzte über das Papier.

Sterner stand auf und ging durch das Gericht.

„Sie wissen, dass Lord Faringdon vorgestern ermordet wurde – oder vielmehr gestern Nachmittag im Park ermordet aufgefunden worden ist?“

Sie beugte ihren Kopf nach vorne.

„Sie wissen, dass *Sie* sein Vermögen erben?"

Sie erhob ihren Kopf wie ein aufgeschrecktes Reh in Lichtgeschwindigkeit, mit einem Blick plötzlichen Erstaunens.

„Nein“, entgegnete sie.

„Denken Sie nach“, sagte Sterner ernst. „Und antworten Sie freimütig und wahrheitsgemäß.“

„Bei der ewigen Gerechtigkeit, die über uns allen steht, ich weiß nichts darüber."

Schaltz blickte sie sehr genau an: Diese Frau log nicht!

Sterner biss auf seine Lippen:

„Dann ist es so."

Wie ein Kind in der Not richtete Frau Saarbrücken ihre Augen auf ihn, schaute zu ihm flehend auf. Er verdrehte seine Augen hinter der Brille.

Die Vernehmung ging voran, überwiegend mit eher gleichgültigen Dingen. Immerhin: Schaltz fand heraus, dass die Saarbrückens ein „halb getrenntes" Ehepaar waren; und es schien klarer zu werden, was mit Lord Faringdon passiert sein könnte. Diese Frau war in der Sache unschuldig wie ein kleines Lämmchen. Ihre Fahrt nach Frankfurt deutete kaum auf eine Verwicklung hin.

Schaltz warf ein Auge auf den Richter. Er sprach sehr leise, fast mit Demut, und er diktierte die Worte dem Protokollanten, beinahe schon bevor sie von ihr ausgesprochen waren.

„Nur eine Sache noch", sagte er. „Wann haben Sie den ermordeten Lord das letzte Mal gesehen?"

„Es dürfte vor vier Tagen gewesen sein."

„War es Zufall, dass Sie zum Hotel zurückkehrten, nachdem Sie bereits Ihr Zimmer dort aufgegeben hatten?"

„Nein", lautete die Antwort.

„Wussten Sie, als Sie kamen, dass Lord Faringdon umgebracht worden war?"

„Nein, ich kam, um ihn zu sprechen."

„Wer erzählte Ihnen, dass er tot ist?"

„Mein Mann."

Sterner richtete eine Reihe von Fragen an die Zeugin; er wollte wissen, wann ihr Mann von dem Mord erzählt hatte, zu welchem Zeitpunkt sie versucht hätte, Lord Faringdon zu sehen, welchen Grund es für dessen Abwesenheit gegeben hätte – alles scheinbar unwichtige Fragen, die Frau Saarbrücken mit leiser Stimme, aber ohne zu zögern, beantwortete.

Sterner legte eine Pause ein, ziemlich verlegen, wie es Schaltz erschien.

„Sie werden nicht irgendeiner Mittäterschaft bei diesem Mord beschuldigt. Es gibt nichts, was Sie da hineinzieht. Ich zögere nicht, Sie das gleich am Anfang wissen zu lassen, um Sie zu beruhigen."

Sie hob ihre Augen.

„Ich bin unschuldig und nur das zählt für mich."

„Ja, natürlich", stammelte Sterner. „Ich erzähle Ihnen das nur, weil es meine amtliche Stellung notwendig macht, Sie darüber zu informieren, dass Sie nicht gezwungen sind, Ihren Mann zu belasten. Tatsächlich bin ich nicht einmal berechtigt, solches Beweismaterial von Ihnen zu den Dokumenten hinzuzufügen, die als Basis für die Anklage dienen werden. Ich habe jetzt genug herausgefunden, um mich davon zu überzeugen, dass das Gericht Ihre Aussage nicht benötigt – um zu entscheiden, wie es mit Ihnen verfahren soll. Sie sind frei. Auf der anderen Seite dürfen Sie, falls Sie es wollen, alles vorbringen, was den Verdacht von Ihrem Mann abbringt. Sie waren am Tag des Mordes nicht in Homburg. Wenn Sie also irgendetwas wissen, was den Verdacht von Ihrem Mann abwenden kann, dann sprechen Sie bitte jetzt. Es ist meine Pflicht, dafür zu sorgen, dass ein unschuldiger Mensch nicht in Schwierigkeiten gerät – genauso wie die schuldige Person zu finden und in die Hände der Justiz zu übergeben."

„Mein Mann ist unschuldig", betonte sie.

Sterner zuckte mit seinen Schultern.

„Ich hatte dabei an eine bestimmte Aussage gedacht, was passiert ist, und nicht nur die Umstände, die ausschließlich Ihren Mann betreffen. Der ermordete Mann war Ihr Freund. Nun gut, wissen Sie irgendetwas, das für unsere Untersuchung neue Wege öffnen könnte? Kannten Sie vielleicht Menschen, die seine Feinde waren? Sie haben sich doch mit Ihrem Mann darüber ausgetauscht, wie der Mord verübt wurde. Wenigstens müssen Sie einige Vermutungen gehabt haben."

Sie schüttelte den Kopf.

„Gut", sagte Sterner. „In diesem Fall gibt es nichts Weiteres zu besprechen."

Die Befragung war beendet. Der Richter überreichte der Frau ihre Aussage zum Unterschreiben; Schaltz konnte sehen, wie ihre Hand zitterte. Dann teilte ihr der Richter mit leisem und sehr freundlichem, ja übertrieben freundlichem Ton mit, dass sie frei war.

Sie blieb unentschlossen stehen.

Sterner gab Schaltz und dem Protokollanten ein Zeichen.

„Meine Herren“, redete er sie an. „Die Anhörung ist vertagt. Mit Rücksicht auf Frau Saarbrücken würde ich gerne ein paar Worte privat an sie richten. Um die schwierige Konstellation zurechtzurücken, die durch meine offiziellen Handlungen entstanden ist.“

Schaltz nickte und zog sich mit dem Protokollanten zurück.

Sterner war jetzt allein mit Lizzie Saarbrücken.

Sie stand da mit bedrückten Augen, ihr blasses Gesicht errötete stark.

Sterner war aufgestanden und kam ihr entgegen. Behutsam schob er ihr einen Stuhl entgegen und setzte sich selbst auf einen anderen.

„Lizzie“, sprach er mit gedämpfter Stimme. „Nach dem, was zwischen uns beiden passiert ist, kann ich dich nur bei diesem Namen nennen – Lizzie. Ich bitte um die Vergewisserung, dass ich dein Freund bin. Wie immer denke ich nur daran, was das Beste für dich ist, wie ich helfen kann, alle Hindernisse auf deinem Weg zu entfernen.“

Sie schaute auf, aber sagte nichts.

„Du wolltest dich nicht mit mir versöhnen. Deine Mutter verriet mir, dass du mir ausweichst; dein bedauernswerter Bruder, der ein Gefangener in seinem Krankenbett in Falkenstein ist, erzählte mir, dass er dich vergeblich gebeten hatte, alles Vergangene zu vergessen – und eine freundschaftliche Beziehung aufrechtzuerhalten. Aber das wolltest du nicht. Ich mochte gestern Abend nicht mit dir am Telefon sprechen. Unser Treffen hat nun stattgefunden. Was ich für dich tun konnte, habe ich getan. Und so weit ich helfen kann, wird dich diese Affäre nicht länger belasten. Nun haben wir uns getroffen und du musst mir die Hand geben."

Mechanisch hob Lizzie ihre Hand und Sterner schüttelte sie.

Er schaute sie an und sah einen Schimmer Tränen in ihren Augen.

„Lizzie", sagte er. „Letztendlich haben wir beide uns wiedergetroffen. Ich bin dein Freund, und als dein Freund sollte ich in der Lage sein, dich zu beschützen."

Sie zog ihre Hand zurück.

Sterner ergriff sie erneut und apathisch erlaubte sie ihm, dass ihre Hand in seiner verblieb.

„Ich weiß mehr über dich, als du denkst, Lizzie. In letzter Zeit warst du mehr in meinen Gedanken als alle anderen. Ich kenne deine Sorgen, deine Probleme und ich biete dir meine Hilfe an."

„Ich kann keine Hilfe von dir annehmen, Fritz", flüsterte sie.

„Nicht jetzt, nicht sofort. Ich möchte mich dir nicht aufzwingen, ich bin geduldig. Deinetwegen habe ich Falkenstein besucht, doch habe ich dir niemals meine Gesellschaft aufgedrängt. Ich war keine Sekunde taktlos. Allerdings möchte ich dir das mitteilen, was ich über dich weiß. Ich hörte es nicht von deiner Mutter oder deinem Bruder, die du immer mit deinen Problemen verschont hast. Ich habe es von dem Mann erfahren, dessen Tod uns zusammengebracht hat."

Lizzie zitterte und Sterner zog an ihrer Hand.

„Lord Faringdon hat mir von deinen Wünschen berichtet und was er für dich getan hat. Vielleicht hättest du eine bessere Vertrauensperson auswählen sollen, aber er tat es als Freund. Nun ist er tot und viele Umstände deuten auf deinen Mann als seinen Mörder."

Lizzie errötete.

„Er ist nicht …"

Diese Worte kamen mit einem Ausbruch von Furcht und Sorge.

„Es könnte mein Los sein, ihn für schuldig zu erklären. Außerdem weiß ich eine Menge über sein Verhalten dir gegenüber – was mich ihm gegenüber nicht gerade milde stimmen wird. Die Wahrheit muss ans Licht, und dann wehe ihm!"

„Saarbrücken ist unschuldig. Er hat Cecil nicht ermordet. Er hat es nicht getan, sage ich, er kann es nicht getan haben."

Sterner zuckte neuerlich mit seinen Schultern.

„Das wird die Zeit zeigen."

Sein Ton wurde wieder freundlich, fast liebevoll.

„Doch du, Lizzie, musst mir ab sofort vertrauen. Du wirst es nicht bereuen. Was die Zukunft angeht, werden wir nicht jetzt darüber sprechen, wir haben wenig Zeit. Ich bitte dich nur um deine Zusicherung, dass du es versuchst."

Sie blickte auf und flüsterte beinahe.

„Ich kann nicht. Lass mich gehen, ich möchte nach Haus und dort meinen Frieden finden. Du sagtest, dass du mich nicht mehr hierherzitieren wirst. Wenn das so ist, lass mich bitte allein. Du braucht mich nicht mehr zu fragen, Fritz."

Sterner stand auf.

„Dann werde ich heute keine Worte mehr darüber verlieren. Aber ich werde zu dir nach Haus kommen, Lizzie, um dich zu sehen, und du musst mir dein Vertrauen geben. Ob ich die Anklage gegen ihn vorbereite oder nicht, ich würde gerne sicher sein, dass ich dein Vertrauen spüre. Und dieses Mal, Lizzie, werde ich dich nicht wieder enttäuschen. Ich bitte nur um deine Freundschaft."

Sie sagte nichts, aber ihre Wangen glühten.

Dann machte sie sich auf, um zu gehen. Sie hielt an und fragte im selben leisen Ton.

„Fritz, kannst du diesen Fall aufgeben?"

Sterner nickte.

„Dann tue es. Das wäre für mich der ehrlichste Weg, zu zeigen, dass es mit deiner Freundschaft ernst gemeint ist."

„Darf ich dich in Falkenstein besuchen und mit dir *darüber* sprechen?"

„Ja, *darüber* kannst du …"

Sterner nahm ihre Hand und verabschiedete sich.

Sie ging von dannen, mit gesenktem Kopf, wie in einem Traum.

## Drittes Kapitel

Schaltz war sprachlos. Augenscheinlich steckte etwas dahinter. Der jungen, attraktiven Dame hatte es die Röte ins Gesicht getrieben, so als ob sie von einem Rendezvous gekommen wäre. Die zwei kannten sich, das schien gewiss. Er zerbrach sich den Kopf, um herauszufinden, woher. Kiel? Sterner kam aus Kiel. Und Frau Saarbrücken war auch in Kiel geboren. Handelte es sich deshalb um alte Freunde? Aber warum hatte er nichts darüber gesagt? Nun gut, es ging die Polizei nichts an. Doch was war mit dem Gespräch am Telefon? Trotzdem, es gab keinen Zweifel, dass diese beiden Menschen lange miteinander bekannt sein mussten.

Schaltz warf einen scharfsinnigen, beobachtenden Blick auf seinen Vorgesetzten. ‚In Ordnung', dachte er sich. ‚Du glaubst also, du kannst Spielchen treiben – mit einem so erfahrenen Polizisten wie mir!'

Er bremste sich bei seinen respektlosen Gedanken und hielt unwillkürlich inne. Allerdings hatte er einen aufrichtigen Brandenburger Eid geschworen, dass er die Augen offen halten würde. Das konnte heiter werden.

Derweil wurde Saarbrücken in den Gerichtssaal gebracht. Wegen seines Benehmens am Vorabend trug er Handschellen.

Sterner machte eine leichte Verbeugung. Der Gefangene stand steif und störrisch wirkend vor dem Podium. Sterner bemerkte die Handschellen.

„Würden Sie sofort die Handschellen abnehmen!", sprach er zum Gefängniswärter. „In Preußen wird niemand mit verbundenen Händen vorgeführt."

Hastig gehorchte der Wärter.

„Bringen Sie schnell noch einen Stuhl für Herrn Saarbrücken", fuhr Sterner fort. „Bitte setzen Sie sich."

Er dankte dem Gefängniswärter.

„Sie können nun gehen."

Der Wärter zögerte.

„Ich sagte, Sie können gehen. Haben Sie es nicht gehört?"

Der Wärter ging.

Sterner verließ seinen Platz und näherte sich dem Beschuldigten. Der wiederum stand – trotz der Einladung zum Sitzen – immer noch ziemlich konfus vor dem Podium. Er wappnete sich mit einer missachtenden Haltung und erwartete den amtlichen Hochmut. Mit dem rücksichtsvollen Verhalten des Richters schien er wenig anfangen zu können.

Sterner machte einen erneuten Bogen um ihn.

„Herr Saarbrücken", betonte er. „Bevor ich die Verhandlung eröffne, möchte ich Ihnen mitteilen, dass Ihr Rechtsbeistand bei mir angefragt hat – und um die Erlaubnis bat, Sie verteidigen zu dürfen. Ich bin sehr darauf bedacht, dass Sie Vertrauen in mich haben. Und ich würde diese Vorgehensweise bevorzugen, so lange, bis die Anklagebehörden den Fall übernehmen. Bis dahin sollen Sie die Gelegenheit erhalten, frei mit mir zu sprechen. Die deutschen Gesetze verbieten mir, mich ohne Zeugen mit

Ihnen zu beschäftigen. Daher beschränke ich mich darauf, zu sagen, dass ich mir eines Umstands bewusst bin: dass Sie abgesehen von der Tatsache, dass ich Ihr Richter bin, einen alten Groll gegen mich hegen. Ich räume ein, mich einstmals als Ihr Gegner wiedergefunden zu haben – allerdings in einer rein sportlichen Sache. Die gegenwärtige ernste Situation hat alle Spuren dieser unbedeutenden Auseinandersetzung beseitigt. Darauf gebe ich Ihnen mein Wort als Ehrenmann. Das deutsche Recht verpflichtet mich, meine Aufmerksamkeit genauso darauf zu richten, was für Sie spricht, wie auf die Argumente dagegen. Ich werde meiner Pflicht als Richter und als Mann von Ehre nachkommen. Das wollte ich Ihnen vor der Eröffnung des Falles sagen."

Ohne auf eine Antwort zu warten, setzte sich Sterner auf den Richterstuhl und gab Saarbrücken ein Zeichen, sich ebenfalls niederzulassen.

Schaltz verfolgte die Szenerie mit großer Aufmerksamkeit. Da saß also ein alter Bekannter. Und was war mit seiner Frau? Er nahm seinen Platz ein und fühlte sich dabei wie der rechtmäßige Besitzer einer Loge bei einer sensationellen Premiere.

Saarbrücken wirkte komplett entwaffnet und sagte kein Wort.

Die Vernehmung begann mit den gewöhnlichen Fragen, etwa nach Geburtsdatum und Geburtsort.

Saarbrücken antwortete mit leiser, aber fester Stimme.

Dann kamen sie zum Punkt.

„Ihr Arrest begründet sich aus der Tatsache, dass Sie die Stadt verlassen wollten."

‚Das ist eine Lüge', dachte sich Schaltz. ‚Was will er damit ausdrücken?'

„Ich nehme mir die Freiheit, abzureisen, wann immer es mir gefällt", brach es aus Saarbrücken heraus.

Sterner widersprach sanft.

„Das war unvernünftig von Ihnen, Herr Saarbrücken, nachdem die Polizei Sie um Auskunft gebeten hatte. Sie mussten annehmen, dass Sie zu einer Aussage in der Untersuchung aufgerufen waren. So ist es doch gewesen, nicht wahr, Schaltz?"

Schaltz sprang auf.

„Ja, mein Herr."

Das Gesicht des Richters zeigte ein nervöses Zucken. Und Schaltz setzte sich wieder, fluchte zu sich selbst.

Saarbrücken bewegte seine Schultern.

„Ich vermute, dass sich jeder in den Kopf gesetzt hat, mich zu verdächtigen."

Sterner hob seinen Kopf.

„Vielleicht."

„Warum werde ich auf diese lächerliche Weise beschuldigt?"

„Weil bestimmte Umstände auf Sie hindeuten, Herr Saarbrücken. Der Fall hat allergrößte Bedeutung, er zieht die Aufmerksamkeit aus ganz Europa auf diese Stadt. Schließlich kommen weltbekannte Leute hierher zur Kur und zur Vergnügung, darunter Mitglieder von Königshäusern aus dem Ausland – kurz gesagt, es ist ein Ort, an dem sich die europäische Elite versammelt. Wir müssen es so behandeln, damit niemand uns irgendetwas vorwerfen kann."

„Es ist ziemlich schlimm, dass ich für all das bezahlen soll", murmelte Saarbrücken.

Dann nahm der Richter das kleine Medaillon in die Hand, das am Fundort der Leiche entdeckt worden war.

„Kennen Sie das?", fragte er eindringlich.

„Ja", antwortete der Mordverdächtige. „Das ist ein Medaillon mit den Initialen meiner Frau – und ein Souvenir."

„Es wurde in der Nähe des Toten entdeckt. Geben Sie zu, dass dies ein bedeutender Fakt ist?"

Saarbrücken neigte seinen Kopf.

„Hätte mich jemand gestern danach gefragt, hätte ich es erklären können."

„Womöglich werden Sie es jetzt erklären."

„Das Medaillon gehört mir. Ich trug es vorgestern, als ich es beim Tennis verlor. Einer der Jungen brachte es mir am Nachmittag."

„Während Sie auf der Kurhausterrasse zusammen mit dem Ermordeten rauchten, ist es nicht so gewesen?"

„Ja."

„Sie werden zugestehen, dies klingt recht ungewöhnlich. Der Junge bringt Ihnen dieses Medaillon am späten Nachmittag gegen sechs Uhr. Am nächsten Tag wird es am Fundort der Leiche entdeckt, abgerissen von der Kette. An der Verknüpfung wurde nachweislich gezerrt, sodass es zu diesem Riss kam. Können Sie mir das erklären, Herr Saarbrücken?"

Schaltz saß da und staunte. Er wusste selbst nichts von dieser Sache; das machte deutlich, dass Sterner doch nicht so grün hinter den Ohren war. Verflucht, das war Schaltz entgangen.

Der Beschuldigte nahm sich zusammen.

„Ich muss eingestehen, das scheint gegen mich zu sprechen. Und wie ich feststelle, ist die Angelegenheit komplizierter, als ich dachte. Aber ich habe ein reines Gewissen und es wird gut enden. Ich habe dieses Medaillon nicht am Tatort verloren."

Sterner zeigte sich völlig ruhig, seine Stimme klang sehr freundlich.

„Ich habe Sie lediglich nach einer Erklärung gefragt und ich akzeptiere jede, die Sie mir liefern. Jedenfalls freue ich mich, dass Sie mir zubilligen, dass mein Vorgehen gerechtfertigt war. Erkennen Sie das an?"

„Vollkommen", antwortete der Beschuldigte.

„Sehr gut. Dann werden Sie erklären können, wie das Medaillon zu der Fundstelle gelangt ist?"

„Ich übergab es am gleichen Abend an Lord Faringdon."

„Sie gaben Lord Faringdon ein Medaillon mit den Initialen Ihrer Frau!"

Sterner öffnete das Medaillon.

„Und soweit ich sehen kann, mit einer Haarlocke Ihrer Ehefrau! Auch da werden Sie zugeben, dass dies sehr merkwürdig klingt. Sie können das doch selbst kaum glauben – oder weiß Ihre Frau davon?"

„Nein."

„Hm."

Sterner erhob sich und kam von seinem Platz herunter.

„Ich bin verpflichtet, Ihnen zu sagen, dass dies schlecht ist, äußerst schlecht. Selbstverständlich handelt es sich nur um einen nebensächlichen, freilich dennoch um einen sehr wichtigen nebensächlichen Hinweis. Und Sie sind gänzlich nicht in der Lage, es zu erklären?"

„Genau", antwortete der Beschuldigte leise.

Sterner diktierte und der Schriftführer nahm seine Worte auf. Schaltz bemerkte, dass die Wortwahl sehr zugunsten des Verdächtigen ausfiel ... Der Richter zeigte das Verlangen, den Gefangenen anständig zu behandeln.

Saarbrücken bestätigte formal die Korrektheit der Aufzeichnungen.

Indes nahm Sterner seinen Sitz wieder ein und machte weiter.

„Sie kamen vorgestern Abend vor elf zum Hotel zurück?"

Er las den Bericht und schaute den Gefangenen forschend an.

„Wenn das stimmt, waren Sie dann zwischen zwanzig nach zwölf und halb eins wieder draußen? Wo sind Sie gewesen?"

Saarbrücken lief feuerrot an.

„Ich muss Sie nach einer Antwort fragen. Wo waren Sie?"

Saarbrücken stand auf.

„Ich sehe, wie sich die Gegebenheiten gegen mich verschworen haben. Normalerweise nehme ich das Leben so, wie es kommt, und Sie wissen, ich fürchte nichts. Ich habe meine Fehler, aber ich erzähle niemals Lügen – ich kann mich nicht erinnern, jemals gelogen zu haben. Wie dem auch sei, lassen Sie uns dem ein Ende setzen. Wie ich sehe, handelt es sich nur um eine Voruntersuchung. Die Umstände sind gegen mich."

Sterner unterbrach ihn.

„Wollen Sie uns nicht sagen, wo Sie waren? Ich muss Sie ausdrücklich auf die Tatsache hinweisen, dass Sie ein Alibi reinwaschen könnte. Ich verstehe, dass Sie denken, eine andere Person aussparen zu müssen."

„Ich kann nichts sagen. Ich akzeptiere die Situation, wie sie ist, ich habe nur eine Frage: Was passiert, wenn ich bei meiner Weigerung bleibe?"

„Erkennen Sie die Schuld am Mord an Lord Faringdon an?"

„Nein, ich bin unschuldig."

„Na gut. Ich stelle fest, bei einer Sache unterliegen Sie einem Irrtum. Die Weigerung, meine Frage zu beantworten, führt für Sie zu einer sofortigen Mordanklage. Natürlich können Sie bereit sein, die Konsequenzen zu tragen, und das ist Ihre Sache. Aber Ihre Haltung hat weitreichende Folgen: Nach allem, was vorgefallen ist, wird allein Ihnen der Prozess gemacht. Wenn Sie unschuldig sind, werden Sie gewiss Ihre Haltung ändern. Steckt womöglich eine Frau dahinter, deren guten Namen Sie eventuell schützen wollen? Dann bedenken Sie, dass auf lange Sicht alles herauskommen wird. Sie sehen also, Sie tragen das Risiko der Verurteilung alleine. Und wenn Sie dann aussagen, könnte es zu spät sein, die Spuren des Verbrechens werden beseitigt sein. Die Behörden wären auf eine falsche Fährte gelockt worden, die Sache wird im Sande verlaufen. Sie sind dann nicht mehr Herr über Ihre Worte. Es ist also Ihre Pflicht, jetzt zu sprechen."

Saarbrücken biss die Zähne zusammen und schwieg.

Sterner redete in demselben festen, ruhigen Ton weiter.

„Ganz nebenbei wird keiner dieser Herrschaften Ihre Erklärung hören. Diese Herrschaften sind an ihren Eid gebunden. Sollte sich Ihr Alibi beweisen lassen, wird die Anklage fallen gelassen. Und die Belege Ihrer Erklärungen werden mit jeglicher erdenklichen Diskretion behandelt. Deshalb bitte ich Sie zu sprechen."

„Ich kann mein Alibi nicht belegen. Wer kann das schon gänzlich tun. Ich bin zweimal durch den Park gelaufen, mehr gibt es nicht zu sagen. Ich weiß genauso wenig wie jeder andere, wann der Mord stattgefunden hat. Welchen Nutzen hätte dann mein Alibi? Nein, ich kann nicht sagen, wo ich gewesen bin."

„Aber Sie waren im Park?"

„Ja."

Sterner diktierte das Gesprochene dem Protokollanten. Nachdem er noch einmal darüber gelesen hatte, fügte er hinzu:

„Gut, Herr Saarbrücken, demzufolge dürften Sie kaum überrascht sein, des Mordes beschuldigt zu sein. Können Sie die Annahmen dieser Untersuchung irgendwie entkräften? Haben Sie eine Idee, wer den Mord verübt haben könnte?“

„Nein, die ganze Sache ist unerklärlich für mich.“

„Haben Sie nichts hinzuzufügen?“

„Nein.“

„Wie Sie wünschen. Ich habe nur noch eine oder zwei weitere Fragen an Sie zu richten. Wie ist Ihre finanzielle Lage?“

„Ich bin insolvent.“

„Insolvent! Sie betreiben ein großes Geschäft – und da halten Sie sich hier auf und geben Geld aus?“

„Ich befand mich zwei Tage im Arrest, meine Gläubiger werden die Ernennung eines Insolvenzverwalters beantragen.“

„Konnten Sie das voraussehen?“

„Nein; wäre ich in Freiheit gewesen, hätte ich den Sturm heil überstehen können, doch nun ist alles vorbei. Es bringt nichts, sich den Tatsachen zu verschließen. Der Schritt, den Sie vollzogen haben, bedeutet meinen Ruin. Ich werde diesen Ärger wie ein Mann ertragen. Und es wird mir gelingen, Gott sei Dank.“

„Und Ihre Frau, ist sie auch darauf vorbereitet?“

„Nein, meine Frau weiß nichts über meine Geschäfte, doch von meinem Unglück wird sie nicht betroffen sein. Ihre Mutter lebt in Falkenstein und besitzt ein kleines Vermögen. Darüber hinaus wird meine Frau in anderer Hinsicht versorgt sein. Sie erbt den gesamten persönlichen Besitz von Lord Faringdon, der sehr reich war."

Sterner spielte mit seiner Brille.

„Sehen Sie ein, Herr Saarbrücken, dass dieser Umstand, in Verbindung mit den anderen Indizien, einen weiteren gewichtigen Beweis gegen Sie liefert?"

„Vollkommen", erwiderte der Beschuldigte gefasst.

„Und dass diese Umstände Ihre Frau in den Fall hineinziehen könnten?"

„Das glaube ich nicht. Mein Anwalt kann beweisen, dass meine Frau nichts über Lord Faringdons testamentarische Verfügung wusste."

„Hier gehen Sie zu weit", unterbrach ihn Sterner. „Niemand kann einen negativen Beweis erbringen."

Saarbrücken erhob seinen Kopf mit einem leichten Lächeln.

„Nicht jeder hat so viel Pech wie ich. Ich kann beweisen, dass meine Frau die Scheidung eingereicht hat. Das Einzige, was das aufgehalten hat, ist mein Widerstand gewesen."

Sterner bewegte seinen Kopf ebenfalls nach oben.

„Sind Sie sich bewusst, dass diese Information Ihre Lage noch schlimmer macht?"

Saarbrücken lächelte erneut.

„Dr. Sterner, es kann nicht schlimmer werden, als es ist. Ich bin nicht besonders religiös, glaube jedoch an Wahrheit und Justiz. Und ich habe volles Vertrauen in die gerechte Sache."

Er machte einen Diener und lächelte sarkastisch.

„Um die von Ihnen angedeuteten Nachteile zu vermeiden“, fügte Saarbrücken hinzu, „rate ich Ihnen, anderswo Nachforschungen zu unternehmen, bevor es zu spät sein dürfte.“

Sterner blickte den Beschuldigten prüfend an. Schaltz durchdrang ihn mit seinen Augen. Er war wirklich ein wundervoller Mann – eigentlich waren es sogar beide Kontrahenten. Es gab tatsächlich etwas, was man von Sterners wissenschaftlichem Herangehen lernen konnte.

Die Aussagen wurden zu Papier gebracht und dem Beschuldigten zum Unterschreiben vorgelegt. Sterner dachte einen Moment nach.

„Bringen Sie den Gefangenen fort“, befahl er dann kurz und knapp.

Daraufhin wurde der Gefangene hinausgebracht und Sterner ordnete an, die Zeugin aufzurufen, die als Bedienstete bei dem italienischen Ehepaar vor deren Abreise gearbeitet hatte.

Die Zeugin trat ein.

Sterner betrachtete sie sehr genau, eine Frau mittleren Alters, recht prunkvoll gekleidet, klein und dunkel.

„Wie lautet Ihr Name?“

„Nathalia Stolzi.“

„Wo wurden Sie geboren?“

„Im österreichischen Tirol, aber ich lebe seit 15 Jahren hier in Homburg.“

„Sie waren Bedienstete in dem kleinen Haus, für den Bankier Delphini und seine Frau.“

„Ja“, antwortete sie.

„Sind Sie vorgestern Nacht gegen Mitternacht dort gewesen?"

„Nein", entgegnete die Zeugin. „Die Herrin hatte mich um sieben Uhr zu einem Schneider in die Stadt geschickt, der zu dieser Zeit einige Dinge fertig hatte. Madame wollte früh am nächsten Morgen abreisen."

„Wann kamen Sie zurück?"

„Gegen halb eins. An die genaue Zeit kann ich mich nicht erinnern. Aber ich musste einige Zeit bei der Schneiderin, Fräulein Krause, warten, weil sie noch nicht so weit war."

„Schlief Ihre Herrin da bereits?"

„Nein, sie und ihr Mann waren noch auf und stark mit dem Packen beschäftigt."

„Hatten Sie jemanden im Park getroffen?"

„Ja", antwortete Nathalia Stolzi. „Irgendwo an der Wegekreuzung, wo sie den ermordeten Lord gefunden haben. Ich sah einen Herrn, der den Weg entlangging."

„Ach, tatsächlich", unterbrach Sterner. „Und sind Sie in der Lage, sich an diesen Herrn zu erinnern, so wie Sie ihn gesehen haben?"

Nathalia zögerte für einen Augenblick.

„Ja, ich denke schon. Er erschien mir groß, beleibt und blond. Er trug einen leichten Mantel und einen weichen Filzhut auf seinem Kopf."

„Schaltz", sagte Sterner. „Würden Sie den Gefangenen reinbringen?"

Daraufhin ging Schaltz nach draußen.

Sterner wandte sich Nathalia Stolzi zu.

„Nun, vielleicht haben Sie die Freundlichkeit, darüber gut nachzudenken? Ihre Aussage ist von allergrößter Wichtigkeit, verstehen Sie? Die Aussage könnte von entscheidender Bedeutung für das Schicksal eines Mitmenschen sein. Sollten Sie sich an diesen Mann erinnern, sind Sie verpflichtet, das zu sagen. Wenn Sie nur einen winzigen Zweifel haben, müssen Sie uns das ebenfalls mitteilen."

Die dunkle kleine Frau fühlte sich wie auf Dornen. Ihr vorheriges Selbstbewusstsein war verschwunden und sie zitterte leicht.

Die Tür ging auf und Schaltz kam mit Saarbrücken herein.

Sterners Augen waren auf Nathalia fixiert.

„Ist er es gewesen?"

Die Zeugin drehte sich in Richtung von Saarbrücken, dessen Gesicht ruhig und unbeweglich wirkte. Ihre Stimme zitterte, während sie flüsterte und sie sich dem Richter zuwandte.

„Er ist es gewesen."

Eine tiefe Stille trat ein.

„Haben Sie, Saarbrücken, diese Frau vorletzte Nacht gegen halb eins im Kurpark gesehen?"

„Nein."

„Bringen Sie den Gefangenen wieder zurück."

Schaltz gab Saarbrücken ein Zeichen und zusammen verließen sie den Gerichtssaal.

„Sind Sie sich bewusst, dass Ihre Aussage, die Sie vor dem Schwurgericht wiederholen müssen, immense Auswirkungen für den Beschuldigten hat?"

„Ja", antwortete die Zeugin mit einer kaum vernehmbaren Stimme.

Sterner setzte die Untersuchung fort, verhörte die Zeugin vorwärts und rückwärts, über sie selbst, ihre Herrschaften und über Leute, die ihre Aussagen bestätigen konnten. Aus ihren Worten war zu entnehmen, dass die Delphinis ein sehr zurückgezogenes Leben führten und gemeinsam sehr glücklich zu sein schienen. Nur während deren Aufenthalt in Homburg arbeitete sie als ihre Bedienstete. Das Ehepaar hatte nur wenige Bekannte, genoss jedoch den besten Ruf. Die Zeugin wusste nicht, ob einer der beiden an jenem Abend das Haus verlassen hatte. Der Mann befand sich außer Haus, als sie gegangen war, und er war wieder da, als sie gegen halb eins zurückkam. Sie konnte sich nicht daran erinnern, Saarbrückens Namen in dem Hause vernommen zu haben, ebenso wenig wie den von Lord Faringdon. Soweit es ihr bewusst war, sind diese zwei Personen ihren früheren Herrschaften unbekannt gewesen. Was deren Abreise anging, erklärte sie, dass dieses Datum schon beim Beginn ihres Engagements feststand. Der Mietvertrag für das kleine Haus endete am 8. Juli.

Sie wusste, die Heimat von Herrn Delphini war Mailand, jedoch kannte sie nicht die Adresse. Das Ehepaar sei von Homburg in die Schweiz gefahren, um dort einige Wochen in den Bergen zu verbringen.

Danach wurde die Zeugin entlassen und Saarbrücken wieder hereingebracht.

„Herr Saarbrücken", sagte Sterner in einer ruhigen, festen Sprache. „Sie werden vielleicht bemerkt haben, dass die Aussage der letzten Zeugin Ihre Position mehr als fragwürdig macht. Über Ihr Dementi, diese Frau gesehen zu haben, will ich hinweggehen. Es ist durchaus nachvollziehbar, die Dame nicht bemerkt zu haben, obwohl sie nur in sehr geringer Distanz vorbeiging. Aber *sie* hat *Sie* erkannt – und deshalb scheint es erwiesen, dass Sie im Park zu der Zeit gesehen worden sind, als der Mord begangen wurde. Ich muss Sie daher aufrufen – dieses Mal in Ihrem eigenen Interesse – zu erklären, warum Sie sich zum fraglichen Zeitpunkt an diesem Flecken aufhielten. Es ist jetzt keine Frage mehr nach einem Alibi, davon kann keine Rede sein. Sie haben nur zu erklären, warum Sie im Park waren."

Saarbrücken schaute mit einem kaum sichtbaren Lächeln auf.

„Ich hatte Ihnen bereits gesagt, durch den Park gegangen zu sein. Was das betrifft, gibt es nichts Neues. Und ich weiß nicht, welchen Unterschied es macht, ob eine unbekannte Frau mich dabei gesehen hat. Ich weiß nicht, wann mein Freund umgebracht worden ist – ob *Sie* es wissen oder nicht, kann ich nicht entscheiden."

Sterner zuckte mit den Schultern.

„Schaltz", befahl er. „Bringen Sie den Gefangenen zurück in seine Zelle."

Als sich Saarbrücken zu Schaltz drehte, sprach ihn der Richter noch einmal an.

„Gefangener", sagte er. „Ich habe Ihnen mitzuteilen, dass Sie heute gemäß den Bestimmungen von Paragraf 88 des Strafgesetzbuches mit der Leiche des Ermordeten konfrontiert werden."

Saarbrücken streckte seinen Kopf feierlich nach oben.

„Ich habe bereits früher tote Menschen gesehen. Und könnte dieser Körper meine Unschuld bezeugen, würde er laut zum Himmel schreien."

Sterner sagte nichts.

Der Befehl für eine strenge Haft wurde erlassen und der Gefangene weggebracht. Das Gericht erhob sich, es kam zur Unterbrechung der Untersuchung.

Am gleichen Tag, kurz nach der Befragung, wurde der öffentliche Ankläger mittels eines Telegramms vorgeladen.

Schaltz war nun überzeugt, dass Helmuth Saarbrücken der Mörder sein musste. Er näherte sich vorsichtig dem Amtsrichter.

„Dr. Sterner", fragte er. „Wie konnten Sie das mit dem Medaillon wissen? Entschuldigen Sie bitte meine Frage, mein Herr, aber das ist eine Sache, in die ich eingeweiht sein sollte."

„Zufall, Schaltz, reiner Zufall. Der Junge, der das Medaillon gefunden hat, ist der Sohn meines Pförtners. Er erzählte mir die Geschichte heute Morgen."

Schaltz schüttelte den Kopf.

„Es sieht nicht besonders gut für ihn aus?"

„Nein", entgegnete Sterner. „Wirklich nicht."

Das war der Stand in dem Fall am 8. Juli. Am nächsten Tag wurde das Gericht in Frankfurt über die Anklage gegen Herrn Helmuth Saarbrücken in Kenntnis gesetzt – beschuldigt des vorsätzlichen Mordes an Cecil Laking, Baron Faringdon, letzter von Rigsby Abbey in der Grafschaft Kent, im Vereinigten Königreich von Großbritannien und Irland. Die Anklage richtete sich einzig und allein gegen Saarbrücken. Denn dem Staatsanwalt wurden Fakten übermittelt, die eine mögliche Verwicklung seiner Frau, Elisabeth Saarbrücken, ausschlossen – genau wie das Wissen über das Verbrechen, dessen ihr Mann beschuldigt wurde.

Am gleichen Tag fand die gesetzliche Begutachtung der Leiche statt. Sie wurde vom offiziellen Chirurgen, Dr. Grible, in Anwesenheit des Richters und des Beschuldigten durchgeführt. Letzterer stand ziemlich gleichgültig und gefasst neben dem Körper seines umgebrachten Freundes. Er schaute ohne die geringste Erregung zu, während der Arzt zeigte, wie sich der korsische Dolch perfekt in die tödliche Wunde einfügte.

Der Mediziner schüttelte den Kopf. Entweder war dieser Mann unschuldig oder abgehärteter als jeder andere berufsmäßige Verbrecher.

## Viertes Kapitel

Am 9. Juli wurde die Zeugenbefragung fortgesetzt. Und einen Tag später, am zehnten des Monats, trafen zwei englische Anwälte ein: Die Herren Longland Hearne und Tunstaple Wells.

Sir Longland Hearne hätte auch als bedeutender Politiker durchgehen können: dünn, aufrecht, mit schwarzgrauen Haaren, scharfen Gesichtszügen und einem Monokel. Seine braunen Augen wirkten voller Leben, doch seine strikte Disziplin ließ ihn zurückhaltend und rätselhaft erscheinen. Er war so eine Art feiner Pinkel, sein Einkommen dürfte nicht weniger als 20 000 Pfund im Jahr betragen haben. Seine Zeit in Oxford hatte er mit dem sechsten Lord Faringdon verbracht, dessen Anwalt und treuer Freund er hinterher wurde.

Im Jahr 1888 verunglückte Hugh, der sechste Baron, beim Pferderennen in Cowes tödlich. Lord Cecil war damals gerade mal 17 Jahre alt. Als er älter wurde und den Besitz übernahm, erbte er Sir Longland gleich mit.

Die Roxley-Familie, die nächste Verwandtschaft, hegte ein natürliches Misstrauen gegenüber Longland Hearne. Der wiederum kannte die Angehörigen nicht, nur ihren Anwalt, Tunstaple Wells, den er nur sehr wenig schätzte.

Deshalb bedeutete es für ihn keine ungetrübte Freude, mit ihm den ganzen Weg von Dover eine Kabine und sogar einen Zugwaggon zu teilen. Während der Reise sprachen sie keine zwei Worte miteinander, obwohl sie den Eisenbahnwagen für sich selbst hatten.

Beide marschierten zum Kurhaushotel, schließlich waren sie aus dem gleichen Grund gekommen – sie wollten sich um Lord Faringdons Erbschaft kümmern.

Sir Longland Hearne brauchte nicht lange, um herauszufinden, dass ein Treffen mit Sterner am lohnenswertesten sein würde. Also suchte er ihn auf.

Sterner gab sich zurückhaltend. Er empfing seinen früheren Vorgesetzten höflich und Sir Longland hörte mit Freude, wie sein einstiger Schüler gut zurande kam. Er interessierte sich für Frau Saarbrücken und erfuhr große Genugtuung, als er herausfand, dass sie nicht angeklagt wurde. Er zeigte sich traurig darüber, was mit seinem Mandanten passiert war. Selbst betrachtete er sich als Teil des Erbes und hielt sich für die Dame bereit. Auf der anderen Seite war er traurig, dass ihr Ehemann wahrscheinlich der Mörder sein musste. Doch da die Dame vor der Scheidung stand und Gütertrennung erlangen würde, konnten sie darüber hinwegsehen. Sir Longland schien wenig an Lord Faringdon interessiert zu sein. Seinem Verständnis nach wurde ein toter Klient durch seine gesetzlichen Erben repräsentiert. Jetzt ging es darum, die Rollen so abzustecken, dass Sir Longland Hearne dabei Herr der Lage sein würde.

Die Beerdigung von Lord Faringdon würde *seine* Angelegenheit sein; sie sollte mit allem Pomp in Rigsby Abbey stattfinden. Gemäß dem letzten Willen sollte der Körper verbrannt werden, wenn er denn gefunden würde. Seine Asche sollte in einer Urne in der Abteikapelle ihren Platz finden. Der letzte Lord Faringdon hatte damit gerechnet, zu ertrinken, nun hatten sich die Dinge anders entwickelt.

Sterner war sehr zufrieden mit Sir Longland Hearne. Sie vereinbarten, dass Sterner den Rechtsanwalt mit der Erbin bekannt machen sollte. Es könnte wahrscheinlich eine gute Abmachung sein, wenn Sterner als ihr Vermögensverwalter eingesetzt würde; noch erschien es indes zu früh, um Einzelheiten zu regeln.

Sterner fragte Sir Longland, ob er den Leichnam sehen wollte. Den wiederum kümmerte das nicht, allerdings schlug er vor, dass ihn Sterner zum Mittagessen begleitete. Der Richter nahm die Einladung an und schlug seinerseits vor, das Essen in Kronberg einzunehmen, wo sich Frau Saarbrücken gerade aufhielt. Sir Longland Hearne fragte, ob das der Ort sei, wo Kaiserin Friedrich ein Schloss besäße. Und als ihm dies bestätigt wurde, äußerte er großen Respekt für die englische Prinzessin. Sie bestiegen Sterners Automobil, fuhren hinauf nach Kronberg, um zu essen und die Erbin zu treffen.

Tunstaple Wells aß zu Mittag allein in Homburg. Danach stattete er dem Polizeipräsidenten einen Besuch ab, der ihn an Schaltz verwies. Er suchte ihn auf und fand eine gleichgesinnte Person. Wells vertrat radikale und demokratische Ansichten; sein Vater hatte als Kriminalbeamter bei Scotland Yard gedient und seit seiner Kindheit war er vertraut mit der Polizei und ihren Methoden.

Schaltz sprach gut Englisch und gab Wells einen Überblick über die ganze Angelegenheit, soweit es ihm die Diskretion erlaubte.

Wells fragte Schaltz, ob sie gegenüber einander offen sein könnten. Schaltz erklärte, er fände es herrlich, wenn Wells diese Offenheit besäße.

So erzählte Wells von seiner Mission als Repräsentant der nächsten Verwandtschaft, den Lakings aus Roxley. Sie seien von einem gewissen Sir Longland Hearne informiert worden – einer, milde gesprochen, äußerst arroganten und intellektuell unbedeutenden Person. Demnach sei der gesamte persönliche Besitz des ermordeten Lords an eine deutsche Frau vermacht worden. Wells hätte in der Zeitung gelesen, dass es sich bei dieser Dame um die Ehefrau des Mörders handelte. Er sei darüber sehr erfreut gewesen, machte sie das wahrscheinlich zur Komplizin, und damit wäre sie vom Erbe ausgeschlossen.

Schaltz oblag es, den Anwalt Wells seiner Hoffnung zu berauben. Schließlich galt die Frau in jeglicher Hinsicht als unschuldig, das Erbe würde ihr gewiss zugesprochen werden.

Wells dachte nach.

„Dann könnte ich eigentlich wieder nach Hause gehen", sagte er. „Es liegt mir nicht, mich mit dem großen Sir Longland über der Leiche seiner Lordschaft zu streiten. Lassen Sie ihn und die Dame den Lord begraben. Er war zu Lebzeiten ein nutzloser Dummkopf und jetzt wurde er geschlachtet wie ein Schwein. Friede sei mit ihm!"

Schaltz hatte einen Einfall.

„Herr Wells", betonte er. „Es existiert weiterhin die Möglichkeit, dass es hier Arbeit für Sie gibt. Sind Ihre Mandanten reich?"

Wells richtete sich stolz auf.

„Meine Mandanten sind reich oder dabei, reich zu werden – im Allgemeinen mit meiner Hilfe. Die Lakings aus Roxley und besonders Julius Laking, nun achter Baron Faringdon, sind in diesem Augenblick auf dem Weg zu großem Reichtum.“

Schaltz blinzelte mit seinen Augen.

„Mein Herr“, sagte er. „Meine Lippen sind verschlossen, wenn es um Fragen polizeilicher Auskunft geht. Andererseits bin ich auch ein Mensch. Ich habe viel gesehen und bin frei in meinen Gedanken, genauso wie andere Menschen. Wie die Sache gegenwärtig steht, ist Saarbrücken des Mordes angeklagt und zahlreiche Indizienbeweise sprechen gegen ihn. Da sind so viele Punkte, wie ich sie selten gesehen habe, und deshalb gibt es eine Menge für einen Rechtsanwalt wie Sie zu tun. Sie sollten schnellstmöglich Ihren deutschen Kollegen, den Anwalt Isidor Rosenthal aus Frankfurt, anrufen, den Verteidiger von Herrn Saarbrücken.“

Wells grübelte.

„Denken Sie, der Mann ist unschuldig?“

„Ich weiß nicht“, antwortete Schaltz knapp.

„Gut, ob oder ob nicht, macht für mich oder den neuen Lord Faringdon keinen Unterschied“, meinte Wells mit einem leichten Gähnen. „Als Anwalt, der hauptsächlich mit Geldangelegenheiten beschäftigt ist, habe ich kein Interesse an Kriminalfällen. Und ich sehe so oder so nicht, dass es etwas bringt – wenn Saarbrücken der Mörder sein sollte. Seine Frau, die nun zu einem Haufen Geld kommt, das korrekterweise zu uns kommen müsste, ist unschuldig, wie Sie sagen."

Schaltz räusperte sich.

„Mein Herr", entgegnete er. „Jetzt legen Sie mir Worte in den Mund, die ich niemals gebraucht habe. Als Polizist darf ich nicht mehr erzählen. Ich kann lediglich andeuten, dass es im Interesse Ihrer Mandanten wäre – wenn sie denn reich sind – einiges von ihrem Reichtum auszulegen, um herauszufinden, wer Lord Cecil ermordet hat; natürlich nur, wenn es nicht Saarbrücken war. Sollte er es gewesen sein, wäre die Erbin, die zwischen Ihrem Klienten und dem Erbe steht, unschuldig und vollkommen erbberechtigt."

„Meinen Sie …", begann Wells.

Schaltz unterbrach ihn.

„Ich meine nur, Ihnen den Rat zu geben, es zu versuchen und, so eng es geht, mit Herrn Isidor Rosenthal zusammenzuarbeiten."

Tunstaple Wells zog die Sache in Erwägung und entschied, gemeinsame Sache mit Isidor Rosenthal zu machen.

## Fünftes Kapitel

In seinem äußerst geräumigen und schönen Büro auf Frankfurts Hauptschlagader, der Zeil, befand sich Anwalt Isidor Rosenthal tief vergraben in seiner Arbeit.

Über dem großen Büro und den vielen Angestellten schwebte nun die Angelegenheit Saarbrücken, oder zutreffender, Saarbrückens Angelegenheiten – als „ein Fall, ein Mann und seine Probleme", was plötzlich die gesamten Kapazitäten des Anwalts in Anspruch nehmen würde.

Die offizielle Seite in der Sache war klar. Saarbrücken wurde des Mordes angeklagt und das Gericht hatte Isidor Rosenthal zum Verteidiger bestimmt. Saarbrücken galt in Frankfurt als sehr beliebt und seine Freunde hatten ein Liquidations-Komitee gebildet. Damit sollte das Geschäft von Fürste & Wienecker unter der Aufsicht von Rosenthal fortgeführt werden. Es ging darum, es über Wasser zu halten, bis es zu einer endgültigen Vereinbarung kommen würde.

Saarbrücken senior traf die Verhaftung seines Sohnes wie ein Donnerschlag. Er wäre bereit gewesen, für dessen kleinere private Bedürfnisse einzustehen. Allerdings hatte er vorausgesehen, in welch schlechten Zustand das Geschäft nach und nach geriet. Er war zu schlau, um auch nur ein bisschen von seinem Geld wegzuwerfen und zu helfen. Ruhig verweilte er in Hamburg und wenn er zur Börse ging, nahm er das Mitgefühl der Leute entgegen – Menschen, von denen er wusste, dass sie sich über das Unglück seines Hauses insgeheim freuten. Das ist der Brauch an den Börsen überall auf der Welt.

Dies alles brachte Arbeit, sehr viel Arbeit für Isidor Rosenthal. Er war bis über die Ohren mit Büchern und Dokumenten des Hauses Fürste & Wienecker beschäftigt.

Da kündigte sein Bürovorsteher einen Herrn Tunstaple Wells an.

„Bitten Sie ihn herein“, sagte Rosenthal.

Sofort umgab er sich mit der Miene eines Mannes von Welt. Damit bewaffnen sich die Leute vom Kontinent gegen die Engländer – die Herren der Meere, die den Bewohnern des Kontinents schon vor ewigen Zeiten ihren Respekt abgenötigt hatten. In geschäftlichen Fragen ist es immer ein zusätzlicher Vorteil, ein Engländer zu sein. Der große Bismarck sagte gewöhnlich: „Wenn die Deutschen einen russischen Fürsten sehen, rufen sie ‚Oh!‘ – bei einem amerikanischen Millionär (zu Bismarcks Zeiten waren Millionäre noch nicht erfunden worden) ‚Oh! Oh!‘ – und bei einem englischen Lord ‚Oh!, Oh!, Oh!‘. Jedoch wird ein schlesischer Graf abfällig mit einen ‚Bah!‘ aufgenommen.“

Tunstaple Wells war ein Demokrat, freundlich gesinnt, offenherzig, unkompliziert und geschäftsorientiert; Rosenthal gab sich äußerst höflich.

„Herr Rosenthal“, begann Wells. „Wie ich hörte, vertreten Sie Herrn Saarbrücken sowohl in finanziellen als auch in persönlichen Angelegenheiten. Gut, ich wollte Sie sehen. Denn unsere Interessen verlaufen gleich, soweit das irgendwie geht. Ich repräsentiere seine Lordschaft, den achten Baron Faringdon, bis jetzt bekannt als Lord Julius Laking. Er ist der gesetzliche Erbe des ermordeten Lords. Ich habe mitbekommen, dass der persönliche Besitz von Lord Faringdon aufgrund seines Testaments der Ehefrau Ihres Klienten hinterlassen wurde. Stimmt das?“

Rosenthal nickte.

„Nach bürgerlichem Gesetz verliert ein Mörder das Recht auf das Erbe des Menschen, der von ihm umgebracht wurde – oder zu dessen Tod er angestiftet hat. Daher möchte ich Ihnen zwei Fragen stellen. Gibt es eine Gütergemeinschaft zwischen Herrn und Frau Saarbrücken? Und ist einer der beiden des Mordes schuldig oder sind es beide?"

Er ist ziemlich schnell zum Punkt gekommen, dachte sich Rosenthal. Andererseits handelte es sich bei dem Fragenden um einen Engländer, das erklärte alles. Engländern wurde zugesprochen, sehr geradeheraus zu sein. Deshalb antwortete Rosenthal kurz.

„Mein Herr, die erste Frage kann ich bejahen. Es besteht eine Gütergemeinschaft zwischen Herrn Saarbrücken und seiner Frau. Die zweite, etwas kompliziertere Frage möchte ich so beantworten: „Ich habe die Verteidigung von Herrn Saarbrücken übernommen, daher *ist* er unschuldig."

„Ah!", entfiel es Wells, der dabei seine Beine ausstreckte.

„Lassen Sie mich im Gegenzug auch eine Frage stellen. Wie viel dürfte Lord Faringdon hinterlassen haben?"

Wells kalkulierte in Gedanken, er kam auf mindestens 120 000.

„Pfund?", wollte Rosenthal wissen.

„Natürlich", antworte Wells bloß.

Rosenthal bot Wells eine sehr lange und hochwertige Havanna an.

„Also dann, mein werter Herr“, sprach Wells hinter einer großen Rauchwolke. „Ihr Mann ist unschuldig. Das macht es angenehm für ihn und auch für Sie. Genauso wie es einfach und ehrenvoll für Sie sein wird, ihn zu verteidigen und freizubekommen. Für mich erscheint diese Aussicht weniger angenehm, denn es wird meine Mandanten ein schönes Sümmchen kosten. Und Sie werden eingestehen, dass ich seit dem Tod von Lord Cecil möchte, dass der Täter gefasst wird – aber dass es am Wichtigsten für mich ist, dass dies meinen Klienten zum Geld verhilft.“

Rosenthal musste zubilligen, dass der Fall von diesem Standpunkt aus betrachtet werden konnte – besonders für jemanden, der den neuen Lord Faringdon vertrat.

„Jedoch ist Frau Saarbrücken in jedem Fall unschuldig“, fügte er hinzu. „Und das Geld gehört ihr.“

Wells zog an seiner Zigarre.

„Könnte es nicht sein, dass Frau Saarbrücken selbst Interesse hatte, Lord Faringdon loszuwerden?“, regte er an.

„Dann kennen Sie Frau Saarbrücken nicht“, unterbrach Rosenthal.

„Nein, nicht“, lautete die Antwort. „Und aus diesem wichtigen Grund kann ich die Dame nicht mit meinen Hypothesen beleidigen. Ich stellte lediglich eine Frage. Sie vertreten in erster Linie die Verteidigung von Herrn Saarbrücken. Wie ich weiß, wurde da über eine Scheidung oder Ähnliches gesprochen.“

Rosenthal ging in sich. Woher konnte der Mann das wissen? Er beruhigte sich mit dem Gedanken, dass die Engländer alles erfahren, und erwiderte nichts.

„Wir", fuhr Wells fort, „also Lord Julius und die anderen Erben, sind gewillt, etwas zu den Kosten von Saarbrückens Verteidigung beizutragen. Sofern wir ein positives Ergebnis erzielen, was die Frage des Erbes angeht."

„Sie meinen ...", staunte Rosenthal. Er war gedankenschnell und hatte den Plan durchschaut.

So rasch, wie das geschah, wurde es von Wells nicht wahrgenommen. Deshalb redete er weiter.

„Ja, sollte Saarbrücken gemäß Ihren Worten unschuldig sein, und wenn die Aussagen anderer Leute stimmen, dass er Krach mit seiner Frau hat – dann könnten wir die Möglichkeit in Betracht ziehen, dass die Dame ihre Hände im Spiel hat – und natürlich wird es so sein. Dies dürfte ein extremes Interesse an der Frage nach der Erbberechtigung von Frau Saarbrücken hervorrufen. Das wiederum würde eine exzellente Basis für eine Vereinbarung schaffen, zu der wir jederzeit bereit sein sollten."

Der Vorschlag gefiel Rosenthal deshalb nur insoweit, weil Wells zur Übernahme der Kosten für die Verteidigung bereit war. Das Haus Fürste & Wienecker befand sich nicht in der Lage, große Honorare zu zahlen. Und der englische Geldmarkt hatte den Vorteil, dass hier in einer großen Währungseinheit gerechnet wurde: dem Pfund Sterling. Dies erschien gut genug. Die andere Seite der Medaille fühlte sich weniger einladend an. Rosenthal glaubte an die Schuldlosigkeit von Saarbrücken und er besaß keinen Zweifel an der absoluten Unschuld seiner Ehefrau. Doch er war auch ein guter Geschäftsmann und erkannte: Würden die Nachforschungen in diese Richtung verlaufen, wäre es nur recht und billig, wenn er dabei die Führung innehätte.

Er lächelte und zeigte dabei seine feinen weißen Zähne unter dem glänzenden schwarzen Schnurrbart.

„Ich akzeptiere es", sagte er in freundlichem Ton.

Wells wirkte ein bisschen überrascht, jedoch handelte es sich um seinen eigenen Vorschlag. Hatte er zufällig einen Fehler gemacht? Nein, hatte er nicht! Vielmehr sah es danach aus, dass der Anwalt nicht an seinen Mandanten glaubte.

„Herr Rosenthal", sagte er. „Ich sehe, Sie verstehen mich. Wir arrangieren eine Gegenuntersuchung und Sie übernehmen die Führung. Ich schlage vor, dass Sie alles entdecken sollten, was den Verdacht der Schuldigkeit Ihres Klienten abschwächt. Sie müssen noch mehr als das tun. Sie haben die bestmöglichen Anstrengungen zu erbringen, um den wirklichen Täter zu finden. Und natürlich werden Sie bei diesen Bemühungen auch die Eventualität in Betracht ziehen, die ich soeben andeutete. Daran arbeiten Sie also mit uns fortan gemeinsam. Stimmen wir überein?"

Rosenthal lächelte.

„Sie meinen also, Herr Wells, dass Saarbrücken, der von seiner Frau geschieden wird, nichts von der Erbschaft erhält – egal, ob er schuldig oder nicht schuldig ist. Und dass sie, wenn ihr eine jegliche Komplizenschaft nachgewiesen werden kann, ebenfalls leer ausgeht. Es ist also dieser letzte Beweis, für den Ihre wertgeschätzten Mandanten bereit sind, ein gewaltiges Honorar zu zahlen."

„So ist es", bestätigte Wells.

„Dann verstehen wir einander", fügte Rosenthal hinzu.

„Sehr gut", meinte Wells abschließend. „Somit lassen Sie uns den Fall betrachten. Wie viele Indizienbeweise liegen vor?"

„Sieben", erwiderte Rosenthal.

„Das ist eine Menge Holz", befand Wells. „Um welche Indizien geht es?"

Rosenthal nahm ein Blatt Papier.

„Erstens befand sich Saarbrücken an der frischen Luft, wahrscheinlich zu der Zeit, als der Mord begangen wurde – ja, mehr als das, eine Zeugin sah ihn im Park. Zweitens will oder kann er kein Alibi vorweisen. Drittens ist seine Ehefrau Lord Faringdons Erbin und er wusste es. Viertens steht er bei Lord Faringdon oder dessen Verwaltern tief in der Schuld. Fünftens wurde sein Medaillon am Fundort der Leiche entdeckt. Sechstens passt sein Dolch in die Wunde und siebtens befindet er sich am Rand des Ruins. Das macht zusammen sieben, nicht wahr?"

„Und Sie glauben immer noch an seine Unschuld", stellte Wells fest. „Ihr Glaube ist stark."

„Sehr richtig", betonte Rosenthal. „Keiner dieser Umstände ist für sich genommen geeignet, seine Schuld daraus abzuleiten."

„Natürlich nicht", lächelte Wells. „Aber Sie wissen, mein verehrter Herr, wenn diese Dinge zur Gewissheit werden, sind es nicht mehr länger Indizien, sondern Beweise. Und weder Sie noch ich brauchen uns dann den Kopf darüber zu zerbrechen."

„Genau das ist der Punkt", sagte Rosenthal mit einem breiten Grinsen. „Sie, Herr Wells, müssen großes Interesse daran haben, dass Herr Saarbrücken schuldig gesprochen wird – selbst wenn Sie gezwungen sind, auf der Basis einer Vereinbarung zu sprechen, die Sie gerade angedeutet haben. Sie sind nicht zu Frau Saarbrücken oder ihrem Freund Dr. Sterner gegangen, der alles tut, um Herrn Saarbrücken zu verurteilen. Nicht wahr? Sie kamen zu mir. Und ich bin stolz genug zu denken, dass Sie es getan haben, weil Sie an das Gelingen meines Falles glauben."

„Herr Rosenthal", erwiderte Wells kurz. „Ich bin Engländer und ich komme direkt zum Punkt. Sie haben auf der Gegenseite einen Menschen, einen Landsmann von mir, den ich nicht ausstehen kann: einen unangenehmen älteren Tory namens Longland Hearne. Dieser Weg ist also versperrt. Unsere Interessen gehen diametrisch auseinander. Frau Saarbrücken genießt mächtigen Schutz. Verstehen Sie, ich bin ehrlich mit Ihnen."

Rosenthal nickte.

„Und wie lautet der praktische Vorschlag?"

„Das überlasse ich Ihnen, Sie kennen sich hier aus."

„Ich danke Ihnen für Ihr Vertrauen", antwortete Rosenthal. „Ich hoffe, Sie essen mit mir heute zu Mittag. Auch sollte ich Ihren Kollegen kennenlernen. Vielleicht können wir da eine neue Grundlage für unsere Operation finden. Ich scheue keine Mühe, meinen Gegner durch Freundlichkeit zu besiegen."

„Sie sollten sich diese Mühe sparen", riet ihm Wells trocken. „Sir Longland Hearne ist heute mit dem Richter im motorisierten Fahrzeug nach Kronberg gefahren. Aller Wahrscheinlichkeit nach halten beide gerade ein intimes Gespräch ab, zusammen mit Dr. Sterner und seinem Schützling, der Ehefrau Ihres Mandanten."

„Aha", entfuhr es Rosenthal. „Dr. Sterner muss von diesem Fall zurücktreten."

„Oder er müsste andernfalls unmöglich gemacht werden."

Rosenthal gab keine Antwort.

„Es geht darum, Schaltz auf unsere Seite zu bringen", sagte er stattdessen. „Er ist nicht gerade begeistert von seinem Vorgesetzten – er stammt aus der unteren Schicht, aber er hat eine gewisse Position in der kleinen lokalen Gesellschaft. Hätten Sie etwas dagegen, mit ihm zu Abend zu essen?"

„Herr Rosenthal", bekräftigte Wells. „Ich bin ein Demokrat. Mein Vater ist ein Polizeibeamter gewesen, so wie Herr Schaltz. Muss ich da noch mehr sagen?"

Keiner von beiden fügte noch etwas hinzu. An diesem Abend aß Schaltz ausgiebig im elegantesten Restaurant Frankfurts, in guter Gesellschaft.

## Sechstes Kapitel

Die Straße von Homburg nach Kronberg führt durch Oberursel. Ungefähr acht Kilometer beträgt die Länge der Strecke mit einem allmählichen Anstieg von Oberursel nach Kronberg, von wo aus es kurvenförmig steil hinauf nach Falkenstein geht: Hier befindet sich das Sanatorium zur Heilung von Lungenerkrankungen. Es ist eine schöne, heitere Landschaft, eingegrenzt von den bergigen Taunushängen, mit unzähligen Häusern und Gärten. Unweit des Stadteingangs von Kronberg liegt das kaiserliche Schloss Friedrichshof. In diesem Schloss verbrachte die in England geborene Kaiserin Friedrich den nächsten Abschnitt ihres Lebens: als Witwe des 99-Tage-Kaisers, Friedrich III.

Die gesamte Fahrt dauerte weniger als eine halbe Stunde. Sterner war sein eigener Chauffeur. Er fuhr langsam, weil sein Gast, der sich nicht besonders für das moderne Fortbewegungsmittel interessierte, es so wünschte. Aus diesem Grund gab es auf dem Weg genug Gelegenheit zur Konversation.

Sterner sprach; er bereitete Sir Longland auf Frau Saarbrückens Gemütszustand vor, der auf ihrer einsamen Situation beruhte. Außerdem versicherte er ihm seinen tiefsten Respekt für sie. Er ging dabei nicht auf nähere Einzelheiten ihrer Bekanntschaft ein. Alles, was er mitteilte, war, dass er sie in früheren Tagen sehr gut gekannt hatte.

„Die von uns zu ergründende Frage ist, ob sie unschuldig im Zusammenhang mit Lord Faringdons Ermordung ist", sagte der englische Anwalt. „Gemäß der international gehandhabten Praxis entscheidet dies über ihr Recht, das Erbe antreten zu dürfen."

„Wenn Sie Frau Saarbrücken gesehen haben", entgegnete Sterner kurz, „dann werden Sie diese Frage an niemanden mehr richten."

Sir Longland Hearne nickte.

„Die nächste Frage ist die der Gütergemeinschaft. An dieser Stelle darf ich vielleicht das wiederholen, auf was ich Sie bereits kurz hingewiesen habe. Lord Faringdons Testament wurde nach englischem Recht aufgesetzt, mit den englischen Bestimmungen im Blick. Persönlich weiß ich einiges über das deutsche Recht. Ich kenne den Paragrafen 1363; Sie sehen, ich kann mich sogar an die Nummer erinnern. Demnach erlaubt das Bürgerliche Gesetzbuch dem Ehemann im Falle einer Gütergemeinschaft die Verwaltung und die Nutzung des Vermögens der Ehefrau. Zudem weiß ich, dass die Paragrafen 1365 und 1369 desselben Gesetzbuches mit Fragen von Geld oder Wertgegenständen befasst sind, die der Frau allein vererbt wurden. In solchen Fällen werden sie ihr alleiniges Eigentum, ohne dass der Ehemann auch nur das geringste Recht hat. Das Testament, an dem wir interessiert sind, wurde definitiv nicht in einer Weise aufgeschrieben, dass es solche Verfügungen enthält. Andererseits ist dennoch eines nicht gewiss – nämlich, ob die Bestimmungen erfüllt wurden, die das deutsche Recht für das Zurückziehen eines Erbes aus dem Einflussbereich des Ehemanns vorsieht. Also haben wir gute Gründe, um vorsichtig zu sein."

Derweil schien die Sonne über Oberursel – über die an der Straße spielenden Kinder mit lockigem Haar, über die Kühe und die kleinen Schweine – und über die gesamte Landschaft mit ihrem sommerlichen Lächeln. Währenddessen steigerte sich Sir Longland Hearne tiefer und tiefer in den interessanten Konflikt zwischen englischem und deutschem Recht. Dieser Konflikt trat nun durch das Testament des letzten Lord Faringdon auf.

Sterner steuerte das Auto zwischen den Lockenköpfen und den Schweinen hindurch. Von Zeit zu Zeit machte er sich durch ein Nicken bemerkbar, wenn sein gelehrter Gast etwas sehr Gutes gesagt hatte; doch hin und wieder hätte er ihn am liebsten unterbrochen. Nachdem sie Friedrichshof passiert hatten, überfuhr er beinahe eine alte Frau, als Sir Longland wieder äußerst Kenntnisreiches von sich gab.

Dann beendete er die Diskussion mit einer kurzen Bemerkung.

„In jedem Fall dürfen wir nicht über die Auszahlung der Erbschaft nachdenken, bevor der Mordprozess abgeschlossen ist."

Sir Longland schlug seine Hände zusammen.

„Gott bewahre!", rief er aus. „Bis dahin werden kaum die Vorbereitungen begonnen haben, es sei denn, die deutsche Kriminalprozedur erweist sich als besonders langsam."

„Nun sind wir in Kronberg", bemerkte Sterner. „Da liegt Falkenstein über uns. Von hier an müssen wir hochkriechen und aufpassen. Es wird keine Zeit sein, rechtliche Fragen zu diskutieren."

Mit dem Gesicht nach Süden gerichtet, im Schein der Sonne, befand sich die Falkensteiner Einrichtung auf den Taunushügeln – ein großzügig angelegtes Sanatorium zur Heilung von Tuberkulose. Seite an Seite auf den großflächigen freiluftigen Gängen lagen die Patienten mit den Thermometern am Körper. Sie waren ausschließlich damit beschäftigt, ihre Fiebertemperatur zu messen. Und sie hofften, die ihnen versprochene Verbesserung zu spüren, die so unendlich langsam kam.

Wenn ein Fremder es wagt, diesen Ort zu besuchen, aufrecht und sonnengebräunt zwischen den Patientenreihen durchgehend, richten sich feuchte Augen missfallend auf ihn. Er fühlt sich dann als Eindringling; seine gesunde Verfassung bedeutet eine Beleidigung für diesen Ort, der dem Leiden gewidmet ist. Unbewusst bewegt er sich mit lautlosem Schritt, spricht mit flüsternder Stimme, so als ob er sich auf verbotenem Grund aufhält.

Und während die Sonne über den bewaldeten Höhen scheint, über das Tal mit seinen Straßen und Wasserläufen, fühlt er die tief einschneidenden Krankheitsseufzer. Sie erheben sich aus den ruhigen Krankenstationen, wo ängstliche, fürsorgliche Mütter pflegend am Bett ihres gefangenen Nachwuchses sitzen.

Frau Saarbrückens Mutter saß da in einer der Stationen, die spaßeshalber das „Affenhaus" genannt wurde.

Der Begriff stammte von dem ausgestopften Affen, der dort stand. Ihr Sohn John lag in einem langen Korbstuhl, allmählich dem Untergang geweiht. Immerhin, der Arzt und Leiter der Einrichtung gab immer noch ein bisschen Hoffnung.

Lizzie wohnte mit ihrer Mutter in einem kleinen Hotel auf der anderen Seite des Sanatoriums. Sie verbrachte weite Teile des Tages mit ihrem Bruder. Hier interessierte niemanden das Schicksal ihres Mannes, jeder beschäftigte sich allein mit seinem eigenen Unglück. An diesem Ort konnte sie Frieden finden.

Sterners Schwester, die Frau von Dr. Immermann, war sehr freundlich zu ihr. Zwischen dem Bruder und der Schwester gab es kein uneingeschränktes Vertrauen und Dr. Immermann persönlich hasste seinen Schwager. Er hatte eine natürliche Antipathie gegen Rechtsanwälte, wie er bemerkte. Schon der Name selbst reichte aus, damit er das Weite suchte.

Seine Schwester jedoch, ausgestattet mit dem Empfinden einer Frau, erahnte die Gefühlslage ihres Bruders. Sie tat, was sie tun konnte, um Lizzie mit Liebenswürdigkeit zu behandeln.

Es bestand keinerlei Zweifel, dass Frau Saarbrücken in Fritz verliebt gewesen war. Seine Schwester wusste, irgendetwas musste zwischen den beiden geschehen sein. Sie hatte versucht, mit Frau Gross darüber zu reden. Doch die ältere Dame wurde zu sehr von der Krankheit ihres Sohnes eingenommen; sie hatte weder einen Kopf für andere Dinge, noch würde sie darüber sprechen.

Sterner war da gewesen, um Lizzie zu sehen. Seine Schwester wusste das; sie vermied es, dass er ihr mitteilen musste, wie die Dinge wirklich standen. Sterner selbst antwortete ebenfalls nicht auf die Fragen seiner Schwester. Allerdings hatte sie mitbekommen, dass er eine einleitende Befragung von Frau Saarbrücken durchgeführt hatte. Danach war sie (Lizzie) noch ruhiger als zuvor gewesen, noch weniger erreichbar, selbst mit den freundlichsten Worten gelang dies nicht. Ihm war Lizzies Wunsch bekannt, dass er den Fall niederlegen sollte. Vielleicht hatte es etwas mit Erbarmen oder einem ängstlichen Horrorgefühl zu tun, weil das Schicksal den Menschen bedrohte, der seit drei Jahren ihr Ehemann war.

Als jedoch Frau Immermann nun Lizzie die Nachricht ihres Bruders überbracht hatte – er würde mit dem englischen Anwalt nach Falkenstein kommen – konnte Lizzie ihre Freude nicht verbergen. Es wurde ein Treffen in den Räumlichkeiten von Dr. Immermann vereinbart und dorthin lenkte Sterner sein Fahrzeug.

Lizzie erhielt den Besuch in Dr. Immermanns Zeichensaal. Die Unterhaltung wurde auf Englisch geführt, das sie exzellent beherrschte. Und Sterner wiederum profitierte vom praktischen Gebrauch des Pronomens *you* im Englischen bei vertrauter als auch formaler Anrede – anders als bei den Deutschen, die ihnen Nahestehende mit *du* ansprechen und weniger Nahestehende mit *Sie*. So konnte er gegenüber dem Richter eine Enthüllung vermeiden, nämlich, wie nahe er der gut aussehenden Dame stand. Damit blieb es ihm erspart, die steife dritte Person

Plural zu nutzen, was er qua seines Amtes andernfalls getan hätte.

„Sir Longland Hearne ist gekommen, um über die Erbschaft zu sprechen“, begann er. „Er und ich sind alte Bekannte und du kannst volles Vertrauen in ihn haben.“

Und Sir Longland Hearne legte los, in einem feierlichen Ton. Das passte zum Gespräch mit einer *hinterbliebenen* Person, in dem er seine verantwortlichen Pflichten vertiefend darlegte. Obwohl er nicht das Bürgerliche Gesetzbuch zitierte, wusste er dennoch die Farbe der Gelehrsamkeit und technisches Wissen in seinen Vortrag zu werfen. So blieb seine Rede für Lizzie in allen wesentlichen Facetten völlig unverständlich.

Sterner oblag es, das Ganze in eine gewöhnliche Sprache zu übersetzen. Er tat es kurz und klar. Doch es wurde augenscheinlich, dass Lizzie die Frage des Geldes nicht im Geringsten interessierte.

„Da gibt es noch ein anderes Thema, das wir ansprechen müssen“, legte Sterner nach. „Du wünschst dir die Scheidung von deinem Ehemann. Ich weiß, Lord Faringdon hat in dieser Angelegenheit getan, was er für dich tun konnte; er hat sein Ziel fast erreicht. Du nennst in deiner Aussage bei der Untersuchung den Grund für deine Rückkehr nach Homburg: nämlich, ihn (den Lord) zu sehen. Ich wollte in diese Fragestellung bei deiner Befragung nicht noch tiefer eintauchen. Jetzt aber brauche ich die Öffentlichkeit nicht in Erwägung zu ziehen, die mich davon abhalten würde. Mir ist bekannt, dass Lord Faringdon von Saarbrücken das Versprechen der Zustimmung in die Scheidung erhalten hat. Und ich glaube, das war der Grund für Saarbrücken, den Mord an diesem bestimmten Abend zu verüben."

Lizzie schauderte.

Sir Longland schaute Sterner scharf an.

„Sie denken folglich, Saarbrücken ist der Mörder? Sie denken also, das war die Ursache für den Tod seiner Lordschaft?"

„Nicht exakt. Saarbrücken hatte viele Gründe, so zu handeln, wie er es tat. Doch die Tat wurde an diesem speziellen Abend verübt; ich denke, aufgrund der Umstände, auf die ich hingewiesen habe. Frau Saarbrücken muss jetzt von ihrem Mann geschieden werden und es ist meine Absicht, ihr dabei Hilfe zu leisten."

„Ich kann nicht glauben, dass Hel…, dass Saarbrücken schuldig ist. Und jetzt, wo alle gegen ihn sind, möchte ich ihn nicht verlassen. Später, später können wir darüber reden."

Sir Longland zeigte sich verwundert.

„Es erschließt sich mir nicht, Dr. Sterner, dass Sie in Ihrer Rolle als Amtsrichter jegliche Form juristischer Arbeit für Frau Saarbrücken übernehmen dürfen; zumindest nicht dieser Art. Vielleicht werden Sie das als Einmischung meinerseits empfinden, nur denke ich wirklich, es geht nicht. In England wäre so eine Geschichte unmöglich, absolut unmöglich."

„Hier sind die Bedingungen ein wenig anders", meinte Sterner nervös. „Und wer weiß, ob das Gericht mich bei einer Anklage überhaupt mit den Nachforschungen in dem Fall betraut."

Das ergriff Lizzie.

„Dann wirst du zurücktreten", sagte sie herzlich.

Sterner schüttelte den Kopf.

„Falls ich zur Fortsetzung der Nachforschungen angewiesen werde, sollte ich sie fortführen. Ja, ich habe mich entschieden, meinen gesamten Einfluss zu nutzen, um zu verhindern, dass die Sache jemand anderem gegeben wird. Ich möchte den Fall durchziehen."

Lizzies Augen senkten sich.

Sir Longland schaltete sich ein.

„Auch ich denke, es wäre das Beste für Sie, das zu beenden, was Sie so exzellent begonnen haben. Ich muss Sie dafür in höchstem Maße loben. Verehrte Frau Saarbrücken, natürlich ist der Fall für Sie persönlich schrecklich. Jedoch werden Sie verstehen, dass jeder wünscht, dass der Fall durchgezogen wird und Recht gesprochen wird."

„Saarbrücken ist unschuldig", bekräftigte Lizzie. „Und wenn ich es könnte, würde ich mit dem ganzen, von Cecil geerbten Geld seine Freiheit erkaufen."

Sterner runzelte die Stirn.

„Das zeigt lediglich, dass du die Situation falsch einschätzt und mangelndes Vertrauen zu mir hast. Für beide Dinge bist du entschuldigt. Wenn du die Verhandlungen für die Scheidung bis nach Prozessende verschieben willst, dann tue es. Ich sehe voraus, wie es enden wird, mit einer grausamen Strafe für deinen Ehemann. Und dann wird sich deine Ehe von selbst auflösen. Ja, ich muss das sagen, selbst wenn es dich erzittern lässt. Es ist die Wahrheit und es gehört zu unserer menschlichen Pflicht, der Wahrheit ins Auge zu blicken."

Sir Longland Hearne fühlte sich überhaupt nicht wohl. Er sah in Sterner einen Mann mit wenig Takt. Verflixt noch mal, der Beschuldigte war trotz allem Frau Saarbrückens Ehemann. Er bewegte sich unruhig in seinem Stuhl und wollte aus der Sache aussteigen – mit dem Eingeständnis, dass es viel Zeit kosten würde, bevor sie so weit waren, dass er eine Entscheidung treffen konnte, wem er das Erbe auszahlen sollte. Frau Immermann kam rechtzeitig als Retterin und unterbrach die schmerzhafte Konversation, indem sie den Gästen Kaffee offerierte. Obwohl Sir Longland Hearne dieses Getränk herzlich verabscheute, nahm er das Angebot höflich an.

So waren Sterner und Lizzie allein.

„Dann wirst du diesen Fall nicht abgeben?", fragte sie erneut, mit Tränen in ihrer Stimme.

„Nein", antwortete Sterner.

„Dann bist du gänzlich von seiner Schuld überzeugt?"

„Bin ich", erwiderte er langsam und eindeutig. „Ich klammere mal die Indizienbeweise aus. Alles kann gegen einen angeklagten Menschen benutzt werden. Die Dinge, die jedoch meinen Verdacht bestätigen, sind die Tatsachen, die gar nicht auftauchen. Sie können nur von dir und mir beurteilt werden."

„Was meinst du?", fragte sie und schaute ihn dabei konzentriert an.

„Es ist mittlerweile drei Monate her, seit du ihn um deine Unabhängigkeit gebeten hast. Bekanntlich zeigte er sich ziemlich gewillt und es hing nur noch an Formalitäten. Dann kamen sein Segelrennen vor Cowes und sein langer Besuch bei Faringdon. Als er aus England wieder zurückgekehrt war, wollte er von der Scheidung nichts mehr wissen. Lord Faringdon hat ihm beim Wein vom Testament erzählt."

„Weiß du das genau?"

„Ja, Sir Longland Hearne hat es mir gesagt; Faringdon bereute es und aus diesem Grund wollte er sein Testament ändern. Er beabsichtigte niemals, dir alles zu vermachen, es handelte sich um einen Spaß. Hearne riet ihm ab, das zu ändern, was einst aufgeschrieben wurde. Ich glaube, es geschah aus Freundlichkeit gegenüber deiner Mutter und mir, so merkwürdig dies auch klingt. Dann begann Saarbrücken auszuhecken, was er nun ausgeführt hatte. Er ist ein verbrauchter, gebrochener Mann und ein Feigling. Du weißt, er gilt als guter Kerl, ausschweifend und maßlos, aber gutherzig; ein jovialer Gefährte, komisch – solange die Dinge rund für ihn laufen. Aber sobald er der dafür notwendigen finanziellen Mittel beraubt ist, agiert er ohne moralische Zurückhaltung. Er ist ein großer, ordinärer Raufbold von der Sorte, die in den gefährlichen Vierteln unserer Städte haust."

Lizzie errötete.

„Du hasst ihn."

„Nein", unterbrach Sterner sanft. „Ich hasse ihn nicht. Ich war tief betrübt, weil du kein Vertrauen in mich hattest. Deine Liebe müsste stark genug sein, um warten zu können."

„Fritz", entgegnete sie heftig. „Lass uns bitte nicht darüber reden."

„Wie du willst. Ich habe ihn nicht gehasst, ich hatte Mitleid mit dir. Nur, als ich ihn aus der Nähe erlebt habe, konnte ich eines nicht verstehen: wie ein feinfühliges, reizendes Geschöpf wie du mit einem solchen Banditen leben kann."

Lizzie fröstelte es.

„Bandit ist genau das richtige Wort für ihn", redete er weiter. „Oh ja, wie gut ich diese Söhne reicher Menschen kenne! Verwöhnt von Kindesbeinen an, verdorben, bevor sie erwachsen sind; sie treiben sich herum als Sportsmänner mit zahlreichen Anhängern, finden sich mit deren scheußlichen Manieren ab und geben Geld für sie aus. Lässige, gutherzige Lümmel, die kein anderes Ziel im Leben haben, als zu trinken und die Zeit totzuschlagen. Dann stolpern sie in die Geschäftswelt, heiraten, machen ihre Frauen unglücklich, werden geschieden, gehen bankrott und enden als Schwindler oder Schlimmeres – als Mörder, wie in diesem Fall. Diese großartigen, gutherzigen Jungen, die nicht einmal das Seil zum Aufhängen wert sind! Deutschland ist voll von ihnen, diese Gattung ist ganz und gar deutsch. Und so einer ist dein Ehemann. Lass uns ihn loswerden, Lizzie. Ich *kann* es und ich *werde* es tun."

Tief beschämt richtete sie ihre Augen auf den Boden.

„Nein – nicht so!", flüsterte sie zitternd.

„Falsches Mitleid! Wie viele Menschen soll dieser Kerl noch ruinieren, bevor er zur Rechenschaft gezogen wird. Großer Gott, aus vielem, das gut und nobel gemeint ist, entsteht Kummer, ohne dass eine helfende Hand gereicht wird. Einen vergifteten Pilz wie diesen lässt *jeder* links liegen. Es ist idiotisch. Rotte ihn aus – er ist voll mit Gift."

Lizzie hörte ihm ruhig zu; sie richtete ihre großen dunklen Augen nach oben und sprach:

„Ich weiß genau, Fritz, dass meine Wünsche bei dir kein Gewicht haben. Ich möchte nicht darüber sprechen, was geschieht – nein, nein, ich will nicht. Ach, ich dachte, ich könnte dir alles vergeben. Und jetzt fühle ich, dass ich dir niemals vergeben werde, wenn du *das* tust."

Sie drehte sich schnell um und verließ den Raum, um sich den anderen anzuschließen.

Bald darauf fuhr Sterner den bewanderten englischen Anwalt mit seinem Auto zurück nach Homburg. Letzterer wunderte sich währenddessen über seinen juristischen Diskurs ohne großen Widerspruch. Er führte dies auf seine durchaus profunden Kenntnisse des deutschen Rechts zurück. Und das machte ihn stolz.

## Siebtes Kapitel

Sir Longland Hearne war außerordentlich zufrieden mit seinem neuen Mandanten. Er gab seinen ursprünglichen Plan auf, direkt aufs Zimmer zu gehen; er hatte ziemlich gute Laune. So ließ er seine Karte durch einen Kellner an Herrn Tunstaple Wells, Rechtsanwalt, im Raum Nummer 55, bringen.

Wells, der mit seinem Besuch in Frankfurt den gleichen Zweck verfolgt hatte, traute seinen Augen nicht. Nach den Strapazen zuvor winkte ein guter Deal. Er gewährte Audienz, als ein radikaler, aufrechter Demokrat, der nun – welche Ironie des Schicksals – die Interessen eines Lords vertreten musste.

Sir Longland gab sich unglaublich umgänglich. Er setzte sich in einen Sessel und legte seine Beine übereinander, mit einer Miene lockerer Vertrautheit.

„Mein werter Kollege, ich bin auf unserer Reise nicht besonders gesprächig gewesen."

Von Wells war ein Grunzen zu vernehmen.

„Der Grund lag in meiner Angst, dass unsere Interessen kollidieren könnten. Wie Sie wissen, rede ich ungern über einen Fall, bevor ich weiß, wie es steht. Jetzt erscheint mir alles in Ordnung. Ich sprach mit Frau Saarbrücken, die dabei die helfende Hand annahm, die ich ihr anbot."

„Helfende Hand, Sie gieriger Blutsauger, Sie haben ihr bei lebendigem Leib die Haut abgezogen", lautete Wells verrücktes Kompliment.

Äußerlich bewahrte er dabei ein freundliches Lächeln.

„Ich bitte Sie darum, Lord Faringdon meinen Respekt zu erweisen", knüpfte Sir Longland an. „Teilen Sie ihm mit, dass wir – Frau Saarbrücken und ich – bereit sind, jeden vernünftigen Vorschlag seiner Lordschaft anzunehmen, um die Angelegenheit zu regeln."

„Wurde die Dame nicht wegen des Mordes verhaftet?", fragte Wells unverblümt, was ihn beschäftigte.

„Frau Saarbrücken ist bedauernswert", lächelte Sir Longland nachsichtig. „Aber es gibt niemanden, der es wagt, sie zu verdächtigen. Dessen bin ich sicher."

„Und warum, Sir Longland?"

„Weil, wie ich weiß, die Angelegenheiten seiner Lordschaft in den Händen eines sensiblen Mannes sind, der nicht töricht handeln wird. Habe ich recht?"

Wells drückte seine Hände tief in die Taschen und streckte seinen Bauch heraus. Er war eher korpulent als umgekehrt – ein entschiedener Makel. Aus Rechtsprozessen kommen immer die Schlankeren am besten heraus. Das beweist die Praxis.

„Was wäre, wenn ich mich darum bewerbe, die Nachforschungen im Fall der Dame zu übernehmen?"

Sir Longland gab ein neuerliches mildes Lächeln von sich.

„Das ist die Aufgabe der Staatsanwaltschaft, mein werter Herr. Die Prozedur hier ist anders."

„Danke", antwortete der Demokrat. „Ich habe zwei Jahre in Heidelberg studiert."

„Umso besser, dann wissen Sie ja alles darüber. Es dürfte allerdings keinen Nutzen bringen. Denn die Frage der Erbschaft wird nach englischem Recht entschieden werden. Die Absicht des Erblassers bestimmt den Gerichtsstand. Derzeit sind die Papiere in meinem Büro in

London und ich bin äußerst zufrieden mit dem *Status Quo*. Meine Mandantin hat die Scheidung beantragt und selbst wenn die Unschuld des Ehemanns bewiesen werden kann – wovon ich nichts weiß – wird das kaum ihre Meinung ändern. Der Richter Sterner hat ihr ganzes Vertrauen, genauso wie meines, und er wird ihr beistehen."

„Und auch ihrem Ehemann", warf Wells ein. „Nur muss der Ehemann einen kleinen Umweg gehen, vorbei am Schafott ins Zuchthaus."

„Da wissen Sie mehr als jeder andere", bemerkte Sir Longland mit andächtigem Ausdruck.

„Denken Sie, der Mann ist schuldig?", fragte Wells mit einem schlauen Zwinkern in seinen Augen.

Sir Longland dachte nichts; er vertraute lediglich darauf, dass unfehlbare Kräfte die Sache aufklären würden.

Wells kam mehr und mehr zur Überzeugung, dass die Dinge schlechter für Saarbrücken standen, als von Rosenthal oder Schaltz angenommen. Gleichzeitig hatte sich seine Abneigung gegen Sterner verdoppelt.

„Glauben Sie, ich sollte gehen und den Richter treffen?", wollte er wissen.

„Ich denke schon", antwortete Sir Longland sehr höflich.

Daraufhin lud er Wells zum Mittagessen ein, was der Demokrat akzeptierte – nachdem er weise reflektiert hatte, dass ein mit Sir Longland Hearne „Beim-Lunch-gesehen-werden" ihm nicht schaden könne. Schließlich befand er sich an einem Ort, an dem weit mehr als die Hälfte der Besucher ebenfalls Engländer waren. Er musste sich selbst erst mal klarmachen, dass er nun ein ebenbürtiger Anwalt war.

Während des Mittagessens wurde er Dr. Sterner vorgestellt, der ihn mit ausgeprägter Höflichkeit behandelte. Dadurch fühlte er sich eher schlecht als behaglich.

Es wurde sehr wenig über den Faringdon-Fall gesprochen. Der Richter glaubte nicht daran, mit der weiteren Untersuchung belastet zu werden, und er gab sich sehr froh darüber.

Wells entschied, die zwei „hohen Tiere" im Auge zu behalten. Es wurde ihm eines klar: Ob nun das Bündnis mit Rosenthal der sicherste Weg zum Erfolg war oder nicht – es war der einzige Gang, der ihm offen stand.

## Achtes Kapitel

Während dieser zwei Tage wurde die Vernehmung der Zeugen fortgesetzt. Es kamen keinerlei neuen wichtigen Beweise ans Licht. Sterner legte weiter zunehmend Gewicht auf alles, was gegen Saarbrücken erhoben wurde. Letzterer fand Zuflucht in Schweigen und Bockigkeit. An seiner Seite stehend arbeitete Rosenthal daran, dass der Fall in andere Hände gelegt wurde. Er versuchte, den Präsidenten des Schwurgerichts zu überzeugen, einen neuen Richter namens Dr. Braun zu ernennen, um Sterner zu ersetzen.

Eine Sache erschien besonders wichtig. Jeder wusste, Sterner hatte gegenüber der Ehefrau des Verdächtigen große Rücksichtnahme gezeigt. Rosenthal vermutete, dass da irgendwas zwischen den beiden lief, aber er konnte nicht dahinterschauen. Mit der Kraft eines Anwalts, der den Fall ausschließlich aus seiner Sicht sah, hatte er das totale Vertrauen in Saarbrücken erlangt. Freilich fühlte er, dass dies wirklich nur auf Vertrauen basierte, nicht mehr. Gegenüber Sterner war er negativ eingestellt. Jetzt hatte er als ordnungsgemäß anerkannter Verteidiger das Recht, den Gefangenen zu sehen, ohne daran gehindert zu werden. Und dieses Recht schöpfte er so weit wie möglich aus.

So saß Rosenthal in der Zelle des Gefangenen und sprach mit Saarbrücken, der von Trübsal geplagt wurde und müde schien. Jedoch nahm er die Dinge mit Fassung, als ein Mann, der das Unvermeidliche akzeptierte.

Sie diskutierten das Alibi.

„Mein lieber Freund", begann Rosenthal. „Was Sie tun, ist verrückt. Ich kann verstehen, dass Sie sich weigern, dem Richter zu antworten, der kein Freund von Ihnen ist. Mir aber müssen Sie alles sagen. Und Sie sollten wissen, dass ich das Recht habe, alles zu verschweigen, was Sie nicht enthüllt haben möchten – tatsächlich bin ich sogar verpflichtet dazu. Erzählen Sie mir, wo haben Sie sich an dem betreffenden Abend zwischen 12:20 Uhr und 1:30 Uhr aufgehalten?"

„Herr Rosenthal", antwortete Saarbrücken, „ich kann es Ihnen nicht sagen. Die Ehre einer Dame steht auf dem

Spiel. Nicht einmal um meinen Hals zu retten, würde ich nur ein einziges Wort von mir geben, das sie kompromittieren könnte."

Das hinterließ Eindruck bei Rosenthal. Er war selbst ein galanter Mann, vielleicht ein bisschen blauäugig auf diesem Gebiet, was echte Damen betraf – und andererseits neugierig.

„Sie könnten mir einfach davon erzählen", sagte er. „Ich gebe Ihnen mein Wort als Anwalt, ja, mehr als das, als ein Ehrenmann, niemals ein Wort von mir zu geben, bis ich Ihre Zustimmung erhalte."

„Das werde ich niemals tun", bekräftigte Saarbrücken entschieden.

„Nun gut", lautete die Antwort. „Es wird niemand jemals zu Ohren bekommen; aber ich muss es wissen."

Dann begann Saarbrücken zu erzählen.

„Es betrifft eine Dame, eine vollkommene Dame."

„Ah", entfiel es dem Anwalt.

In diesem Moment beneidete er den Gefangenen.

„Diese Dame", fuhr Saarbrücken fort, „an deren Tugend es keinen Zweifel gibt, empfand eine große Sympathie für mich. Es ist alles harmlos gewesen, völlig harmlos, doch ihr Ehemann zeigte sich übertrieben eifersüchtig. Nachdem ich sie ernsthaft angefleht hatte, stimmte sie schließlich zu, mich zu treffen: an jenem fraglichen Abend, um ein Uhr, an einem Ort, den wir beide kannten, einem Pavillon im Park. Ich ging dorthin, wir trafen uns – zum ersten und letzten Mal. Am nächsten Tag reiste sie ab. Ich möchte weder irgendeinen Schatten auf diese Frau werfen, noch möchte ich sie dem Zorn ihres Mannes aussetzen. Die Konsequenzen dessen kann niemand voraussehen. Sie müssen das verstehen."

Und Rosenthal verstand. Er fühlte auch ein wenig Bewunderung für seinen Mandanten. Es kam ihm nicht mal in den Sinn, dass dieses Alibi nur sehr wenig wert war. Er dachte nicht einmal daran, die Angelegenheit näher zu untersuchen – so natürlich erschien ihm die ganze Sache, so korrekt empfand er Saarbrückens Verhalten.

Dieser Mann war unschuldig!

Das zweite wichtige Thema drehte sich um das Verhältnis von Saarbrücken zu seiner Frau.

Rosenthal stellte Fragen und Saarbrücken antwortete.

„Es muss eine alte Freundschaft zwischen meiner Frau und Lord Faringdon bestehen. Ich konnte niemals auch nur ein bisschen darüber herausfinden. Lizzie schweigt und spricht nie über die Vergangenheit. Und ich stelle keine Fragen, ich habe ihr vertraut. Die Heirat hat uns nicht näher zueinandergeführt. Im Gegenteil, sie hat uns auseinandergebracht. Wir sprachen über die Scheidung und ich bin sicher, Lizzie mochte Faringdon und wollte ihn heiraten. Ich weiß, dieser Umstand spricht gegen mich. Und ich bin es gewohnt, dass alle Punkte gegen mich sprechen."

Rosenthal unterbrach.

„Und Sie sind gegen die Scheidung gewesen?"

„Absolut", betonte Saarbrücken. „Ich kannte Faringdon und ich hätte ihm Lizzie nicht anvertraut; nicht einmal, wenn mich andere Umstände veranlasst hätten, unsere Ehe aufzulösen. Ganz nebenbei war Lizzie nicht ehrlich zu mir. Und das ist der furchtbare Teil meiner Bestimmung. Ich fühle, dass dieser Mann, der nun mein Schicksal in seinen Händen hält – dieser kalte und gehässige Richter Sterner – der Mitwisser in dieser Sache war."

„Ah", rief Rosenthal. „Das ist doch was. Wie haben sich die zwei kennengelernt?"

„Kann ich nicht sagen", entgegnete Saarbrücken. „Ich weiß nur, dass die Mutter meiner Frau sich gegenwärtig im Dettweiler-Sanatorium in Falkenstein aufhält. Dort befindet sich der Bruder meiner Frau als Patient und einer der Ärzte ist mit Sterners Schwester verheiratet. Meine Frau hat Sterner dort getroffen, ich glaube, Sie kannten sich schon lange vorher. Beide kommen nämlich aus Kiel."

Rosenthal wollte an dieser Stelle intensiver recherchieren. Erneut war er fest entschlossen, den Schulterschluss mit Wells zu nutzen, um alles zu sammeln, was Licht in den Fall bringen würde.

„Bleiben Sie guten Mutes", verabschiedete er sich. „Ihre Verteidigung liegt in meinen Händen. Betrachten Sie das als gegeben und haben Sie Vertrauen in mich."

Anschließend verließ Rosenthal ihn.

## Neuntes Kapitel

Dr. Sterner hatte im Verlauf der letzten paar Tage bemerkenswert viel Material für die Anklage zusammengetragen. Er führte alles mit rastloser Energie durch, stellte eine Tatsache nach der anderen fest. Und mit sicherer Hand richtete er alle Fakten gegen Saarbrücken. So wurde es in den Gesprächen auf der Straße, in Zeitungen und Telegrammen für selbstverständlich erachtet, dass Lord Faringdons Mörder gefasst war. Dank der Penetration und Ausdauer des Richters wurde alles schnell und tatkräftig gesichtet. Saarbrückens Verwandte waren wie gelähmt. Und es passierte just zu dieser Zeit, dass der alte Saarbrücken durch einen Schlaganfall niedergestreckt wurde, der seinem Leben bald ein Ende bereiten würde. Sein Sohn, der in dem alteingesessenen Hamburger Geschäft nachfolgen sollte, wurde bereits vor dem Tod des Vaters in wilde Spekulationen verwickelt. Schon bald nach der Verhaftung von Helmuth Saarbrücken und dem Tod des alten Herrn kam die Kunde vom Zusammenbruch, dem endgültigen Ende des Hauses Saarbrücken. Das veranlasste Rosenthal umso mehr, das Bündnis mit den Lakings aus Roxley zu festigen. Allerdings gab sich Wells gesprächiger als notwendig. Daher ließ es sich nicht vermeiden, dass Sir Longland Hearne die in bestimmten Kreisen entwickelte Kampagne gegen Frau Saarbrücken zu Ohren kam. Es ging darum, Verdacht auf sie zu lenken. Anzeichen und warnende Symptome dieser Kampagne konnten in Zeitungen gelesen werden, die in Verbindung zur finanzstarken Familie Rosenthal standen. Sterner blieb nicht unwissend, Sir Longland Hearne hatte ein paar Worte darüber fallen lassen. Auch besaß Sterner nicht viel Vertrauen in Schaltz. Er hatte gesehen, dass der Polizist, der sich sonst so korrekt verhielt, mehr als schicklich mit Isidor Rosenthal sprach. An sich konnte das nicht als unkorrekt bezeichnet werden, auch weil der Verteidiger jetzt eine offizielle Position bekleidete. Sterner entschied dennoch, Schaltz nach und nach aus seiner sehr wichtigen und vertraulichen Rolle in dem Fall zu entfernen, die er von Beginn an aufgrund seiner Seniorität innehatte. Schaltz entging diese Absicht nicht, sie diente ihm als weitere Veranlassung, sich auf die Seite der Verteidigung zu schlagen. Für größeren Ärger bei Sterner sorgte jedoch die Frau des Beschuldigten. Es war seine Pflicht, sie zu schützen. Sorgfältig entfernte er ihren Namen und ihre Handlungen aus allen Dokumenten des Falles. Währenddessen musste er all den Verdachtsmomenten entgegenwirken, die von der anderen Seite über sie verbreitet wurden – und nicht nur entgegenwirken, sondern ein für alle Mal jeden Schatten eines Verdachts vernichten. Die beste Person, ihm dabei zu helfen, war sie selbst. Und so erschien es nur natürlich, dass er ihre Hilfe suchte.

Seine Tage waren voll ausgefüllt. Nur an den Abenden hatte er Zeit. Gerade mal zwei Tage, nachdem er und Hearne ihren Besuch in Falkenstein abgestattet hatten, fuhr er wieder dorthin. Er wollte mit ihr sprechen und verstehen, was sie dachte und wünschte.

Er verstand nur zu gut, dass sie sich weigerte, in ihrem Ehemann einen Mörder zu sehen. Ebenso verstand er, dass sie es als Fahnenflucht und Verrat betrachten könnte, das Scheidungsprozedere voranzutreiben, während ihr Mann wegen Mordverdachts im Gefängnis saß. Aber Sterner glaubte an seinen persönlichen Einfluss ihr gegenüber, wenn das Eis erst mal gebrochen war. Dann wäre es möglich, ihre Meinung zu ändern und sie dazu zu bringen, Saarbrücken zu verlassen.

Er machte sich auf, sie zu besuchen. Sie empfing ihn wie gewöhnlich ein bisschen verlegen, allerdings mit mehr Vertrauen als beim letzten Treffen.

Gleich zu Beginn kam er auf die Scheidung zu sprechen. Er sagte ihr offen, dass er mit der Sache nicht ganz unvertraut war, im Übrigen sogar schon vor dem Mord. Sterner kannte Lord Faringdon und dieser gesprächige Mann hatte sich ihm in dieser Frage anvertraut. Mehr noch: Die Verhandlungen, die Lord Faringdon mit Lizzie geführt hatte, die Schritte, die er dabei in Hinsicht auf Saarbrücken unternommen hatte, waren das Ergebnis der Beratungen mit Sterner.

Lizzie errötete, als sie das erfuhr. Doch Sterner behandelte diese Angelegenheit in einer solch ruhigen und geschäftsmäßigen Art, sodass er Lizzie mit diesem zurückhaltenden Ton gewinnen konnte. Sie begann, diese Frage mit ihm wie mit einem Freund zu besprechen.

Sterner fühlte, etwas Land gewonnen zu haben. Das gab ihm die Courage, das direkt vorzuschlagen, was sie beim letzten Mal keinesfalls hören wollte.

Aber an diesem Punkt stieß er auf entschiedenen Widerstand.

Mit dem ganzen Wissen eines Richters hatte er seine Attacke direkt auf Saarbrücken gerichtet. Er entlarvte die Schändlichkeit seines Motivs, die Niedertracht seines ganzen Verhaltens und nannte ihn geradewegs einen feigen Mörder.

Lizzie jedoch schüttelte den Kopf und wollte es nicht glauben.

„Du weißt nicht einmal, wie der Mord begangen wurde", warf sie ein.

„Nein und ja", erwiderte Sterner. „Ich bin ein Untersuchungsrichter mit einiger Erfahrung. Wie dir bekannt ist, bin ich auf dem Gebiet ein Fachmann, schon seit der Zeit, als ich noch ziemlich jung war. Ich habe immer beteuert, dass es sich dabei um eine Kunst handelt, die Talent erfordert, so wie alles abseits des Gewöhnlichen. Du selbst hast mich oft dafür aufgezogen, wegen meiner Eitelkeit, wie du es nanntest."

Lizzie lächelte und Sterner sah, dass seine Worte bei ihr Erinnerungen hervorriefen. Das erwärmte ihn, fühlte er, genauso wie es ihr Wärme geben musste. Die Vergangenheit blieb nicht länger eine schmerzhafte Erinnerung. Ohne dass sie über das Geschehene sprachen, war das Wunder passiert – das Wunder, das sich zwischen Frauen und Männern ereignet, genauso wie bei den Pflanzen im Frühling, die der kalte Winter scheinbar dahingerafft hat. Kleine Knospen kommen zum Vorschein und sprießen durch das Grün – herrlich üppig in der wärmenden Sonne: Was abgestorben erschien, erwacht zu neuem Leben. Sterners Stimme wurde warmherziger. Seine Augen verweilten auf dem Gesicht, das er so gut kannte. All das Vergangene stieg in ihm auf, soufflierte seine Worte und verlieh seiner Stimme einen neuen Klang.

„Dieses Talent glaube ich zu besitzen. Ich kann aus jedem kleinen Tatbestand, aus Zeugenaussagen, aus früheren Erfahrungen ein Gedankengebäude errichten. Natürlich ist es mein Gebäude, aber gleichzeitig stimmt es mit dem überein, was tatsächlich passiert ist."

Lizzie lehnte sich zurück und beim Zuhören lächelte sie innerlich.

„Um das zu können, muss das zugrunde liegende Material stimmen. Es geht darum, zu wissen, was vorhanden ist und was damit gebaut werden soll. Die Tatsachen sind das Holz und die Nägel, doch letztlich sorgt die Intelligenz des Erbauers für die Fertigstellung der Arbeit. Ja, du erinnerst dich, ich habe es dir oft erzählt, vor langer Zeit."

Lizzies Gesicht wurde plötzlich ernst.

Sterner fuhr fort.

„Deshalb werde ich dir ein Bild dieser Tat geben, wie ich es in dem Gebäude sehe, das ich aufgebaut habe. Falls du es wünschst, kannst du versuchen, mir aufzuzeigen, welches Material ich verwendet habe, das nicht aus Fakten besteht."

„Ich weiß gar nichts über das alles", betonte sie.

„Du weißt es – und nachdem ich gesprochen habe, möchte ich hören, was du zu sagen hast. Aber erst musst du mir zuhören."

„Es ist eine Sommernacht, gegen halb eins. Du kennst den Ort, den Kurpark in Homburg, an der Wegekreuzung bei der großen Rhododendren-Gruppe. Ein Mann wartet versteckt im Gebüsch. Er ist nervös, unruhig und beobachtet die sich kreuzenden Wege. Diesen Schauplatz hat er sorgsam ausgewählt, er kann den gesamten Weg hinunterschauen – nachts sieht ein Mann auf dem Ausschauposten mehr als einer, der sorglos die Straße entlangläuft. Er schaut auf seine Uhr; und trotz der Dunkelheit ist die Sommernacht klar genug, um mithilfe der funkelnden Sterne die Position der Zeiger zu sehen. Denn er weiß, der Mann, auf den er wartet, wird zu einer bestimmten Stunde kommen. Auch hat er keine Sorge, dass er nicht auftaucht: da den anderen die Aussicht auf ein Treffen mit einer Frau an diesen Ort lockt. Dieser andere war ein elender Narr und diese Verabredung entspringt aus einer gehaltlosen Laune. Allerdings lebt er für nichts anderes als für solche Launen, er ist reich und geht keiner Tätigkeit nach. Es gibt nichts, was seine Gedanken anregt, wenn er denn tatsächlich solche Gedanken jenseits rein instinktiver, nervengesteuerter Handlungen hätte. Der wartende Mann weiß deshalb, dass der andere zu diesem Flecken kommen wird, weil er es ihm selbst gesagt hat. Er ist sein Bote gewesen, sein Mittelsmann. Und deshalb ist seine Sorge, dass jemand anderes zufällig auftaucht, größer, als dass sein Opfer ihn im Stich lässt."

„Woher weißt du das alles?“, fragte Lizzie mit rauer Stimme.

„Ich weiß es“, entgegnete Sterner. „Bitte unterbrich mich nicht. Jedenfalls steht der wartende Mann dort, weil er den Tod des anderen wünscht. Um seinen Wohlstand ist es schlecht bestellt, er steht auf dem Spiel. Er braucht Mittel zur Aufrechterhaltung einer Existenz, zu der ihn Faulheit und Verschwendung gebracht haben. Er möchte diese Existenz nicht aufgeben, nur wird er dazu gezwungen sein. Das Einzige, das ihn retten kann, wäre eine Goldquelle – sein eigenes Gold hat er schon lange verprasst. Der Mann, auf den er wartet, war sein Freund; er missbrauchte diese Freundschaft, so wie er alles missbrauchte, auf das er stieß. Er verschuldete sich bei diesem Freund und dieser Freund wollte in einer von ihm gewohnten launischen Stimmung sein Geld zurückhaben – nicht weil er es brauchte, sondern weil der andere sich geweigert hatte, seine Frau freizugeben. Der Freund mochte die Frau und wollte ihr so aus Sorge einen Dienst erweisen: Der wartende Mann beschloss den Tod seines Freundes. Du weißt, dies ist die Wahrheit. Auch gab er an dem bestimmten Tag ein Versprechen, das er niemals einhalten wollte. Schließlich würde der Tod des Freundes ihn nicht nur von einem Gläubiger befreien. Weil er mit dieser Frau verheiratet ist, die dir nicht ganz unbekannt ist, käme *er* außerdem in den Besitz des Vermögens seines Freundes. Es handelte sich um einen dieser Pläne, die nur von einem Gehirn ausgeheckt werden können, das durch Trunksucht und Ausschweifung demoralisiert ist – umgesetzt von einem Menschen, der sein besseres Ich im Müßiggang verloren hat; und der nicht länger die Kraft besitzt, gesunde Ideen seinen ausschweifenden kriminellen Instinkten entgegenzusetzen, die in uns allen wohnen. Der Plan war nicht ein Resultat lang ausgeheckter Überlegung, sondern der letzte Ausweg eines schwachen Charakters, kurzfristig entwickelt und umgesetzt, bevor elende Angst ihn seiner Kräfte beraubte und bevor das weingetränkte Gehirn wieder klar wurde. Und dieser Plan wurde tatsächlich ausgeführt. Ein zufälliger Umstand, ein Passant, eine Kutsche, eine Verzögerung oder ein spontanes Treffen hätten das verhindern können. Doch die höheren Mächte griffen nicht ein. Entlang der Straße, die er beobachtete, kam sein Freund – schnell, voller Erwartungen an das Treffen, ein wenig besorgt, leicht unsicher, aber besessen von einem Gedanken: Er hat mir eine Nachricht von ihr gebracht, sie erwartet mich. Dann verschwindet der Mörder in den Büschen, der andere kann ihn nicht sehen. Hätte er ihn gesehen, wäre die Tat vielleicht abgewendet worden, ist doch der Beschuldigte ein Feigling. Doch sein Freund hält nur Ausschau nach ihr und als er vorbeigeht, schimmert der kleine Dolch aus den Büschen. Ein Mord ist ausgeführt worden. In einem winzigen Augenblick hat sich alles verändert, aus dem Reigen von Handlungsoptionen ist eine vollendete Tat geworden, eine endgültige Sache, die menschliche Handlungen und Schicksale brandmarkt. Der Mörder richtet seinen Blick auf ihn und nun handelt er instinktiv. Denn der Zufall, der die Tat hätte verhindern können, der Passant oder die Kutsche, würden ihn jetzt in die Hände der Justiz ausliefern. Er schleudert den Körper in die Büsche und geht. Er sieht, dass sich eine Frau auf der Straße nähert, auf der anderen Seite des Gebüsches. Er schaut nicht auf, eilt mit gebeugtem Kopf weg, nicht auf dem direktesten Weg nach Haus, sondern rund um die weitverzweigten Pfade – um ein Zeitpolster zu schaffen, zwischen seiner Tat und dem Moment, an dem er wieder unter seine Mitmenschen muss. So wurde der Mord an Cecil Laking begangen und sein Mörder war Helmuth Saarbrücken!"

Sterner hörte auf zu sprechen.

Lizzie starrte vor sich hin; ihre Wangen brannten, ihre Augen blickten ins Leere – so als würde sie versuchen, sich die Szenerie vorzustellen, die er gerade beschrieben hatte.

Sterner wurde gelöster.

„In früheren Tagen nanntest du mich einen Dichter des Verbrechens – erinnerst du dich? Gut, vielleicht lagst du richtig. Und jetzt musst du mit deinen strahlenden, hellen Augen erkennen und mich darauf hinweisen, wo ich mit diesem lyrischen Sinn die Bodenhaftung verloren habe – und in die Wolken abgeschweift bin, wohin Poeten aufsteigen."

Sie schaute ihn an und ein trauriger Ton kam in ihre Stimme.

„Meine strahlenden Augen, Fritz, sind verdunkelt und ich kann nicht mehr klar sehen – der Kummer hat eine Wolke vor mir ausgebreitet. Oh, wie viel ist anders, seit wir das letzte Mal miteinander redeten und wie wir es heute Abend tun!"

Sterner beugte seinen Kopf; dann schaute er auf, mit einem scharfen, raschen Blick.

„Versuche es, Lizzie. Du batest mich, ihn zu verschonen. Du batest mich, an deiner Seite zu stehen. Nun gut, ich möchte dir eine Chance geben. Zerreiß das Bild, das ich für dich gemalt habe, reiß es in Fetzen. Zeig mir, dass ich in meinem Gedankengebäude womöglich Materialien verwendet habe, die nicht aus Tatsachen bestehen. Oder falls du das nicht kannst, lass mich das Gebäude in Teile zerlegen, Stück für Stück. Und lass mich ebenfalls Stück für Stück darlegen, wo ich die Fakten gefunden habe, aus denen es gebaut wurde."

Lizzie nickte.

„Der Schauplatz ist klar", machte Sterner weiter. „Sie haben den Körper dort gefunden, er kann nicht von einem anderen Ort dahin gebracht worden sein. Und er wurde nicht weit geschleppt, die Kleider beweisen das. Die Blutspuren auf den Gewändern, die Position der Leiche – ja, kurz gesagt deutet alles darauf hin, dass es sich bei dem Geschehenen um eine ruckartige Bewegung handeln musste: ein Wurf, kein langes, schweres Schleppen. Dies im Blick leitete ich weitreichende Nachforschungen ein und die Ärzte stimmten mir in diesem Punkt zu. Die Spuren am Grasende sprechen auch für diesen Schluss. Es gibt tiefe Druckstellen, tiefe Fußspuren eines Mannes und kein Blut, daran gibt es keinen Zweifel. Es bestehen auch keine Zweifel über die verwendete Waffe oder wie sie benutzt wurde, wie der Stich ausgeführt wurde. All diese Dinge wurden bei der Leichenobduktion festgestellt. Was Lord Faringdons Person angeht, ist ebenfalls alles eindeutig. Ich weiß, dass er zu einer Verabredung ging."

„Du weißt das?", unterbrach sie ihn fragend.

„Ja", bestätigte Sterner. „Ich weiß es. Er sagte es mir selbst; er erzählte mir, dass Saarbrücken sein Bote war, zwischen ihm und der Dame, die er treffen wollte oder dachte zu treffen."

„Wer war sie?", fragte Lizzie.

„Ich weiß es nicht. Diese Lebemänner und Nichtsnutze sind ja so ritterlich. Der Name einer Dame! Es wäre eine Schändung, ihn zu erwähnen. Aber es ist ehrenhaft, die ehelichen Rechte zu verletzen oder einen anderen Menschen zu betrügen. Sie haben ihren eigenen Kodex, diese Ehrenmänner, ihren Ehrenkodex, wie sie ihn nennen."

„Und du hast keine Idee, wer es gewesen sein könnte?"

Sterner zuckte mit den Achseln.

„Es gibt zahlreiche Frauen, die gerne einen solchen Mann treffen würden. Hier in dieser Gesellschaft nutzloser Bienen floriert der Zeitvertreib, was sie Flirt nennen. Hier treffen sich vergnügungssüchtige Männer und Frauen aus allen Teilen der Welt, um das zu führen, was mondänes Leben genannt wird – ein Leben, das außerhalb dessen stattfindet, was die fleißigen Leute von Homburg tun und niemals wegwerfen würden, weil es sie ernährt. Wie kannst du von mir erwarten, aus diesen alltäglichen, übertrieben elegant gekleideten Frauen die eine herauszupicken, die an diesem Abend unterwegs war. Wir können nicht mal sicher sein, dass sie nur einen Moment daran dachte, mehr als einen unschuldigen Flirt zu haben. Und Lord Faringdons Ehrenkodex, der ihm verbat, ihren Namen zu nennen, dürfte ihm verboten haben, außer ihrem Kuppler noch jemanden wissen zu lassen, was zwischen ihnen war. An dieser Stelle kann allein Saarbrücken mit Informationen dienen: Ich habe versucht, ihn zum Reden zu bringen, doch er blieb still – vielleicht, weil sein Ehrenkodex der gleiche ist wie der seines ermordeten Freundes. In solchen Dingen haben wir bürgerlichen Menschen viel zu lernen."

„Wenn du das weißt, musst du mit Cecil an jenem Tag gesprochen haben, vielleicht an besagtem Abend."

Sterner runzelte die Stirn.

„Halte mich da raus, Lizzie. Wenn ich wollte, könnte ich dir mehr erzählen. Denn ich weiß, du wirst alles tun, um ihn zu retten; du hast es mir gesagt. Menschen kämpfen oft für Dinge, die ziemlich wertlos sind. Daher kann ich dir nicht gänzlich vertrauen."

„Ich möchte nicht lästig sein", erwiderte sie kurz. „Du bist zu mir gekommen, ich nicht zu dir."

„Lizzie", warnte er. „Du sprichst nicht wie du selbst. Doch du musst mich verstehen. Ich gebe dir eine Gelegenheit – das zu sagen, was eine gute Frau mit reinem Gedächtnis zu dem sagen kann, was ich dir erzählt habe. Was die von mir erwähnten Punkte angeht, kam nichts von dir. Jetzt stellt sich die Frage, wie viel ich weiß. Mir ist etwa bekannt, dass Saarbrücken an jenem Abend an diesem Schauplatz war. Nicht ich bin es gewesen, der ihn sah. Es war eine Zeugin namens Nathalia Stolzi. Sie arbeitete als Bedienstete in dem kleinen Haus neben dem Tatort und berichtete, ihn gesehen zu haben. Ich könnte das anzweifeln; ich traue niemals vorbehaltlos dem, was andere gesehen haben. Ich weiß, Zeugen liegen oft falsch. Doch seit ich erfuhr, dass Lord Faringdon von Saarbrücken eine Nachricht erhielt – über das geplante Rendezvous an einem anderen Ort derselben Straße – habe ich keinen Zweifel mehr darüber. *Sie* war nicht da; ob sie beabsichtigte, zu erscheinen, ist mir nicht bekannt, da ich nicht weiß, wer *sie* ist. Ich habe versucht, diesen Punkt aufzuklären, ohne Erfolg."

„Dann hast du wirklich keine Idee, wer diese Frau ist?"

„Nein", bestätigte Sterner. „Erst dachte ich an die italienische Dame, die in dem Häuschen lebte. Es erschien umso wahrscheinlicher, als sie und ihr Mann am Tag nach dem Mord abreisten. Ob sie involviert gewesen sind? Gewiss hätte ich beide befragen müssen, besonders sie hätte ich ins Kreuzverhör nehmen müssen. Sie sind fort, mir ist unbekannt, wohin. Ich habe Erkundigungen über sie an ihrem Wohnort eingeholt. Die Informationen, die ich inzwischen erhalten habe, veranlassen mich nicht gerade, sämtliche Hebel des Gesetzes in Bewegung zu setzen, um sie zu finden. Allerdings ist mein Verdacht, besser gesagt meine Neugier, deshalb keinesfalls erloschen. Ich werde das Möglichste tun, um herauszufinden, was es herauszufinden gibt. Aber ich halte das lediglich für einen Vorwand. Ich kann die Namen dieser Leute nicht nennen, weil ich nicht an die Relevanz für die zu entscheidende Sache glaube: den Fall von Helmuth Saarbrücken, der die Tat verübte. Die verborgenen Fakten, seine Motive, du kennst sie so gut wie ich. Und es lohnt sich nicht, auf kleineren sichtbaren Tatsachen herumzureiten. Das Bild hat sich in meinem Kopf eingebrannt, ich kann es dir beschreiben – sag was, wenn du es willst. Ich glaube nicht, dass du die Bestandteile dieses Feuers löschen kannst."

Sterner hörte auf, zu reden, und Lizzie schüttelte den Kopf.

„Und trotz alldem weißt du in Wirklichkeit nichts", entgegnete sie. „So viel könnte passiert sein, Sachen, die du nicht erraten kannst, von denen du keinen Schimmer hast. Und bei den vielen unterschiedlichen Dingen, die geschehen sind, kannst du nicht alle Hinweise verfolgen. Du warst nicht dabei, du hast nichts gesehen."

Sterner lächelte.

„Gibt es irgendetwas, wo du widersprechen kannst? Findest du einen einzigen Punkt, an dem meine Schlüsse angreifbar sind? Dieser Sieg ist viel zu einfach für mich. Und du hast gesagt, du wolltest um seine Rettung kämpfen!"

Sie erhob ihren Kopf und schaute ihn mit ihrem klaren, unverfälschten Blick an, den er so gut kannte.

„Ich bin mir sehr wohl bewusst, nicht die Gedanken anderer Leute lesen zu können, und vor allem nicht ihre schlechten Gedanken, wie du es kannst. Ich kenne diesen Mann immer noch – nein, du brauchst nicht mit der Stirn zu runzeln – er ist mein Ehemann. Es ist wahr, ich wollte die Befreiung von meiner ehelichen Bindung; das möchte ich immer noch, sobald er sich außer Gefahr befindet. Und es stimmt, er hat sich mir gegenüber unerhört verhalten, schlimmer, als ich es mir vielleicht bewusst geworden bin. Das, was du heute Abend gesagt hast, ist richtig gewesen. Doch auch ich bin daran schuld, ich heiratete ihn ohne Zuneigung, ich liebte Helmuth Saarbrücken nicht, als …"

Sie hielt plötzlich an.

Sterner sagte nichts, doch sein Blick richtete sich auf sie und sie senkte ihre Augen.

Sie sprach weiter, ziemlich außer Atem, recht schnell, so als ob sie versuchte, ihre Verwirrung zu kaschieren, indem sie einfach etwas von sich gab.

„Du musst gestehen, dass du nichts weißt, einen Groll gegen ihn hast und du keinesfalls unparteiisch und unbefangen bist, wie ein Richter sein sollte."

Sterner unterbrach sie.

„Meiner Plicht zuliebe, wegen meiner Berufung – und für mich ist es eine Berufung – habe ich mehr geopfert, als du vermuten kannst. Du hast kein Recht, mir zu sagen, nicht der Richter zu sein, der ich sein sollte. Ich bin es. Und ich spreche nicht über meine Gefühle gegenüber diesem Mann. Ich fühle nichts, nicht einmal Abscheu, keinen Groll oder Hass. Er befindet sich in meiner Hand, ich kann ihn für schuldig erklären. Nichts kann ihn retten, wenn ich diesen Fall aufnehme. Und du willst, dass ich es lasse. Du hast Forderungen gegen mich, Ansprüche, die ich niemals vollkommen erfüllen kann. Ich habe dir Falsches angetan. Als dein Freund, ja, mehr als dein Freund werde ich alles in meiner Macht Stehende für dich tun. Aber du darfst mich nicht bitten, meiner Pflicht auszuweichen."

„Pflicht!", warf sie ein. „Ich rede nicht über deine Pflicht. Du sagst selbst, du kannst von dem Fall zurücktreten. Aber wenn du es kannst, dann kann es nicht deine Pflicht sein, zu bleiben."

„Selbst deine Zukunft und dein Glück stehen auf dem Spiel, Lizzie. Saarbrücken ist nicht der einzige Betroffene in dem Fall, es betrifft auch dich. Dein Name, dein reines, unschuldiges Ich darf nicht in all diese Verdorbenheit und Armseligkeit hineingezogen werden – in all das, was einer solchen Tat wie ein dreckiges, klebriges Unkraut anhaftet. Lizzie, du sollst dich nicht in diesem schmutzigen Gewirr verheddern, vor den Augen eines gaffenden, anklagenden Mobs. Ich kann das aufhalten, ich allein. Ich will dich vor dir selbst schützen, ich werde diesen Halunken auf seine Knie zwingen. Und ich werde das Geständnis dieser feigen Tat aus ihm herauspressen, was alles kurzerhand aufklärt. Siehst du nicht die vielen klebrigen Arme eines Tintenfisches, die sich in diesem Fall ausstrecken und dich mitreißen wollen? Du, die Erbin eines ermordeten Mannes, die niemals einen Gedanken an Geld zum eigenen Vergnügen verschwendet hat – du, die immer für andere da war. Und dann, Lizzie, geht es auch um mich."

Sie hob ihren Kopf.

„Du?"

„Ja, ich. Was, glaubst du, habe ich in der letzten Woche durchgemacht, seit du hier bist? Warum habe ich dich gesucht? Die Frau, die mich gemieden hat, nicht weil du böse auf mich warst, sondern …"

Sie stand auf.

„Fritz", sagte sie. „Kein Wort darüber jetzt."

„Wie du willst", erwiderte er. „Doch damit ich dich schützen kann, sollte ich an diesem Fall festhalten. Nichts soll passieren, was ich nicht möchte. Und die anderen, Rosenthal und der hungrige Engländer, werden keine Chance haben, ihre Verteidigung auf einer hinterhältigen Attacke gegen dich aufzubauen."

„Woher weiß du …?", fragte sie.

„Dass sie das tun? Ich weiß es von Hearne. Er ist ein cleverer Mann, er spricht viel über Recht und Gesetz, aber er verbreitet weniger Geschwätz als der pöbelhafte Wells. Und dennoch schnappt er eine Menge auf. Nein, bevor die Entscheidung fällt, wer diesen noch frischen Fall weiterführt, sollte er gelöst sein – gelöst von mir."

„Und du willst mir nicht versprechen, zurückzutreten?"

Sie schaute ihn flehend an.

„Ja, Lizzie", bekräftigte er. „Ich werde in dem Augenblick zurücktreten, in dem ich fühle, dass ich nicht der richtige Mann bin, der den Fall leiten kann. Ich verspreche dir das, in diesem Moment werde ich demissionieren. Doch du brauchst nicht darauf zu warten oder darauf zu hoffen, wenn du Freundschaft für mich empfindest."

Sie schwieg.

Sterner stand auf.

„Es ist spät", stellte er fest. „Und ich muss noch eine Menge Dinge durchsehen."

Sie machte keinen Versuch, ihn zurückzuhalten.

## Zehntes Kapitel

Die Befragung des Gefangenen Saarbrücken, die Dr. Sterner am Tag nach seiner Rückkehr aus Kronberg durchführte, dürfte in die Annalen von Homburgs Geschichte eingehen. Der Anwalt Rosenthal war geladen worden, aber erschien nicht. Allerdings hatte er Polizeikommissar Schaltz instruiert, anwesend zu sein und alles aufzunehmen.

Schaltz trat in seiner offiziellen Funktion auf. Er saß auf dem hochlehnigen Helferstuhl, bewegungslos, so stramm wie eine Figur auf dem Sockel eines Kaiser-Wilhelm-Denkmals.

Die Befragung dauerte achtzehn Stunden!

Sterner ging den Fall durch, von Beginn an, Punkt für Punkt. Saarbrücken erhielt die Erlaubnis, sich setzen zu dürfen. Er wurde weggebracht, wenn Zeugen gehört wurden, wieder zurückgeholt und hörte sich die vorgelesene Aussage an.

Es kam der Abend.

Dann, nachdem er in einer kurzen Pause eine Stärkung zu sich genommen hatte, begann Sterner mit der eigentlichen Befragung. Und das ließ Schaltz erschaudern.

Sterner war wie gewöhnlich höflich und wortkarg; seine Augen leuchteten durch seine Brille, streng und kühl. Doch an diesem Abend brannte eine Röte auf seinen Wangen. Und seine Hand zitterte leicht, als er ein zufälliges Wort oder einen Satz auf das vor ihm liegende Papier schrieb.

Sterner wollte Saarbrückens Opposition überwinden. Er lehnte sich auf seinem Stuhl zurück, während seine kalten Augen das Gesicht des Gefangenen suchten, der vor ihm stand.

Schaltz beschlich das Gefühl eines ungleichen Kampfes. Vor dem Richter befand sich dieser große Mensch, der die Atmosphäre und das Leben im Gefängnis nicht gewohnt war – eingeschüchtert von eisernen Regeln und strikter Disziplin. Den verdorbenen Sohn eines reichen Mannes hatten sie dorthin gesteckt, wo die Sonne niemals scheint, wo einer friert und seine Seele fröstelt. Er wirkte blass, seine Augen schienen ängstlich, seine Stimme klang wie eine gedämpfte Geige. Es sah so aus, als ob er nur das eine Wort ‚Nein' benutzte, und trotzdem lautete das Ziel des Feindes, seinen Lippen ein ‚Ja' abzupressen.

Und da saß Sterner, inthronisiert durch seine Macht, ein Herrscher über Leben und Tod – mit der Freiheit, zu vertagen oder zu gehen, wohin es ihn beliebte. Er wusste sich bewaffnet mit der Stärke seines Amtes, fühlte sich seiner Sache sicher und gewiss, dass der Weg, den er verfolgte, richtig war. Ihn kennzeichnete die feste Entschlossenheit, nicht eher lockerzulassen, bis das ‚Nein' in ein ‚Ja' umgewandelt war.

Sein Wille strapazierte seine Muskeln. Er fing jede Betonung, jedes Zittern in der Stimme des Gefangenen auf. Dieser Mann schien in das Gehirn seines Opfers hineinschauen zu können – und dabei zu sehen, wie das ‚Ja' und das ‚Nein' einen letzten Kampf führten, um sein Leben zu retten: ein Leben, das jetzt aus Tagen trostloser Untätigkeit und unruhiger, schlafloser Nächte zwischen nackten Wänden hinter Gefängnisgittern bestand.

Glaubte Dr. Sterner wirklich, dass dieser Mann der Mörder war?

Schaltz schüttelte es.

Derweil sammelte sich Sterner für den großen Versuch; er würde der Spur des Verdachts entlangreiten, so wie ein Ritter in klirrender Rüstung, der dabei das Schwert der Gerechtigkeit schwingt.

Er sprach kurz und zeigte sich sparsam mit Worten. Es lief alles genauso ab wie bisher: Sachverhalt reihte sich an Sachverhalt, ein standhaftes Denkgebäude wurde auf einem klaren Gedanken aufgebaut. Dabei glänzten seine Augen wie Stahlklingen. Doch Schaltz bemerkte, dass er sein Anliegen nicht erreichte. Die Verärgerung des Richters nahm zu. Vor ihm stand dieser Mann, einerseits groß und kräftig, andererseits blass und dumpf, sein einziges

Wort lautete ‚Nein'. Und dieses ‚Nein' entwickelte sich zu einer Mauer, an der jeder Angriff zerbarst, wieder und wieder abgewehrt wurde. Es gab keinen offenen Widerstand, der besser gewesen wäre, so wie ein Granitwall, der das Schwert des Angreifers zum Funkensprühen brächte. Aber hier gab es Stille, bedrückende, widerstandslose Stille, die keinerlei Wirkung brachte.

Stunde um Stunde verging und die Rathausuhr schlug ihre langsamen, zögernden Schläge. Sterners Ärger wuchs, stärker, als er ihn unter Kontrolle hatte. Das umhüllte ihn in Wolken, sodass er nicht mehr klar sehen konnte. Mittlerweile verstand er die Richter, die in früheren Tagen den Folterknecht geholt hatten. Der streckte den Gefangenen auf der Folterbank, während der Henker an den Schrauben drehte, derweil die Glieder knackten und brachen – die Nägel in das Fleisch getrieben wurden, das zerrissen und aufgeschlitzt wurde, bis das Blut über den Rand der Streckbank auf den Boden floss: zähflüssig, eklig und glitschig.

Das Ganze musste zu Ende gebracht werden.

Sterners Stimme hörte sich heiser an. Er sprach nicht mehr, er flüsterte die Worte. Alles war weggeblasen, sein Fazit, all seine Indizienbeweise, all seine Annahmen. Nichts schien geblieben, außer einem Gedanken: Gestehe, dass du Lord Faringdons Mörder bist.

Weitere Stunden vergingen. Schließlich schwieg Sterner für 15 Minuten. Dann wollte er aufschauen und flüstern, mit einem durchbohrenden Blick in die Augen des

Gefangenen, die apathisch durch den Raum wanderten: „Gestehe, dass du Lord Faringdons Mörder bist!"

Und weitere Stunden vergingen.

Längst ging es nur noch um eines: Gestehe, wirst du gestehen? Nichts anderes.

Saarbrücken stand da, wie an den Boden genietet. Er dachte an nichts mehr, er fühlte kaum etwas. Er wunderte sich, dass er nicht auf den Boden fiel. Aber er fiel nicht, er tat nichts.

Doch es musste ein Ende geben, einen Schlusspunkt. Vielleicht würde er hinfallen, ohne dass er es verhindern könnte; dann würden sie ihn wegtragen. Sein Leben stand auf dem Spiel.

Doch er stand – und blieb stehen, während die Uhr schleppend Stunde um Stunde schlug und die Einflüsterung wieder und wieder kam: Gestehe – gestehe.

Er wusste nun nicht mehr, was er gestehen sollte; alles war aus ihm gewichen, all das Vergangene, alles, was bis jetzt passiert war – es war alles fort.

Langsam endete die Nacht.

Mit einem Mal sprang Sterner auf, rief nach den Gefängniswärtern. Sie mussten den Gefangenen schnell auf und ab durch den Raum führen – ziemlich rabiat, um so seine Schläfrigkeit aus ihm herauszuschütteln. Selbst bewegte er sich vor und zurück mit unruhiger Hast rund um das Podium.

‚Es muss abgeschlossen werden', er hatte es sich selbst vorgenommen, dass dies die letzte Befragung sein sollte.

Dann stand er vor Saarbrücken, so als ob er sich für einen Angriff sammelte. Seine Stimme krächzte barsch und scharf in der Lautlosigkeit des Raumes.

„Ich habe genug davon, Herr Saarbrücken. Jetzt werde ich Sie zum Gestehen bringen. Schritt für Schritt habe ich die Fakten gegen Sie offengelegt, Wort für Wort die Hinweise auf Ihr Verbrechen herausgepresst. Ich muss Ihnen nun ein Geständnis abringen. Ich habe höflich, scharf, erzürnt, sanft und ruhig zu Ihnen gesprochen. *Sie wollen nicht?* Sie denken, Sie können meinen Willen dumpf missachten? Da liegen Sie falsch, Herr Saarbrücken, und das werde ich Sie lehren. Die Befragung dauert schon zehn Stunden. Und Sie glauben, dass ich erschöpft sein werde und Sie gehen lasse, wenn Sie sich in Schweigen hüllen. Sie irren sich. Ich bin nicht müde, ich bin stark und ich bleibe. Sie taumeln angesichts Ihrer Müdigkeit, Sie sind hungrig und durstig. Sehr gut. Sie sollen taumeln, an Hunger und Durst leiden und selbst wenn Sie bewusst zu Boden fallen: Ich sorge dafür, dass diese Männer Sie stützen. Sie werden diesen Ort nicht eher verlassen, bis Sie Ihr Verbrechen zugegeben haben. Ihr Leben ist an die Justiz verfallen. Ob Sie jetzt sterben oder später, spielt keine Rolle. Sie werden von diesem Ort nicht fortgehen, bevor Sie ausgepackt haben, hören Sie."

„Das ist Folter", murmelte Schaltz zwischen seinen Zähnen.

Saarbrücken torkelte, doch die Wärter stützten ihn und drückten ihn gegen das Podium.

Sterner rückte seinen Kopf nah an das Gesicht des Gefangenen.

„Hören Sie? Sie werden diesen Ort nicht eher verlassen, bevor Sie gestanden haben – oder sterben."

Schaltz ballte seine Hände, bis die Fingernägel ins Fleisch drückten.

Ein schimmernder Gedanke stieg in Saarbrückens Kopf. Er schien sein Gehör zum Platzen zu bringen, er machte ihn verrückt; er musste ihn loswerden, er brauchte eine Pause. Für einen kurzen Moment fühlte er, frei zu sein.

Er bewegte sich einen Schritt zurück, warf seinen Kopf nach hinten und ging so, dass seine Knie und Knöchel schmerzten.

„Folterer", entfuhr es ihm heiser. „Folterer! Ist Lizzie der Grund, warum Sie mich zu Tode jagen? Sie können sie nehmen und dann lassen Sie mich verdammt noch mal in Frieden."

Es war das erste Mal, dass Lizzies Name in der Vernehmung auftauchte.

Sterner fuhr zurück.

Schaltz hörte aufmerksam zu.

Sterner riss sich zusammen, drehte sich kurz um und warf sich in den Richterstuhl.

Für einige Minuten herrschte tiefe, atemlose Stille.

Dann sprach Sterner erneut, leise, in geschäftsmäßigem Ton, aber scharf wie eine Nadel.

„Wollen Sie, dass dieser Ausbruch zu den Dokumenten hinzugefügt wird? Ich muss Ihnen ausdrücklich mitteilen, Sie haben das Recht, es zu verlangen. Möchten Sie wirklich, dass alles zu dem Fall hinzugefügt wird, was zwischen Ihnen und Ihrer Frau passiert ist, hörbar für die gaffende Meute? Wenn Sie es tatsächlich wollen, soll Ihr Wunsch erfüllt werden. Ich habe Ihre Frau aus diesem Fall herausgehalten. Es hängt von Ihnen ab, ob sie mit hineingezogen wird oder nicht. Ich bin bereit, wieder von vorne anzufangen."

Sterner nahm die vor ihm auf dem Tisch liegenden Unterlagen auf.

„Es sind genug Frauen in diesen Papieren erwähnt; genug Frauen, die ein Licht auf den werfen, den Sie ermordet haben. Und auf das Leben, das Sie geführt haben, während sie, Ihre Frau, an Sie angekettet war und trotz Bittens nicht ihre Freiheit erhalten konnte. Sollte es Ihr letztes Mittel sein, sie mit Schmutz zu bespritzen, na schön. Sie sollen Ihren Wunsch erfüllt bekommen."

Saarbrücken nahm einen kurzen, hechelnden Atemzug.

Sterner saß zurückgelehnt in seinem Stuhl und spielte wieder mit seiner Brille.

Immerhin, die Atmosphäre in dem Raum fühlte sich entspannter an. Auf Schaltz' Stirn brach der Schweiß aus und seine zusammengeballten Hände öffneten sich von selbst.

Der Bann war gebrochen.

Die Männer sprachen wieder miteinander.

Schaltz drehte sich und schaute auf Sterner. Dessen Gesichtsausdruck sah genauso aus wie zuvor, aber seine

Lippen bebten und sein Blick wirkte nicht mehr so entschlossen.

Also war da ein Wettbewerb zwischen diesen zwei Männern – ein Wettbewerb um eine Frau.

Saarbrücken sprach wieder, ein wenig schleppend, in einem weit entfernt klingenden Ton, jedoch klar.

„Sie wünschen es so, nicht ich. All dies ist Ihr Werk, nicht meines. Lassen Sie mich in Frieden. Ich bin unschuldig. Lassen Sie die Fakten entscheiden. Ich-möchte-nicht-sprechen."

Sterner stand auf, nahm die Papiere und ging in den hinteren Teil des Raumes, drehte sich schnell um und starrte Saarbrücken an.

„Also schön, dann erzählen Sie mir wenigstens, wo Sie in dieser Nacht zwischen 0:20 Uhr und 1:30 Uhr waren. Sie haben sich bislang geweigert, diese Frage zu beantworten. Antworten Sie jetzt und es ist für mich erledigt."

„Ich werde es nicht sagen", lautete die kurze, heisere Antwort.

„Sie sind mit einer Zeugin zusammen gewesen."

Saarbrücken gab keine Antwort.

Sterner stand wieder vor ihm, redete direkt in sein Gesicht, flüsternd, sodass Schaltz kaum ein Wort verstand.

„Sie haben ihn zu einem Stelldichein mit *ihr* gelockt."

Saarbrücken erblasste und torkelte.

Dann sagte er krächzend, nach Worten suchend:

„Tun Sie, was Sie wollen. Meine Lippen sind geschlossen – bis zum Tod."

Schaltz starrte auf Sterner.

Der Richter ging einen Schritt zurück; es sah so aus, als ob sich seine Muskeln entspannt hätten, als ob ihm eine neue Lösung, ein neuer Plan einfiel.

In diesem Moment war er meilenweit weg von der Szenerie und es sah so aus, als ob ihm alles neu erschien.

Wieder lag tiefe Stille über dem Saal.

Dann beendete Sterner die Befragung und ordnete an, dass die Gefängniswärter den Gefangenen zurück in seine Zelle bringen.

Schaltz schaute mit offenem Mund auf Sterner, als dieser wortlos den Raum mit leichtem, schnellem Schritt verließ.

Es dämmerte schon.

## Elftes Kapitel

Dr. Sterner sprach beim Oberlandesgericht vor und bat darum, den Vorsitzenden Richter zu sehen. Dieser Bitte wurde schnell stattgegeben.

Der hochgewachsene alte Richter forderte ihn höflich auf, sich zu setzen. Sterners Prestige war groß, seine Fähigkeiten allgemein anerkannt.

„Ich möchte über meine Rolle im Fall Saarbrücken sprechen", begann Sterner. „Ich weiß, es wurden ernsthafte Versuche durch die Verteidigung gemacht, mich von der Position des Untersuchungsrichters zu entfernen."

Der oberste Richter protestierte eilig.

„Wir sind hier immer auf Ihrer Seite gewesen. Und es ist eine vereinbarte Sache, dass Sie und niemand anderes die Untersuchung zu Ende führen soll."

Sterner verbeugte sich.

„Ich danke Ihnen für dieses Zeichen des Vertrauens. Vielleicht wird es Sie erstaunen, wenn Sie den Grund meines Kommens hören. Ich möchte nämlich den Fall aufgeben, ich wünsche, zurückzutreten."

Der Vorsitzende Richter erschrak.

„Was? Sie wollen solch einen beachteten Fall aufgeben, der die Aufmerksamkeit von ganz Deutschland, ja, von ganz Europa auf sich gezogen hat? Einen Fall, in dem Sie sich bereits ausgezeichnet haben – durch das Sammeln einer solchen Masse an Beweisen, die ein Geständnis überflüssig machen; ja, die den Fall praktisch schon im Vorfeld entschieden haben."

Sterner zuckte mit seinen Schultern.

„Ich habe mich gestern bemüht, den letzten Stein zu meiner Arbeit hinzuzufügen. Ich kämpfte um das Geständnis, ich konnte es nicht bekommen. Auf der anderen Seite hörte ich zum ersten Mal in meiner Richterkarriere, ich wäre eine befangene Partei."

Der Oberrichter lachte.

„Und Sie lassen sich dadurch verdrießen, Sie, der kalte Sterner, wie Sie genannt werden. Wenn es irgendeinen Richter geben sollte, dem eine solche Sache gleichgültig erscheinen muss, dann sind Sie es."

„Da ist ein Körnchen Wahrheit dran und dennoch möchte ich zurücktreten. Verstehen Sie mich nicht falsch – nur ein Körnchen Wahrheit. Ich interessiere mich sehr für die Ehefrau des Beschuldigten. Ich kenne sie; anfänglich handelte ich voreilig, was sie betrifft. Jetzt kenne ich sie besser. Sie benötigt Hilfe und sie vertraut mir vollends. Auch ihr englischer Beistand hat mir sein Vertrauen ausgesprochen."

„Und deshalb wollen Sie Ihrer offiziellen Pflicht entsagen", entgegnete der Oberrichter mit ziemlich bitterem Tonfall.

Sterner antwortete unmittelbar.

„Entschuldigen Sie bitte. Es war mein Wunsch, diesen Fall zu übernehmen. Ich erkenne an, dass ich seitens des Gerichts viel Unterstützung erhalten habe. Aber es gab da diesen Moment, in dem auch von Ihnen einige Andeutungen hinsichtlich meines Rücktritts gemacht wurden. Herr Rosenthal hat ohne Zweifel gewichtige Argumente angeführt. Er ist ein äußerst cleverer und eloquenter Mann. Ich könnte Gegenargumente anführen."

„Und nun stimmen Sie Herrn Rosenthal zu?", unterbrach ihn der Vorsitzende Richter. „Glauben Sie denn, dass Saarbrücken unschuldig ist?"

„Nein", bekräftigte Sterner. „Ich betrachte ihn wie bisher als Lord Faringdons Mörder. Mein Verdacht hat sich bestätigt, nunmehr nach der anstrengenden gestrigen Untersuchung noch stärker. Aber die persönlichen Überlegungen, die sich nun in den Fall eingeschlichen haben, deuten mir, was zu tun ist. Es hat nichts mit der Funktion des Richters zu tun. Ich habe meine Pflichten niemals verletzt. Und ich werde es auch niemals tun – solange seine Exzellenz, der Kaiser, und seine Regierung mir die Position eines deutschen Richters anvertrauen. Aber aus dem erwähnten gewichtigen Grund bitte ich darum, von einem Posten zurücktreten zu dürfen, den ich nicht mit reinem Gewissen ausführen kann."

„Sie müssen mir das genauer erklären, mein lieber Sterner", sagte der Oberrichter in einem freundlichen Ton.

Sterner räusperte sich.

„Der Fall hat nun einen Punkt erreicht, an dem der untersuchende Richter nicht mehr so viel ans Licht zu bringen braucht. Meiner Meinung nach gibt es nichts, was Saarbrücken zu einem Geständnis zwingen kann. Er flüchtet sich in eine sture Trotzhaltung und Schweigen. Ich bin so weit gegangen, wie ein moderner Richter gehen kann; ja, so weit, dass es bei einem Großteil der Presse einen Aufschrei über die ‚Tortur' geben würde, wenn es öffentlich gewesen wäre. Und ich kann bestätigen, dass ich mindestens so hart, sogar noch härter mir selbst gegenüber war als gegenüber dem Gefangenen. Es hat nichts gebracht. Die Beweise lassen sich erweitern, aus den häuslichen Beziehungen des Gefangenen kann eine Menge gemacht werden. Eine Romanze zu einer Frau lässt sich spinnen, umfassendes Material könnte für die Presse und für die inquisitorische, skandalliebende Öffentlichkeit zusammengetragen werden. Diejenige, die dafür bezahlen müsste, wäre die absolut unschuldige

Frau des Beschuldigten. Ich habe sie absichtlich aus dem Fall herausgehalten, aus der Überzeugung, dass ich richtig handelte. Aber gestern wurde es mir klar: Der Standpunkt, von dem aus ich handele, ist mein persönlicher Standpunkt. Für das, was wir offiziell tun, sind wir Richter nicht nur vor unseren Vorgesetzten verantwortlich, sondern auch vor der Öffentlichkeit. Ich bin bereit, diese Verantwortung zu tragen. Meine Sicht auf den Fall ändert sich dadurch nicht, doch ich möchte nicht das Gericht damit belasten. Es gab bereits Gespräche zuvor, dass Dr. Braun den Fall übernimmt. Er ist ein fähiger Mann. Was liegt da näher, als darum zu bitten, mich durch ihn zu ersetzen?"

Der Vorsitzende Richter hatte Sterners langer Rede aufmerksam zugehört. Er nickte nur.

„Dann soll es so sein, wie Sie es wünschen", stimmte er zu.

Sterner erhob sich.

„Wollen Sie noch etwas sagen?", fragte der Oberrichter.

„Nein", lautete die Antwort. „Alles, was ich weiß, steht in den Dokumenten."

„Wirklich alles?", fragte der Vorsitzende Richter.

„Alles, was für mich im Zusammenhang mit dem Fall interessant erschien. Natürlich bin ich bereit, meinen geschätzten Kollegen mit dem Fall vertraut zu machen und die Einzelheiten mit ihm durchzugehen."

Der Vorsitzende Richter nickte.

„Dr. Braun ist gegenwärtig am Oberlandesgericht engagiert. Wenn Sie möchten, können wir zu seiner Dienststelle gehen. Als Erstes sollte ich Anweisung geben, die notwendigen Dokumente zu erstellen."

Damit endete das Gespräch.

Dr. Braun war ein ernsthafter junger Mann, pflichtbewusst, ziemlich stur und voller echter Bewunderung für Sterners wissenschaftliche Arbeiten. Nicht alle juristischen Kollegen hegen übertriebene Anerkennung für die Fähigkeiten der anderen; Brauns Loyalität machte es Sterner einfacher, seinen Platz für ihn zu räumen. Dies war ein Teil von Rosenthals Plan gewesen; doch wenn der kluge Anwalt in der Lage gewesen wäre, das Resultat seines Handelns vorauszusehen, hätte er lieber eine andere Person vorgeschlagen – jemanden, der den Fall noch einmal von Anfang an unabhängig aufgerollt hätte und nicht einfach in die Fußstapfen des Vorgängers getreten wäre.

Dr. Braun und Sterner waren sehr bald einer Meinung. Es wurde vereinbart, dass der neue Richter als Nächstes Sterner am folgenden Tag in Homburg besuchen sollte: um den gesamten Fall aus seinen Händen zu übernehmen, mit allen Erklärungen, die für das Verständnis notwendig waren.

## Zwölftes Kapitel

Der Anwalt Tunstaple Wells rief Rosenthal an, um sich zu verabschieden; er war des Wartens müde geworden. Seine Fraternisierung mit der gegnerischen Partei hatte ihm keinerlei Vorteile gebracht. Zu Hause wartete auf ihn eine Menge Arbeit und die nächste Verwandtschaft auf Rigsby Abbey hatte ihn gebeten, zurückzukehren. Sicher, es war angenehm und verlockend, dem englischen Adel bei der Kurzweil im Homburger Kurpark zuzusehen. Andererseits war Wells ein zu guter Demokrat, um dies länger zu ertragen – diese aristokratische Faulenzerei, wie er das Tennisspielen oder die Techtelmechtel unter dem Kastanienbaum nannte.

Isidor Rosenthal verstand dies sehr gut. Allerdings drehten sich seine Gedanken vollends um die Neuigkeit, die er an diesem Morgen offiziell erhalten hatte: Sterner war aus eigenem Wunsch von dem Fall zurückgetreten.

Rosenthal hatte den Vorsitzenden Richter getroffen, doch der Beamte gab sich kühl und bestimmt. Er versuchte es nun über die Gerüchteküche innerhalb des Gerichts, so wie es Juristen manchmal tun müssen. Diejenigen, die er sprach, um seine Überraschung auszudrücken, wussten jedoch nichts. Er wollte Schaltz aufsuchen, aber der Gute war noch nicht da.

Und nun saß Tunstaple Wells in dem komfortablen Sessel des Advokaten und rauchte eine starke Zigarre.

Sie sprachen über das bedeutende Ereignis.

„Was denken Sie darüber?“, fragte Wells.

Rosenthal zeigte ein weises Lächeln.

„Sie sehen, mein werter Kollege, ein Richter muss Hypothesen bilden und sie weiterentwickeln, bis er Gewissheit hat. Dagegen ist die Vorgehensweise eines Anwalts anders. Er muss als Erstes seiner Sache sicher werden und dann Fakten gewinnen, um sie zu beweisen. Ich werde nicht meine Zeit vergeuden und versuchen zu vermuten, warum Sterner von sich aus so plötzlich den Fall abgegeben hat. Nein, ich möchte herausfinden, *wie* er es getan hat. Und ich wäre sonderlich überrascht, wenn mir das keine Grundlage für die Verteidigung von Herrn Saarbrücken liefern wird."

„Es scheint eine komplizierte Angelegenheit zu sein", sagte Wells, während er weiter rauchte.

Rosenthal fuhr mit seiner Zunge über die Zähne.

„Nicht einmal für tausend Mark würde ich diesen Fall aufgeben. Oh ja, Sie werden sehen, was sich daraus entwickelt. Es wird wachsen und sprießen wie ein wunderschöner Baum, wie eine südliche Palme, mein Herr. Und in dieser Wildnis von Indizienbeweisen wird eine Oase aus dem Boden hervorquellen, die allen Kamelen in Deutschland eine Erfrischung gibt."

„Und genauso in Großbritannien", lachte Wells. „Sie könnten meinen Freund Sir Longland zu den Kamelen hinzuzählen. Und mich ebenfalls, wenn es Ihnen beliebt. Denn ich verstehe von alldem kein Wort."

„Sie werden es bald verstehen, bald", lachte Rosenthal. „Nun gehen Sie zurück ins gute alte England mit der besonderen Aufgabe, herauszufinden, warum Frau Saarbrücken in Lord Faringdons Testament bedacht wurde. Das ist eine Frage, mit der sich Sterner nicht beschäftigt hat. Er gab sich außerordentlich sanft, was diese Dame betraf. Möglicherweise hat er Gründe dafür, aber das hält uns beide nicht ab. Herr Wells, ich erwarte von Ihnen einen detaillierten Bericht über alles, was Licht auf diesen Punkt werfen kann. Und, um Ihren Eifer zu entfachen, lassen Sie mich dies hinzufügen: Je mehr positive Beweise Sie heranschaffen, umso breiter wird die Basis für eine Übereinkunft – die das Ziel hat, zu entscheiden, welche praktischen Auswirkungen Lord Faringdons letzter Wille hat. Es ist Ihre Idee gewesen, damit zu beginnen, und nun liegt die Erledigung vor allem in Ihren Händen."

Wells nickte und so war die Sache vereinbart. Er verabschiedete sich und verließ Homburg, ziemlich beeindruckt von seinem deutschen Kollegen und sehr neugierig, was die ganze Angelegenheit anging. Er blieb etwas kühl gegenüber Sir Longland Hearne und seinen Gefühlen entsprechend sagte er Dr. Sterner nicht auf Wiedersehen.

Schaltz war Isidor Rosenthals nächster Besucher. Am selben Tag, an dem sich Sterner an den Vorsitzenden Richter gewandt hatte, hatte Schaltz eine Vorahnung von dem besessen, was in der Luft lag. Er bat seinen direkten Vorgesetzten, Herrn von Bitter, um seine Freistellung, die er dann auch erhielt. Dies berichtete er Sterner und Schaltz schlug dabei seine Hacken zusammen, so oft er konnte, um den Richter zu ärgern. Die nächtliche Befragung hatte Abscheu bei ihm ausgelöst, er war über Sterner gründlich verärgert. Schaltz war im Gefängnis gewesen, um Saarbrücken zu sehen. Der Gefangene hatte seine Fassung vollständig wiedererlangt. Die Strapazen der Nacht waren vorüber; er wirkte ruhig, beherrscht, ja fast ein bisschen abgestumpft. Schaltz bemerkte das und mit der vorgefassten Meinung eines Polizisten entschied er, auf dem eingeschlagenen Weg zu bleiben: Saarbrücken war unschuldig und je mehr die Umstände auf seine Schuld deuteten, desto mehr pochte er auf seine Unschuld. Es war nun entschieden worden, dass die Voruntersuchung von einem Richter der Strafkammer fortgeführt werden würde; aber wenn das passierte, hätte Sterner nichts mehr mit dem Fall zu tun. In der Zwischenzeit hatte die Verteidigung versucht, das Interesse des Engländers, Wells, zu gewinnen – durch Beharren auf der Verbindung von Saarbrückens Unschuld und den Aussichten der englischen Erben; auf dieser Basis musste Schaltz gegen Sterner agieren, der eindeutig alles tat, was Frau Saarbrücken direkt helfen konnte.

Schaltz konnte sich nicht erinnern, jemals einen Gefangenen gehabt zu haben, den er mehr gemocht hatte als Saarbrücken. Er hatte ihm aufrichtig den Ärger vergeben, den er ihm bei seiner Festnahme gemacht hatte.

Die Konversation zwischen Schaltz und Saarbrücken drehte sich zunächst um die Firma. An diesem Punkt konnte Schaltz den Kaufmann beruhigen, indem er ihm von der Geschäftsabwicklung erzählte. Er versprach außerdem, eine Nachricht an den Anwalt weiterzuleiten. Der Advokat wurde gebeten, zum Gefängnis zu kommen, um ein von Saarbrücken dringend ersehntes Gespräch zu führen.

Er erledigte den Botengang. Rosenthal erwartete ihn freundlich und erreichte, dass Schaltz ihm einen Bericht über die nächtliche Befragung gab. Aus dem entrüsteten Ton, in dem dieser Bericht vorgetragen wurde, ermaß er Schaltz' tiefe Abneigung gegenüber dem Richter. Es erfreute ihn zu hören, dass Schaltz erfolgreich um seine Freistellung ersucht hatte. In einem aufmunternden Ton schlug er dem Polizisten vor, seine freie Zeit dort zu verbringen, wo er detaillierte Informationen erhalten könnte – einerseits über Dr. Sterner und andererseits über Frau Lizzie Saarbrücken.

„Wissen Sie“, meinte der Anwalt, „da liegt die Lösung des Rätsels. Sterner weicht aus Rücksichtnahme auf die Frau des Beschuldigten aus; und wir müssen die jähzornigen Worte Saarbrückens im Hinterkopf haben, die er sogar gegenüber dem Richter schwor. Wir sollten uns ebenso an Sterners Haltung erinnern. Und bis ich nicht die Fakten erlangt habe, all dies zu erklären, dürfte ich nicht mit der Arbeit an der Verteidigung fortfahren. Lassen Sie uns jetzt als Erstes sehen, ob Dr. Braun, ein unterwürfiger Bewunderer seines großen Meisters Sterner, versuchen wird, neue Wege einzuschlagen. Persönlich glaube ich nicht daran, dass er es tun wird. Bitte wiederholen Sie, was Sterner zu Saarbrücken am Ende gesagt hat, oder wenigstens so viel, wie Sie davon ausmachen konnten.“

Schaltz ging die Szene nochmals durch, beschrieb, wie Sterner dabei Saarbrücken nach seinem Alibi gefragt hatte.

Rosenthal runzelte die Stirn.

Angenommen, Saarbrücken hat dem Richter tatsächlich den Namen einer Frau genannt? Gesetzt den Fall, er hätte sein ritterliches Verhalten in dieser Sache aufgegeben?

Doch Schaltz, der bei allen Befragungen anwesend war, nahm dem Advokaten seine Angst. Rosenthal wollte nicht, dass Saarbrücken seinen romantischen Glanz verlor – es konnte ein wirkungsvolles Argument für die Verteidigung sein. Und soweit es das Alibi betraf, machte es keinerlei Unterschied, weil Saarbrücken nicht geleugnet hatte, den Park bei seinem mitternächtlichen Gang passiert zu haben.

„Lassen Sie mich die Worte hören", bat er. „Die Worte des Richters."

Schaltz schüttelte seinen Kopf.

„Ich konnte sie nicht wahrnehmen, der Richter sprach sehr leise. Aber ich glaube, er sprach irgendwas von einem Rendezvous mit *ihr*."

Rosenthal zuckte zusammen.

Mal vermutet, Sterner hätte auf einem anderen Weg etwas über *sie* herausgefunden. Dann konnte es sich bei *ihr* nicht um Frau Saarbrücken handeln, die sich zum fraglichen Moment in Frankfurt oder womöglich in Falkenstein aufhielt. Mit *ihr* konnte nur eine andere Person gemeint sein, aber wie in aller Welt hatte Sterner von *ihr* erfahren.

Schaltz saß steif und sprachlos in dem tiefen Sessel, der ein bisschen an seine militärische Haltung angepasst war. Derweil dachte sich das Gehirn des Anwalts einen Plan für die Verteidigung aus.

Aber davon sprach er zu keinem ein Wort. Er gab Schaltz seine Instruktionen und ließ ihn gehen, bestens ausgestattet, um die Untersuchung im Namen der Verteidigung voranzubringen, gegen Sterner, besser gesagt.

Das allerdings sprach Isidor Rosenthal nicht aus.

## Dreizehntes Kapitel

Dr. Braun saß in Sterners Arbeitszimmer, tief vergraben in die Unterlagen des Falls. Schritt für Schritt ging Sterner das von ihm zusammengetragene Beweismaterial durch.

„Mein Verdacht wurde durch den Umstand bestärkt, dass ich eines wusste: Lizzie Saarbrücken wird das Vermögen von Lord Faringdon erben. Außerdem hatte ich bei einem zufälligen Gespräch erfahren, dass sich Saarbrücken dieser Tatsache bewusst gewesen ist. Darüber hinaus war Saarbrücken ruiniert und das wusste wiederum Lord Faringdon. Er hatte ihm nämlich bereits erkleckliche Summen geborgt und sich zuletzt geweigert, ihm noch mehr zu leihen. Durch meinen in Falkenstein tätigen Schwager traf ich Frau Saarbrücken, deren Mutter sich im

Sanatorium aufhält. Sie kümmert sich um ihren Sohn, der Patient dort ist. Ich kannte sie bereits aus vergangenen Tagen. In den Dokumenten habe ich es nicht vermerkt, es hat nichts mit dem Fall zu tun. Ich wusste, sie wollte die Scheidung von ihrem Mann erreichen. Dessen Verhalten war alles andere als tadellos. Saarbrücken wendete sich energisch gegen eine Scheidung. Es gibt eine Gütergemeinschaft innerhalb der Ehe. Und durch den Tod von Lord Faringdon kommen sie zu einer sehr bemerkenswerten Erbschaft. Darin sah ich das Motiv für das Verbrechen."

Dr. Braun bestätigte die Scharfsinnigkeit seines Kollegen mit einem Nicken.

Sterner fuhr fort.

„Ich habe ihn unverzüglich verhaftet und seine Frau zu der Voruntersuchung beordert. Als sie sogleich erschien, sah es danach aus, als wüsste sie nichts von der Sache. Ich habe versucht, mein übereiltes Verhalten ihr gegenüber wiedergutzumachen; und im Verlauf der Verhandlung habe ich ihren Namen aus der Sache rausgehalten. Vielleicht würden Sie in diesem Punkt anders vorgehen. Es ist nun Ihre Sache, darüber zu entscheiden. Ich werde keinen Versuch unternehmen, Sie zu beeinflussen: Folgen Sie Ihrem eigenen Urteil."

Über seine Brillengläser hinweg warf Sterner einen scharfen Blick auf seinen Kollegen. Dr. Braun nickte höflich und Sterner erkannte, dass ihm sein Nachfolger an diesem Punkt folgen würde. Um Lizzies willen war er froh darüber und er sagte nichts mehr zu der Angelegenheit.

„Die weitere Entwicklung in dem Fall bestätigte meinen Verdacht aufs Äußerste. Das Medaillon, das bei der Leiche gefunden wurde, gehörte Saarbrücken; es trug die Initialen seiner Frau und er muss es fallen gelassen haben. Er selbst sprach davon, es Lord Faringdon gegeben zu haben. Doch ich war nicht in der Lage, ihn zu einer Begründung zu bewegen, warum er es getan hatte. An dieser Stelle und auch sonst – bei der Ausrede für seine nächtliche Eskapade, die ein wirklich verurteilenswertes Indiz gegen ihn ist, verharrt er in hartnäckiger Ruhe. Das kann ich nur als Folge seiner Schuld interpretieren. Wenn er wirklich eine Verabredung an diesem Abend gehabt hatte, muss es eine Möglichkeit geben, es zu beweisen. Ich möchte Ihre besondere Aufmerksamkeit auf diesen Punkt richten, denn er ist von großer Bedeutung."

Sterner machte eine Pause.

Dr. Braun hatte aufmerksam zugehört.

Dr. Sterner schaute leicht verzweifelnd drein, als ob er nach einem Wort suchte. Er fuhr fort, ziemlich nervös.

„Wie ich sagte, dies ist ein bedeutender Punkt. Wenn ich nicht fühlen würde, dass meine Rolle als Frau Saarbrückens persönlicher Berater die Fortführung des Falles für mich unmöglich macht … Und ich kann Ihnen mitteilen, dass ich mehr als Freundschaft für diese Frau empfinde; es wäre falsch, dies Ihnen gegenüber zu verschweigen. Wie gesagt, wenn ich dieses Gefühl nicht hätte, würde ich all meine Aufmerksamkeit auf diesen Punkt richten. Denn der Mann wird nicht sprechen. Der Dolch ist das Beweisstück, das den größten Eindruck bei den Geschworenen machen wird – ich habe dem gar nicht so viel Bedeutung beigemessen. Es gibt zahlreiche Produkte dieser Art und sie sind alle ähnlich. Aber natürlich ist das eine Sache, die berücksichtigt werden muss. So weit betrifft das alles den Mordverdächtigen. Was den Ermordeten angeht, hat er mit Gewissheit den Zug nach Frankfurt genommen. Es ist nicht bekannt, wann er zurückgekommen ist. Aus Sicht der Beweisaufnahme war es außerdem nicht möglich zu klären, wie er wieder nach Homburg gelangte."

Sterner machte eine neuerliche Pause und blätterte in den Dokumenten. „Lassen Sie mich anführen, dass ich an diesem Punkt das Material nicht ausgereizt habe. Und lassen Sie mich auch erwähnen, Dr. Braun, dies ist wahrscheinlich das, an dem Sie am meisten zu arbeiten haben, daran und an Saarbrückens Alibi. Kann dargelegt werden, dass Lord Faringdon zurückkam, nachdem Saarbrücken ins Bett gegangen war, ab 1:30 Uhr, scheitert der Prozess gegen den Beschuldigten. Andererseits könnte er auch exakt zu der Zeit nach Homburg zurückgekehrt sein, in Parknähe oder am Tatort gesehen worden sein, als sich Saarbrücken draußen aufhielt. Wenn das bewiesen werden könnte, wäre das ein neues Indiz. Es dürfte nicht so viel zählen und für mich als Richter hätte es keine große Bedeutung. Dennoch empfehle ich Ihnen, unbedingt zu untersuchen, ob Lord Faringdon nach 1:30 Uhr wieder eingetroffen ist oder danach lebend gesehen wurde. Das wäre der Beweis für Saarbrückens Unschuld. Diesen letzten Punkt habe ich vergeblich versucht, aufzuklären."

Dr. Braun räusperte sich.

„Dann denken Sie, Dr. Sterner, dass der Rückkehr von Lord Faringdon keinerlei Bedeutung beigemessen werden sollte, solange diese Rückkehr in den Zeitraum von Saarbrückens Abwesenheit vom Hotel fällt? Entschuldigen Sie, ich verstehe das nicht so recht. Es erscheint mir, dass alles, was diesen Punkt betrifft, von gleicher Wichtigkeit ist."

Sterner schaute auf.

„Sie missverstehen mich, Dr. Braun. Natürlich wäre es äußerst angenehm zu wissen, was Lord Faringdon in dieser Nacht getan hat. Aber von wirklicher Bedeutung ist lediglich der Nachweis seiner Bewegungen zu dem Zeitpunkt, der den Fall betrifft. Ich beharre darauf, denn ein Richter muss sich immer die Grenzen seiner Hypothesen vor Augen halten. Angenommen etwa, ich wüsste gewiss, dass sich Lord Faringdon, sagen wir, gegen 0:40 Uhr im Kurpark aufhielt; und gesetzt den Fall, ich wüsste genau, dass Saarbrücken zur selben Zeit ebenfalls im Park war. Mit den mir vorliegenden Beweisen und dem Einbezug anderer Fakten in den Fall müsste ich mir ziemlich sicher sein: Der Mörder war Saarbrücken. Auf der anderen Seite sollte ich mir bewusst sein, keinen Beweis zu haben. Schließlich könnte auch ein anderer Mann den Mord exakt zur selben Zeit begangen haben, nur zwanzig Meter von dem Mann entfernt, der unschuldig des Verbrechens verdächtigt wird. Mein Wissen wäre in dieser Hinsicht praktisch wertlos, dennoch würde es mein Gefühl stark beeinflussen. Etwas anders sähe es aus, wüsste ich, dass der Ermordete erst später zurückkam, zwei Stunden, nachdem der Beschuldigte zu Bett gegangen war. Und alles, was der Aufklärung an diesem Punkt dienen könnte, müssen Sie herausfinden. Es ist Ihre absolute Pflicht – sofern es möglich ist. Verstehen Sie mich jetzt?"

Dr. Braun verstand. Dennoch hielt er Sterner gedanklich für eine Art Oberlehrer. Das führte er darauf zurück, es mit einem Mann der Wissenschaft zu tun zu haben, und so schwieg er höflich. Er erkannte, dass nicht mehr allzu viel getan werden musste. Und in seinem innersten Herzen dachte er, dass Sterner seine Aufgabe großartig ausgeführt hatte, selbst wenn ihm die Umstände zu Hilfe gekommen waren – es gab wirklich nicht viel mehr, was zu tun sein würde. Wer in aller Welt könnte herausbekommen, ob Saarbrücken zu besagter Stunde ein Rendezvous hatte oder nicht. Und, wie Sterner richtig bemerkte, würde es schwer werden, aufzuzeigen, wann Lord Faringdon nach Haus gekommen war; und selbst wenn es gelänge, würde es Saarbrückens Freiheit bedeuten – diese Seite des Falles sollte eigentlich die Verteidigung übernehmen.

Die beiden Herren sprachen lange miteinander; und Sterner schied von dem unterwürfigen Zögling, ohne seine Ideen verändert zu haben – und ohne versucht zu haben, seinen Nachfolger zu beeinflussen.

## Vierzehntes Kapitel

Die Sonne sank über Falkenstein, färbte die Baumspitzen und Hausgiebel in Rot. Ratternde Wagen kamen die steilen Straßen entlanggefahren, mit quietschenden Bremsen, die gegen die Räder drückten. In den unzähligen kleinen Gärten saßen die Menschen mit ihrem Rotwein an kleinen Tischen.

Sterners motorisiertes Fahrzeug fuhr schnaufend den Berg hinauf. Und als es sich näherte, steckten die Leute die Köpfe zusammen und tuschelten:

„Das ist der Richter, der den Prozess gegen Saarbrücken, den Weinhändler aus Frankfurt, auf die Beine gestellt hat."

Lizzie stand im Garten und schaute über die Straße. Er hatte versprochen zu kommen und er würde sein Versprechen halten. Fieberhaft waren die Zeitungen von ihr durchforstet worden: Es fanden sich keine Neuigkeiten darin, nichts von einem Geständnis. Nun würde er kommen und er hätte in ihrem Sinne gehandelt. Der furchtbare Streit zwischen den beiden Männern war vorüber – Sterner war müde, sie erkannte dies und sprach zu ihm in sanftem Ton.

Ihrem Bruder ging es nicht so gut, es stand um ihn jeden Tag schlechter. Gegenwärtig gab es nicht allzu viel Hoffnung. Aber Lizzie dachte nur an *eine* Sache, während ihre Mutter nichts anderes als ihren Sohn im Sinn hatte.

Sie saß mit Sterner im Garten unter dem großen Lindenbaum, dessen Blätter in der milden Abendbrise rauschten. Tiefe Ruhe herrschte auf dem Hügel und über der weiten Ebene mit dem Fluss, der wie ein Band leuchtete. Sterner wirkte müde, sehr müde. Sie hatte ihm einen fragenden Blick zugeworfen und er hatte mit einer Bewegung des Kopfes geantwortet. Nun waren beide still.

Dann ergriff sie das Wort.

„Und jetzt, Fritz, möchtest du nicht um Urlaub ersuchen und für eine kleine Weile wegfahren? Sir Longland Hearne hat mich eingeladen, ihn zu besuchen. Er lebt auf der Isle of Wight. Ich habe darüber nachgedacht, es wäre jedoch meiner Mutter gegenüber nicht fair. Warum nimmst du die Einladung nicht an? Du brauchst Erholung."

Sterner schüttelte seinen Kopf.

„Ich kann nicht weggehen und ich sollte auch keinen Urlaub nehmen. Ich muss mich um zwei oder drei Fälle kümmern und Arbeit ist für mich die beste Art, mich zu erholen."

„Du hast den Fall gänzlich aufgegeben?", wollte sie fragend wissen.

„Was immer ich tue, mache ich gründlich", sagte Sterner. „Morgen kommt Braun, um mich zu sehen. Ich werde mit ihm die Beweismittel durchgehen, den Fall in seine Hände legen und niemals wieder anfassen."

„Und bist du froh darüber?"

„Nein", antwortete er. „Dieser Fall reizte mich, aber ich habe dir mein Versprechen gegeben. Nebenbei bin ich unzufrieden mit meinen Beweismitteln. Du musst wissen, dass sie ihn nach gewöhnlichem Verständnis vollständig überführen. Er wird sich kaum einer Verurteilung entziehen können. Doch aus meiner Sicht ist die wichtigste Sache, sein Geständnis zu erreichen, auch wenn es nur eine Formalität darstellt."

„Aber wenn er nicht schuldig sein sollte?", unterbrach ihn Lizzie.

Sterner machte eine Geste mit der Hand.

„Lass uns nicht mehr über den Fall sprechen. Gestern erwähnte er deinen Namen. Aus Verzweiflung sagte er ‚Nimm sie' und er schwor einen Eid. Es war das erste Mal, dass er deinen Namen in Verbindung mit mir nannte. Niemand weiß, was zwischen uns ist – ausgenommen deine Mutter und die alte Frau Schultz, die Hauswirtschafterin in Hamburg, die ich entlassen musste. Und auf einmal sagte dieser Mann ‚Nimm sie'. Das lässt mich solch eine Boshaftigkeit erkennen, die Enthüllung des Liebsten und Heiligsten von uns. Nein, selbst wenn ich dir nicht mein Versprechen gegeben hätte, dürfte ich diesen Fall nicht weiterführen – wenn die Maßstäbe angelegt werden, wie er korrekt durchgeführt werden müsste."

„Was meinst du?", fragte Lizzie mit heiserer Stimme.

Sterner nahm ihre Hand.

„Einmal mehr hat uns das Schicksal zusammengebracht. Doch wir wollen nicht über die alten Tage sprechen. Ob Saarbrücken das Schwert der Gerechtigkeit trifft oder nicht, muss gleichgültig für dich und mich sein. Als Richter war es meine Pflicht, die Spuren des Verbrechens zu verfolgen, die dann die Wahrheit ans Licht bringen. Und ich würde diese Pflicht, ohne zu zögern oder mich abzuwenden, auch ausführen, wenn ich mir meiner Sache sicher wäre."

„So hast du jetzt Zweifel, ob er schuldig ist?", fragte Lizzie.

In ihrer Brust klopfte es heftig.

Sterner schüttelte seinen Kopf.

„Nein", entgegnete er. „Allerdings bin ich mir nicht sicher. Meine Stärke als Richter liegt darin, sicher zu sein. Und in diesem Fall gibt es Dinge, von denen du nichts weißt, von denen außer mir niemand weiß. Das macht mich unsicher. Du brauchst mich nicht zu fragen, was das ist. Warum sollte ich dich mit den dunklen Stellen meines Glaubens belasten? Du könntest mir nicht helfen und dein Verstand würde nur betrübt werden. Aus diesem Grund sage ich nichts. Aber eines will ich dir mitgeben, ich stehe in diesem Moment an einem Weg, der geradeaus führte und sich nun dreifach gabelt. Ich weiß nicht, welchem dieser drei Wege ich folgen soll. Und anders als sonst gibt mir auch mein Instinkt keinen Rat."

„Warum nicht?", fragte sie.

„Weil eine andere Stimme lauter spricht als das Bauchgefühl. Diese Stimme spricht immer dann, wenn sich meine Gedanken im Kampf mit großen und schwierigen Problemen nach einer Pause sehnen. Und diese Stimme ruft deinen Namen, Lizzie. Für den Richter Sterner ist es nicht mehr länger eine Frage, wie er seine Aufgabe als Richter erfüllen kann. Es geht für ihn um die Frage, wie er eine Frau retten und ihr zur Freiheit verhelfen kann – und sie glücklich wird nach dem schmerzlichsten Kampf ihres Lebens. Ein Richter ist ein Mensch. Wenn ich dich verlasse, gebe ich meine tiefste menschliche Pflicht auf. Aber ich kann meine Arbeit als Richter nicht fortführen und ich höre nur auf die innere Stimme, die deinen Namen ruft."

Lizzies Augen schimmerten. Sie bewegte sich einen Schritt in seine Richtung. Dann stoppte sie kurz, so als ob sie dazu gezwungen wäre.

„Fritz", sagte sie. „Denk nicht mehr über mich nach. Ich weiß, dass du tun wirst, um was ich dich gebeten habe. Ich sehe, du hast dein Versprechen gehalten. Doch beim Amt des Richters geht es nicht nur darum, die Schuldigen zu verfolgen. Du hast mir so oft erzählt, dass es genauso eine Pflicht sei, die Unschuldigen zu beschützen; du sagtest mir, es wäre der größte Fehler unserer Richterschaft, dass sie nur eine Sache im Sinn hätte: das Wort ‚schuldig' zu sprechen über diejenigen, die vor ihr stehen. Es geht darum, das Geständnis zu erzwingen, das ihr Schicksal besiegelt. Doch du – für dich war es immer die heilige Pflicht des Richters, die Unschuldigen zu verteidigen wie die Schuldigen zu verfolgen. In deinen Augen kann ich die aufkommenden Zweifel lesen. Ich weiß nicht, warum, aber heute bist du dir deiner Sache nicht mehr sicher. Ich bat dich darum, dich ablösen zu lassen, und du tatest es. Nun bitte ich dich, deine Pflicht zu tun, als der Richter, der du bist. Werfe das scharfe Licht über all diese Konfusion. Und wenn Saarbrücken dein Feind ist, dann tue das, was der größte aller Richter dir gebietet: Vergib deinem Feind – und tue mehr als das. Nimm den

Fall auf und rette ihn, wenn ihm Unrecht widerfahren sollte."

Sterner starrte sie an. Er öffnete seine Arme, um sie zu umschließen, doch sie widersetzte sich.

„Nein, nein, nein", sagte sie. „Du kamst und bezeichnetest dich als meinen Freund – du, dessen Namen ich liebevoller rief als den eines Freundes. Ich bin dir ausgewichen, weil ich dich liebte – von dem Tag an, an dem wir uns wieder begegneten, genauso, wie ich dich liebte an dem Tag, an dem wir uns trennten. Nun kann ich in dienen Augen lesen, kann in deiner Stimme alles aus jenen vergangenen Tagen hören. Aber jetzt ist es mein Recht, dir eine Bedingung aufzuerlegen. Und diese Bedingung lautet: Rette ihn!"

Und bevor Sterner überhaupt ein Wort antworten konnte, war sie gegangen.

## Fünfzehntes Kapitel

Sterner informierte Sir Longland Hearne über seine Entscheidung, von dem Fall zurückzutreten. Der alte, erfahrene Anwalt schüttelte seinen Kopf. Er besaß eine sehr hohe Meinung von Sterner und hätte gerne den Fall in dessen Händen gesehen.

Sie saßen abends in Sterners Räumlichkeiten. Sir Longland stand vor der Abreise und war gekommen, um sich zu verabschieden.

Sterner erklärte seine Gründe. Er lehnte komfortabel in seinem tiefen Sessel, rauchte eine sehr starke Zigarre. Hearne rauchte ebenfalls, sehr langsam und nachdenklich.

„Ich gebe den Fall auf", sagte Sterner. „Denn die Sache ist nicht sauber. Meine Arbeit ist die Wissenschaft. Ich betrachte es als außerordentlich zweifelhaft, ob sich die Gesellschaft mit ihren Bestrafungen einmischen sollte. Früher dachten sie, das Recht zu bestrafen wäre die natürlichste Sache der Welt. Aber dann glaubten sie, dass der Krieg ein ehrenvolles Geschäft sei, sogar die Krönung des Sports. Mittlerweile stimmen alle vernünftigen Leute überein und sehen Krieg als Barbarei, um nicht zu sagen als Verbrechen – etwas, das nur als *Ultima Ratio* in Betracht kommt, umsäumt mit allen erdenklichen Entschuldigungen. Wer weiß, ob wir nicht die Bestrafung im gleichen Licht sehen sollten? Wenn ein einzelner Teil der Gesellschaft nicht das Recht hat, Schmerzen bei einem Menschen zu verursachen, ist es dann nicht paradox, dieses Recht einer Masse zu geben – oder gar der Gesellschaft als Ganzes?"

„Aber *messieurs les assassins*", murmelte Sir Longland. „Soll es den Verbrechern erlaubt werden, die Gesellschaft ungestraft bedrohen zu können?"

Sterner lächelte.

„Was ist ein Verbrechen? Früher war es kriminell, Schweinefleisch zu essen oder das Abendmahl zu verweigern oder die Macht des Papstes anzuzweifeln, den Sündenerlass zu gewähren. In England, während der Zeit von

Heinrich VIII., wurden Menschen für geringfügige Vergehen gehängt, gestreckt und viergeteilt. Wir reduzieren die Zahl der Verbrechen, vielleicht werden wir zu guter Letzt das untere Ende erreichen. Diese Art der Bestrafung erscheint mir ein sehr unpraktischer Weg zu sein, um Verbrechen zu stoppen. Denn es ist offensichtlich eine Tatsache, dass kein Krimineller damit rechnet, erwischt und bestraft zu werden. Für Eigentumsdelikte wäre eine Sozialreform das beste Heilmittel; für Verstöße gegen die Moral ist es das Irrenhaus und gegen die Mordrate hilft Zivilisierung und Ausbildung."

Hearne legte seinen Kopf auf die Seite.

„Zivilisierung – denken Sie an Saarbrücken!"

„Ich würde ihn eine unzivilisierte Bestie nennen", antwortete Sterner kurz.

„Ganz gleich", fuhr der andere fort. „Es passiert manchmal, dass selbst hochkultivierte Menschen einen Mord begehen."

„Seltsam", entgegnete Sterner. „Und wenn es passiert, bin ich mir nicht sicher, ob sie bei der Tat auch ein wenig im Recht sind. Gut, nichts mehr darüber. Wir sprachen über etwas anderes. Mein Geschäft ist die Wissenschaft. Ich glaube nicht, dass Bestrafung moralisch begründbar sein kann. Doch ich gestehe, ich halte die Verfolgung von Verbrechen für eine nützliche Maßnahme zur Befriedung der Gesellschaft. Denn die vermeintlichen Verbrechen werden dadurch beleuchtet und es besteht die Möglichkeit, ihre Ursachen zu beseitigen."

„Hm“, murmelte Sir Langland. „Und wie ist es in diesem Fall?“

„Dieser Fall ist nicht ganz klar“, betonte Sterner. „Sie wissen, ich habe persönliche Interessen darin, und das disqualifiziert mich, die Sache so zu behandeln, wie ich es möchte. Nun bin ich davon zurückgetreten. Ich sage Ihnen, Saarbrücken wird davonkommen. Und aus diesem Grund sollten wir die Entscheidung über die Erbschaft verschieben, bis wir wissen, wie die Geschichte ausgeht.“

„Ist das klug?“, fragte Hearne.

„Es ist sehr dumm“, entgegnete Sterner. „Doch wenn Frauen in einem Fall mitmischen, gibt es immer eine Chance, dass Torheit belohnt wird.“

Hearne versuchte, noch mehr bei Sterner über diese Frau herauszukriegen. Allerdings war Sterner nicht bereit, sich weiter aus der Reserve locken zu lassen. Sir Longland verhielt sich diskret, er ließ die Angelegenheit auf sich beruhen. Es erschien offensichtlich, dass der Richter ethische Überlegungen anstellen wollte, anstatt seine realen Motive mitzuteilen. Doch das war Sterners Sache.

Am nächsten Tag fuhr er zurück nach London. Er versprach, sich um Frau Saarbrückens Dinge bestmöglich zu kümmern. Und er nahm die Asche von Lord Faringdon in einer Urne mit sich; nach seiner Ankunft beerdigte er sie mit einer großen Zeremonie in der Kapelle von Rigsby.

Dr. Sterner hingegen saß am Ende seines Arbeitstages allein in seinem Arbeitszimmer, tief versunken in Gedanken.

Und da war etwas stetig präsent in seinem Hinterkopf, diese eine Bedingung: ‚*Rette ihn!*'

Er fühlte, die Vergangenheit erhob sich aus dem Grab und forderte ihren Tribut.

## ZWEITER TEIL: DER PROZESS

### Erstes Kapitel

Schon im September war Saarbrückens Fall reif für den Prozess am Schwurgericht in Frankfurt. Wie erwartet, sahen die Bürger der Stadt der Verhandlung mit Spannung entgegen. Die Ergebnisse der Untersuchung waren teilweise bekannt; die öffentliche Meinung hatte schon länger Saarbrücken als Schuldigen ausgemacht, den Mord begangen zu haben. Es sind lediglich die kleinen, intimen Details, die in solchen Prozessen entlarvt werden und irgendetwas Frisches abwerfen. Das Stadtgespräch drehte sich darum, dass der Prozess reich an aufregenden Szenen und pikanten Details sein dürfte – und sich deshalb zu einem fesselnden Drama zur Belustigung des Volkes entwickeln würde.

Es gab Hinweise, dass der Anwalt des Gefangenen, Isidor Rosenthal, eine außerordentlich effektive Verteidigungsstrategie plante. Und die Leute, die Rosenthal kannten, waren auf seinen bemerkenswert brillanten Redestil vorbereitet. Was jedoch das grundlegende Ziel dieser Redekunst anging, Saarbrückens Hals zu retten, bestand große Skepsis. Das Einzige, was für die Verteidigung sprach, war der Umstand, dass ein bekanntes Frankfurter Bankhaus, Moritz Rosenthal & Co., einen guten Finanzdeal eingefädelt hatte: Dies betraf die Geschäfte des Weinhauses Fürste & Wienecker, bei dem der Angeklagte als Inhaber fungierte. Das Haus war nämlich nicht für bankrott erklärt worden; im Gegenteil, die Geschäfte liefen weiter, obwohl sie durch die schwierige Lage etwas erschwert wurden. Zudem wussten die Leute, welch feines Näschen doch Moritz Rosenthal & Co. gehabt hatte – und sie kannten deren Verbindung zu dem Anwalt und Neffen des Bankhaus-Direktors. Sie nahmen den Blickwinkel ein, dass hier das letzte Wort darüber noch nicht gesprochen sei und (die Verantwortlichen von) Moritz Rosenthal & Co. im Allgemeinen wussten, was sie taten.

Die Frau des Beschuldigten hatte den Sommer in Falkenstein verbracht. Ihrem Bruder ging es besser und im August waren beide mit ihrer Mutter auf die Isle of Wight gefahren. Dort hielten sie sich als Gäste beim Anwalt des ermordeten Lords auf, Sir Longland Hearne. Nun war sie nach Frankfurt zurückgekehrt, wo sie ein kleines Apartment in der Nähe des Eschenheimer Tors genommen hatte. Allerdings wurde sie nur selten gesehen und sie sprach zu niemandem. Es gab viel Tratsch über ihre Verbindung zu dem Ermordeten, zugegebenermaßen handelte es sich nur um Gerüchte. Doch gerade dieses Gerede und seine endgültige Aufklärung gaben der Menge sensationellen und spannenden Stoff im bevorstehenden Prozess.

Der dritte Hauptakteur dieses Dramas, Dr. Sterner, gab sich ebenfalls abwesend und befand sich im August im Urlaub. Es war bekannt, dass auch er sich in England aufgehalten hatte. Allerdings erschien diese Tatsache ziemlich normal; schließlich wussten alle, dass ihn die Ehefrau des Gefangenen sehr fesselte, nachdem er sie anfänglich sehr rau behandelt hatte – kein Zweifel, der

Grund für seinen Rücktritt und die Übergabe des Falles an seinen jüngeren Kollegen, Dr. Braun, dürfte sein Beistand für sie sein. Dennoch hatte Dr. Sterner nur eine sehr kurze Zeit in England verbracht und seine offiziellen Pflichten in Homburg wie gewöhnlich erledigt. Plötzlich, eine Woche vor Prozessbeginn, war er in Richtung Süden gefahren und nicht zurückgekehrt. Die Leute schienen sich deshalb nicht sicher, ob er bei Prozessbeginn anwesend sein würde. Doch jeder glaubte, dass derjenige, der in der Voruntersuchung einen Berg an Beweisen zusammengetragen hatte, kaum fehlen konnte – an jenem Tag, an dem die öffentliche Verhandlung beginnen sollte. Sicher, Sterner befand sich nun ziemlich außen vor. Und alles, was er getan hatte, war den Akten zugeführt worden. Nun fiel er in die Kategorie Beobachter, wenngleich er zweifelsfrei einen äußerst interessierten und interessanten Zuschauer abgeben würde.

Von Saarbrücken war bekannt, dass er weiter störrisch seine Unschuld beteuerte; er verhielt sich trotzig und wortlos. Im Gefängnis selbst benahm er sich gut, so wie es Menschen seiner Art meistens tun. Aber sein Verhalten während der zahlreichen Befragungen war weit davon entfernt, seine Unschuld zu vermuten. Vielmehr wurde dadurch der Verdacht gegen ihn bestätigt.

So erzählten es sich die Leute untereinander; doch wie viel wissen die Menschen wirklich über Gefangene, die sich in sicherer Verwahrung hinter eisernen Gardinen befinden?

Und was wussten die Leute tatsächlich über diesen Fall? Und auch aus diesem Grund schauten sie dem Prozess entgegen, der alles ans Tageslicht bringen sollte – das Resultat kluger menschlicher Arbeit, um das zu erreichen, was eine Gesellschaft als ihr finales Ziel betrachtet: *Gerechtigkeit.*

Derweil hatte die Verteidigung während der ganzen Zeit ihre Arbeit gemacht. Isidor Rosenthal war kein Mann, der darüber sprach, was er verrichtete. Wenn die Menschen ihn in Frankfurt nach seiner Ansicht fragten, lächelte er gewöhnlich, was er sehr gerne tat. Und dann sagte er etwas wie ‚Der Mann, dessen Verteidigung ich übernommen habe, ist unschuldig' oder ‚In jedem Fall wird er nicht schuldig gesprochen, trotz der Beweislage'. Dann lachten die Leute ihn an und verstanden, dass er nicht groß kommunizieren wollte, bis zu dem Tag, an dem er in der Öffentlichkeit erscheinen würde.

Denen, die größeren Eifer an den Tag legten, gelang es dennoch, einige verbindende Elemente für Mutmaßungen zu entdecken – im Rahmen von Untersuchungen, die im Auftrag der Verteidigung angestrengt wurden, doch letztendlich bedeutete das nur wenig. Es war bekannt, dass der Polizeipräfekt von Homburg den fähigen Kommissar, Martin Schaltz, der Verteidigung zur Verfügung gestellt hatte: den gleichen Mann, der Saarbrücken festgenommen hatte. Auch von Schaltz' häufigen Reisen für die Verteidigung – nach Hamburg und selbst nach England – wurde Notiz genommen.

Gerade war Schaltz von seiner letzten Hamburg-Reise zurückgekommen. Fast täglich besuchte er Isidor Rosenthals Büro. Dort arbeiteten die beiden an sehr wichtigen Informationen, die Schaltz auf seinen Reisen zusammengetragen hatte. Rosenthal zeigte sich zufrieden mit Schaltz und der wiederum freute sich darüber. Es war eine äußerst schwierige Sache, mit einem äußerst gesitteten Advokaten zusammenzuarbeiten, der von einem preußischen Polizeirichter gemobbt wurde. Und in dieser Hinsicht verhielt sich Dr. Braun keinen Deut besser als Sterner. Allenfalls war er nicht ganz so rüde, dachte sich Schaltz.

Er konnte Sterner einfach nicht ausstehen. Und so machte er eine ältere Dame ausfindig, die seine Gefühle gegenüber dem Richter in jeglicher Hinsicht teilte.

Die Dame war niemand anderes als Frau Schultz. Sterners frühere Haushälterin wohnte in Hamburg, Alter Steinweg 11. Sie zeigte sich sehr freundschaftlich gegenüber Schaltz. Und es waren überwiegend die Früchte der Zusammenarbeit zwischen Schultz und Schaltz, die nun sorgfältig im Büro des Anwalts auf der Zeil durchgegangen wurden. Frau Schultz kannte den Richter sehr gut, außerdem war sie bestens informiert über Frau Saarbrücken. Sie kannte Dinge, die niemand in Frankfurt vermutete, was Isidor Rosenthal wiederum freudig und großzügig honorierte, um davon zu erfahren. Gegenüber Sterner befand sich Frau Schultz im Unrecht, sie hatte sein Vertrauen missbraucht. Als er ihre Unredlichkeit entdeckt hatte, schwor sie Rache. Jetzt schien sich eine Gelegenheit zu ergeben. Durch ihre Hilfe sollten seine Arbeit und seine Pläne zunichtegemacht werden. Frau Schultz sparte nicht mit ihrem Wissen. Sie zog aus ihrer Position einen Vorteil, sie hatte Dinge hier und da mitbekommen. Auch leugnete sie nicht den Besitz gewisser Dokumente, die keineswegs für eine große Öffentlichkeit bestimmt waren. Diese Papiere würde sie gegen eine angemessene Zuwendung nun Schaltz zur Verfügung stellen.

Dieser Teil der Information wurde von Herrn Wells beschafft; die Roxley-Familie hatte zugestimmt, die Verteidigung zu unterstützen – unter der Bedingung, dass sich der Anwalt an sie erinnern sollte, sobald ihr Anliegen final geregelt würde.

Der Nachlass blieb weiterhin unangetastet. Im Namen von Frau Saarbrücken hatte Sterner über Rosenthal einige Anfragen getätigt, ob der Beschuldigte Helmuth Saarbrücken in die Scheidung einwilligen würde.

Auf eilige Initiative von Isidor Rosenthal beantwortete der Angeklagte die Frage mit einem entschiedenen *Nein*. In diesem Zusammenhang gab es persönliche Verhandlungen zwischen Rosenthal und Sterner. Dabei machte der Anwalt mächtigen Gebrauch von seiner besonderen Stärke, die Pläne und Gedanken des Mitmenschen ergründen zu können.

Sterner war ein kluger Mann, aber diese Klugheit bestand hauptsächlich darin, dass er seine Pläne aufstellte und sie konsequent umsetzte. Er vermied unnötige Hast und in seinem äußeren Auftreten lag immer eine gewisse Kaltschnäuzigkeit. Seine Stärke war der clevere Gebrauch von Fakten, sie miteinander zu kombinieren und gegeneinander auszubalancieren. In dieser Hinsicht war er sicherlich Rosenthal überlegen. Andererseits besaß der Anwalt eine ganz besondere Gabe, die für eine Kaufmannsfamilie im kommerziellen Wettbewerb einen riesigen Vorteil bedeutete – die Gabe, aus jeder kleinen Schwäche, jedem noch so kleinen falschen Schritt des Kontrahenten einen Vorteil zu ziehen. So brachte er die Sache voran, die er zu seiner eigenen gemacht hatte.

Kurz gesagt, Sterner war stark durch seine eigene Klugheit, Rosenthal durch die wunderbare Macht, von der Torheit anderer Leute zu profitieren.

Und im Verlauf dieser Verhandlungen sah es so aus, als ob Sterner einen Fehler gemacht hätte. Er wusste um den Sachverhalt, dass die Verteidigung überlegte, einen Schandfleck auf Lizzie Saarbrücken zu werfen. Sie war zu einer oder zwei Befragungen eingeladen worden. Jedoch hatte Dr. Braun die Ansicht von Sterner über ihre Rolle gänzlich angenommen. Es erschien einleuchtend, sie als Zeugin vor das Gericht zu laden. Sie brauchte nicht gegen ihren Mann auszusagen, so stand es eindeutig im Strafgesetzbuch. Und sie konnte nicht für Kenntnisse oder eine Art Komplizenschaft in dem Verbrechen beschuldigt werden. Das zeigte sich auch an der Tatsache, dass der Staatsanwalt keine Schritte gegen sie unternommen hatte.

Sterner war nun lediglich Beobachter und nebenbei Lizzies Vertreter in Fragen der Erbschaft. Er hatte mit Rosenthal eine Vereinbarung diskutiert, wodurch Lizzies Ehe annulliert werden könnte; hier traf er auf Widerstand.

Während dieser Verhandlungen definierte er präzise das, was Lord Faringdon vor dem fatalen Ereignis eingeleitet hatte. Zunächst glaubte Rosenthal, dass Sterner hier das Wissen und die Ansichten seiner Auftraggeberin wiedergab. Doch allmählich fand er durch Schaltz mehr über Sterner und Lizzie heraus. Nun sah er Sterner nicht mehr länger nur als Lizzies Sprachrohr.

Rosenthal führte neuerliche Verhandlungen mit Sterner. Nach einigen Konversationen kam heraus, dass sich Saarbrücken weiter weigerte, etwas von einer Scheidung zu hören. Rosenthal hatte zudem eine Information erhalten: Schon vor dem Tod von Lord Faringdon seien Gespräche über die Scheidung geführt worden, an denen Sterner teilgenommen hatte. Dessen Bekanntschaft mit dem ermordeten Lord war also ziemlich extensiv.

Sterner entging nicht, dass sich der Anwalt an dieser Stelle ziemlich neugierig verhielt. Lizzie weigerte sich – entgegen seinem Willen – immer noch, Saarbrücken in dessen Notlage zu verlassen. Da Sterner entschlossen war, sie so weit wie möglich zu unterstützen, führte er die Verhandlungen fort, die er allerdings als äußerst unliebsam empfand.

An einem Punkt hatte er seine Entschlossenheit nicht aufgegeben; er würde nicht die Hand ausstrecken, um Saarbrücken zu retten. Er sei Zuschauer bei dem Prozess und nichts anderes, sagte er.

Am Tag, bevor das Verfahren eröffnet wurde, kam er aus dem Süden zurück.

## Zweites Kapitel

Am 7. September, im Strafgericht zu Frankfurt am Main, begann der Prozess gegen den in dieser Stadt wohnenden Helmuth Saarbrücken. Er wurde des Mordes an dem englischen Adligen Lord Faringdon beschuldigt, verübt in Homburg vor der Höhe am Vorabend des 7. Juli.

Das Gericht war bis zum Bersten gefüllt und die Hitze beträchtlich; der Sommer hielt immer noch an. Die Sonne sendete ihre Strahlen durch die erhabenen Fenster mit ihren Glasmalereien. Alle prominenten Bürger Frankfurts zeigten sich, Beamte, Militärangehörige und Kaufleute. Darunter befand sich eine Schar von Isidor Rosenthals Freunden und Verbindungen, seriöse und charakteristische Typen führender Männer der Bankenmetropole. Gleichzeitig war da eine Anzahl Damen in bunten Kleidern; und viele Zeitungen schickten ihre Korrespondenten, damit sie ihre Leser mit den Dingen versorgten, die sie interessierten: Sensation und das Unangemessene, das aufkommt, wenn jemand aus den oberen Zehntausend durch eine kriminelle Handlung sinkt – und nun zu einer Gruppe gehört, die sich normalerweise aus denen rekrutiert, die auf der dunkleren Seite der Gesellschaft stehen.

Saarbrücken saß auf der Anklagebank. Er sah blass aus, sein Kopf war gebeugt, er schien der Menge nicht die geringste Aufmerksamkeit zu widmen. Doch er wirkte offensichtlich gefasst und trug sein Schicksal mit größter Ruhe. Frau Saarbrücken befand sich unter den Zeugen, sie kam spät. Als sie in Begleitung von Dr. Sterner und mit einem dicken schwarzen Schleier über ihrem Gesicht das Gebäude betrat, murmelten die Zuhörer. Der Angeklagte erhob seinen Kopf für einen Moment. Dann sank er zurück in die trübe Gleichgültigkeit, die seine Waffe zu sein schien gegen das, was ihn erwarten würde.

Im Saal wurde es ganz still, als der Präsident das Verfahren eröffnete. Das Gericht war ordnungsgemäß konstituiert worden, die Jury hatte geschworen und sich in ihrer Loge gesetzt. Der Vorhang ging auf, das Drama konnte beginnen.

Unter Zugrundelegung der klassischen Regeln des Dramas bestand das Stück aus fünf Akten. Diese Aufteilung war in einem Fall wie diesem besonders angebracht. Und gemäß den Erwartungen aller musste das Ganze als Tragödie enden, mit dem Tod des Protagonisten. Der erste Akt enthielt die Rede der Anklage, gefolgt von den Beweisen gegen den Gefangenen und den Schlüssen der Anklagevertretung. Im vierten Akt kamen dann der Auftritt der Entlastungszeugen und, mit Spannung erwartet, die Rede der Verteidigung. Der fünfte und letzte Akt gebührte dem Spruch der feierlich versammelten Männer – über Helmuth Saarbrücken, den Mörder von Homburg.

Die Zuschauer kannten die Argumente des Schauspiels ganz genau, aus den Zeitungen und aus dem Alltagstratsch. Jetzt schwirrte diese seltsame Atmosphäre durch das Gericht, die aufgeladene Spannung, die immer bei großen Versammlungen präsent ist. Alle Gedanken und Sinne richteten sich auf *ein* Objekt – *eine* Aktion, die nur ein Individuum betraf, jedoch im Kopf aller anderen eine Reaktion auslöste.

Dr. Hagemeister, der öffentliche Ankläger, erhob sich, um den Fall zu eröffnen. Er war ein großer, dünner Mann mit einer trockenen Stimme, ein Jurist, wie er überall auf der Welt zu finden sein würde: monoton und scharf, direkt zum Punkt kommend, ohne zur Seite zu schauen. Er verschonte weder sich noch seine Zuhörer mit jedem einzelnen Punkt, der nach seinem juristischen Verständnis den Fall betraf.

Dr. Hagemeister stand da in seiner schwarzen Robe wie die personifizierte unvermeidliche Strafe – ein Abbild des Todes.

Im Anschluss an die formale Einführung bekräftigte der Staatsanwalt die Tatsache, dass Saarbrücken wegen des Mordes an Lord Faringdon angeklagt sei. Er beschrieb die privaten Lebensumstände des Angeklagten:

„Wie Sie sehen, verehrte Herren Geschworenen, haben wir in dieser Sache kein Geständnis des Angeklagten – im Gegenteil, er hat sich die ganze Zeit hartnäckig geweigert, seine Schuld anzuerkennen. Außerdem gibt es keinen definitiven Beweis; in Fällen eines heimtückischen Mordes wie diesem kommt ein solcher unmittelbarer Beweis selten vor. Auf der anderen Seite bleiben dank der bewundernswerten Untersuchung durch den einleitenden Ermittelnden eine Reihe von Indizienbeweisen. Meiner Meinung nach deuten sie darauf hin, dass der Angeklagte das Verbrechen begangen hat. Und dies brachte mich dazu, von seiner Schuld überzeugt zu sein, was ich hiermit, ohne zu zögern, erkläre. Ich leugne nicht, dass ein Indizienbeweis ein zweischneidiges Schwert ist. Er erlaubt Spielräume für Schlüsse; einzelne Indizien sind nur dann wichtig, wenn sie sich fest zu einer Kette verbinden lassen, die in Gänze auf eine Schuld hindeutet. Das ist hier der Fall. Und jetzt sollte ich versuchen, die Entwicklung der Ereignisse zu skizzieren, aufzuzeigen, wie einzelne Fakten in der Indizienkette auftauchen."

(Er fuhr fort.)

„Was wissen wir über Helmuth Saarbrücken, abgesehen von seinem Geburtsdatum und seinen äußeren Lebensumständen? Nun, er wurde niemals für etwas angeklagt oder verurteilt, was die Öffentlichkeit als schändlich ansieht. Ich möchte gar nicht darauf herumreiten, dass er in jungen Jahren wegen verschiedener, im Rausch begangener Vergehen vor dem Polizeigericht in Hamburg erscheinen musste; einerseits wegen der Trunkenheit selbst als auch aufgrund der Brutalität gegen die Wächter der öffentlichen Ordnung. Aber wie ich schon sagte, will ich das nicht weiter ausführen. Schließlich ist er zu dieser Zeit ein junger Mann gewesen. Andererseits durfte erwartet werden, dass der Vorteil des Alters, die Rolle als Chef eines großen Geschäftshauses mit all der Verantwortung, die Heirat mit einer hübschen und kulturbeflissenen Frau – dass all dies seine Natur verändert hat und ihn in den Kreis nützlicher Bürger führte. Ich bedauere meine Pflicht, Ihnen hier erklären zu müssen, dass dies nicht so war. Und obwohl ich riskiere, Sie zu ermüden, meine Herren Geschworenen, sehe ich mich gezwungen, auf der

Basis der gewissenhaft zusammengetragenen Informationen und Daten eines aufzuzeigen: Es war einzig und allein Helmuth Saarbrücken, der das Haus Fürste & Wienecker an den Rand des Abgrunds brachte. Ich beabsichtige, jetzt damit anzufangen."

Und Dr. Hagemeister tat es, gründlich und mit vielen Zahlen. Der überwiegende Teil der versammelten Menge versank in gelangweilte Teilnahmslosigkeit, erdrückt unter dem Gewicht der Zahlenkolonnen. Und schon kam eine leichte Unzufriedenheit mit dem Mann auf, war er doch der eigentliche Grund, warum die Menschen große Mühen auf sich genommen hatten, um ins Gericht zu gelangen. Sie wollten einem spannenden Mordprozess beiwohnen, jetzt ächzten sie unter der Last der furchtbaren Zahlen.

Als der Anklagevertreter diesen Teil seines Angriffs beendet hatte, wurde allen ehrbaren Frankfurtern eines klar: Helmuth Saarbrücken war ein schlechter, krimineller Weinhändler.

Und auch als Mensch fielen seine Aktien.

Dr. Hagemeister machte weiter:

„Die Zeit, in der Saarbrücken seinem rechtmäßigen Beruf nachgehen sollte, widmete er allen Formen der Verschwendung und frivolen Vergnügungen. Genauso wie er ein schlechter Geschäftsmann war, ist er ein schlechter Ehemann gewesen. Was ich damit ausdrücken will, wird durch die Aussagen zahlreicher Zeugen bewiesen werden. Ich brauche an diesem Punkt nicht auf Details einzugehen. Von großer Bedeutung ist seine Rolle in diesem betreffenden Fall, seine Beziehung zum Ermordeten und dessen Verbindung zu seiner Frau. Lord Faringdon war sein Freund; er repräsentierte eine bedeutende und angesehene Familie eines großartigen Landes. Er fand seinen Tod hier, an einem Ort, an dem sich seine Landsleute aufhalten, um sich zu amüsieren. Als Deutscher kann ich nichts anderes tun, als mich mit Bedauern an diesen Fremden zu erinnern. Wenn er Fehler hatte – und wer von uns hat keine – musste er für sie grausam büßen. Friede sei mit ihm. Saarbrücken war sein Freund und der Beschuldigte missbrauchte diese Freundschaft in beschämender Weise. Ich möchte Sie eigentlich nicht mit weiteren Zahlen ermüden. Doch die Liste der Beträge, die sich Saarbrücken von seinem Freund borgte, sagt mehr als viele Worte."

Abermals musste die ermattete Zuhörerschaft über sich ergehen lassen, dass der Staatsanwalt eine Aneinanderreihung von Zahlen vorlas. Und das Resultat war dasselbe: Die öffentliche Meinung richtete sich gegen den Mann, der ein solches Arsenal von Zahlen verursacht hatte – das gezwungenermaßen auf die Leute einprasselte, die sich pikante Details erhofft hatten.

Dr. Hagemeister redete weiter:

„Lord Faringdon ist Saarbrückens Freund gewesen. Und noch mehr war er der Freund der Witwe des Gefangenen. Kein Schatten der Schuld ruht auf dieser Frau. Nichts deutete im Verlauf der Ermittlungen darauf hin, das nur den geringfügigsten Verdacht auf sie wirft. Sie tat ihre Pflicht als Ehefrau, sie tat ihre Pflicht als menschliches Wesen, als sie ihren Mann bat, sie aus ihrer Verbindung zu entlassen – eine Verbindung, die durch sein fehlerhaftes Verhalten nicht so gewesen ist, wie eine Ehe sein sollte. Hier stieß sie auf seine Gegenwehr; übrigens nicht, weil er sie liebte. Denn ein Mann, der seine Frau liebt, zeigt sich ihr gegenüber treu, und das war er nicht. Warum? Das haben wir uns dann gefragt und hier kommen wir zum Motiv des Verbrechens, das wir dem Angeklagten zuschreiben. Eines erscheint sicher, Lord Faringdon weigerte sich, Saarbrücken noch mehr Geld zu leihen. Ebenso gilt es als ausgemacht, dass Lord Faringdon zudem Saarbrücken bedrängte, seine Frau freizugeben. Dagegen hat sich nichts herausgestellt, was auf ein Liebesempfinden des Lords gegenüber Frau Saarbrücken hindeutete oder dass sie solch ein Gefühl erwiderte. Jedoch selbst wenn es so gewesen wäre, handelt es sich um Dinge, die im menschlichen Herzen verborgen sind. Und wie auch immer, dieses Ehepaar ging einen Weg, der zu einer Trennung führte, denn ihre Beziehung hatte sich als Trugschluss erwiesen."

(Er redete weiter.)

„Saarbrücken wusste, seine Frau würde Lord Faringdons Vermögen erben – lassen Sie uns das als eine Laune des vermögenden Engländers bezeichnen. Für unsere eher nüchternen Gemüter sind Launen und reiche Engländer häufig Synonyme. Und wie ich schon sagte, gibt es nicht den kleinsten Schandfleck, der auf ihr lastet. Saarbrücken verlor Lord Faringdons Freundschaft, seine Versorgungsquelle war versiegt, der Ruin baute sich vor ihm auf, er ergriff den Dolch und wurde kriminell. Sein Motiv begründete sich aus der Gütergemeinschaft zwischen ihm und seiner Frau, die ihm ermöglichte, sich das Vermögen des Lords zu sichern. Nichts kann diese fundamentale These erschüttern, für mich steht sie fest und klar. Damit sind das die ersten drei Indizienbeweise: Nummer eins Saarbrückens Insolvenz; zweitens das Mittel zur Abhilfe, sein Wissen, dass seine Frau zur Erbin von Lord Faringdon werden würde; und drittens seine hartnäckige Weigerung, sich scheiden zu lassen. Ich gestehe ein, dies ist noch nicht genug, um ihn zu verurteilen. Lassen Sie uns deshalb sorgfältig nachforschen, womit er an jenem Abend beschäftigt war, an dem Lord Faringdon ermordet wurde: Um sechs Uhr saßen der Lord und Saarbrücken im Hotel beim Dinner. Es ist bewiesen, dass einer der Balljungen vom Tennisplatz namens Caspar Schultz währenddessen an ihren Tisch kam. Er zeigte ein Medaillon, das er im Park gefunden hatte, in dem Glauben, es gehöre Saarbrücken – weil der es verloren hatte, den Verlust bemerkte und Caspar beauftragte, es zu suchen. Er nahm den Gegenstand von dem Jungen entgegen und gab ihm eine Belohnung. Es handelte sich um ein kleines Goldmedaillon, das eine Haarlocke enthielt und den eingravierten Buchstaben L – für Lizzie, dem Namen, mit dem Frau Saarbrücken in ihrem vertrauten Kreise bekannt war. Das wiedergefundene Medaillon tauchte erneut auf, am Tatort neben der Leiche."

(Dr. Hagemeister legte nach.)

„Ich glaube, der Mörder hat es in dem kurzen Kampf verloren, der dem Mord vorausging. Der untersuchende Richter konfrontierte den Angeklagten damit und der bestand hartnäckig darauf, das Medaillon anschließend Lord Faringdon gegeben zu haben. Glauben Sie das, meine Herren? ‚Warum?', werden Sie fragen. Saarbrücken sagte, dass er am betreffenden Abend seine Meinung geändert habe und dem Willen seiner Frau entsprechen wollte. Mit anderen Worten, er war bereit, in die Scheidung einzuwilligen. Er hatte selber immer behauptet, dagegen zu sein; das lässt sich durch nichts erklären; wer will ihm das glauben? Und nach dem vierten Beweis, dem Medaillon, haben wir auch einen fünften gegen ihn. Es handelt sich ebenso um ein lebloses Ding: nämlich um den Umstand, dass in seinen Habseligkeiten ein Dolch gefunden wurde, der exakt in die zugefügte Wunde passt. Gegen jeden dieser Teilbeweise könnten Einwände erhoben werden, zusammengenommen sind sie verhängnisvoll für den Angeklagten. Doch die folgenden Umstände weisen auf Saarbrückens Verhalten hin, nachdem ihn Lord Faringdon verlassen und den Sieben-Uhr-Zug nach Frankfurt genommen hatte. Sie werden sich als noch unheilvoller für den Beschuldigten herausstellen. Saarbrücken verbrachte den Abend mit Herrn Bechmesser und seiner Frau, die das bestätigen werden. Beide haben ausgesagt, dass der Angeklagte an dem Abend abwesend wirkte. Eigentlich als guter Whist-Spieler bekannt, spielte er richtig schlecht, wie sie bemerkten. Sie hörten sogar auf zu spielen. Und Saarbrücken, ein begeisterter Kartenspieler, der kein Interesse an Musik hatte, besuchte ein Konzert. Dabei wurde er im Gespräch mit einem Mann gesehen, dessen Bekanntschaft nicht überliefert war: einem Italiener, dessen Name nirgendwo in dem Fall auftauchte. Es ist nicht das Konzert gewesen, das Saarbrücken angelockt hatte. Das leitet sich aus den Aussagen von Zeugen ab. Während der Darbietung einer Szene, der das ganze Publikum still zuhörte, verhielt sich Saarbrücken unruhig und laut. Dies brachte ihm spürbare Missbilligung ein. Er verließ das Konzert um elf und ging zurück ins Hotel. Um halb zwölf wurde er vom Nachtportier wieder hinausgelassen. Nervös und rastlos stürzte er in die Nacht, wie der Mann zu Protokoll gab. Was das Ziel seines nächtlichen Ausflugs angeht, verharrt er in sturem Schweigen. Um ein Uhr wurde er von der Zeugin Nathalia Stolzi gesehen – unmittelbar neben der Stelle, die als Tatort bezeichnet werden kann."

An diesem Punkt dehnte Dr. Hagemeister seine Ausführungen in ermüdender Länge aus.

„Um halb zwei kam er zurück, so erhitzt und abgehetzt, wie er nach draußen gegangen war. Und als am nächsten Abend seine Verhaftung durch den untersuchenden Richter veranlasst wurde, verhielt er sich wie ein Verrückter. Nach einem Kampf mussten ihm Handschellen angelegt werden und er landete in der Ausnüchterungszelle. Später ist er dann außerordentlich ruhig gewesen, ja, hartnäckig still. Kein Wort ging ihm über die Lippen, um das zu erhellen oder zu erklären, was in jenen Nachtstunden passiert war. Nichts in dieser Hinsicht ist von Lord Faringdon bekannt. Nach dem Verlassen des Hotels, um den Zug um 19:16 Uhr nach Frankfurt zu nehmen, hat niemand ihn gesehen. Keiner hat von ihm irgendetwas gehört, bis seine Leiche am nächsten Tag im Park gefunden wurde. Und an diesem Punkt hat der Richter, Dr. Braun, eine tiefgreifende Untersuchung durchgeführt. Wir wissen, in den Taschen des Ermordeten wurde eine Rückfahrkarte von Kronberg nach Frankfurt gefunden. Das macht es wahrscheinlich, dass er in Kronberg gewesen ist. Allerdings hat ihn niemand dort gesehen und keiner weiß, wie er zurück nach Homburg kam. Die Zeugenaussagen haben unseren Verdacht bestätigt, ein Beweisstück wurde an das andere gereiht. Und was am stärksten gegen den Angeklagten spricht, ist sein stures Schweigen. Sie erhalten gleich die Gelegenheit, all diese Stimmen zu hören. Gleichzeitig können Sie den Angeklagten sehen und hören. Danach ist es Ihre Pflicht, ein Urteil zu sprechen. Natürlich wird auch die Verteidigung erscheinen und Ihre Aufmerksamkeit einfordern. Abschließend lassen Sie mich hinzufügen, dass Dr. Sterner, der den Fall kompetent begleitet hat, eine Masse an Beweisen sammeln konnte; und dass trotz der vertrauenswürdigen Arbeit seines Nachfolgers Dr. Braun nichts wichtiges Neues hinzugekommen ist. Dr. Sterner trat aus Respekt vor der Frau des Angeklagten zurück. Und Dr. Braun zeigte uns die aufrichtige Empfehlung seines Vorgängers an ihn auf: Fakten heranzuholen, die sich günstig für den Beschuldigten auswirken könnten. Jedoch waren entsprechende Versuche nicht erfolgreich. Es wäre ungerecht zu bedauern, dass Dr. Sterner die Vorbereitung in diesem Fall nicht vollendet hat. Er hat sich aus persönlichen Gründen berufen gefühlt, die Frau des Angeklagten in ihrer hilflosen Situation zu unterstützen – und deshalb das Amt abgegeben. Hätte er die Aufgabe bis zum Ende ausgeführt, wäre es für ihn unmöglich gewesen, die Rolle gemäß seinen Vorstellungen einzunehmen. Zudem wurde er von den Überlegungen des bürgerlichen Rechts geleitet. Ich beharre ausdrücklich auf diesem Punkt, meine Herren Geschworenen, um Ihnen eines aufzuzeigen: Der Richter war keineswegs ein Feind des Angeklagten. Und andererseits hat er durchaus Kritik an all seinen Schritten zugelassen. Nun haben Sie sich mit seiner Arbeit zu beschäftigen."

Dr. Hagemeisters Rede lieferte keine Überraschungen. So sah die Sachlage aus und nun musste sich zeigen, was die Indizien brachten. Die Zeugenaussagen begannen unmittelbar nach der Rede der Anklage und dauerten drei Gerichtssitzungen. Alle Anwesenden stimmten zunächst in ihrer Enttäuschung überein. Dr. Sterner hatte den Fall in einer nüchternen und sachlichen Weise arrangiert und Dr. Braun war in seine Fußstapfen getreten. Aber am dritten Tag sah es so aus, als ob etwas Neues herauskam. Die Zeugen der Verteidigung wurden befragt, ihre Aussagen hatten offensichtlich nichts mit dem Mord zu tun. Sie betrafen vielmehr zahlreiche, weit verstreute Tatsachen über die Lebensumstände von Lord Faringdon, Saarbrücken und seiner Frau. Was die meisten Leute überraschte, war die Verbindung zahlreicher Aussagen zum Privatleben von Dr. Sterner. Jetzt sehnten sie die Rede herbei, die all diese Ausführungen zu einem großen Ganzen verbinden würde.

Irgendetwas wurde erwartet, wenn Isidor Rosenthal seine Stimme erhob. Und die Zeitungen waren sich in einer Sache einig: Das größte Interesse in diesem Fall würde die Verteidigung finden.

## Drittes Kapitel

Isidor Rosenthal nahm gegenüber Helmuth Saarbrücken eine doppelte Rolle ein. In erster Linie agierte er als Verteidiger eines Mannes, der des Mordes angeklagt war und gegen den beträchtliche Beweise vorlagen. Zweitens war er der Anwalt eines Firmenchefs, der sein Unternehmen durch dummes und unverantwortliches Missmanagement ruiniert hatte. In seiner ersten Funktion zeigte Rosenthal viel Wohlwollen. Während seiner Gespräche mit Saarbrücken wuchs in ihm der Glaube an seinen Klienten. Das würde helfen, seiner großen Rede die nötige Herzlichkeit zu verleihen, was wiederum die Gefühle der Zuhörerschaft beeinflussen sollte – und genauso das Urteil der Geschworenen. Doch in seiner zweiten Rolle verhielt sich Rosenthal alles andere als liebenswürdig. Im Grunde war dies das totale Gegenteil zum Wesen des Anwalts, der sich wohlgesonnen gegenüber einem ruinierten Mann verhalten müsste – aber dessen Ruin ihn selbst bedrohte.

Doch da gab es noch einen weiteren Punkt, der sein persönliches Verhalten gegenüber Saarbrücken beeinflusste. Wie die Sache stand, schien Saarbrücken in jeder Hinsicht gezwungen zu sein, Rosenthal als seinen einzigen Retter anzusehen. Durch seinen Gefängnisaufenthalt musste er viel erleiden und er wurde psychisch beansprucht. All dieses Unglück konnte jedoch nicht seine Gleichgültigkeit überwinden, die sein offenkundigstes Charaktermerkmal darstellte. Sollte Rosenthal es schaffen, ihn herauszupauken und ihm die Freiheit wieder zu verschaffen, erschien eines ungewiss – ob ihn der Anwalt in seinem Sinne dirigieren könnte. Saarbrücken war wie ein Koloss, der nicht gefällt oder durchbohrt werden konnte. Es bestand eine Gütergemeinschaft zwischen ihm und seiner Frau. Und wenn die englischen Behörden, die von Sir Longland Hearne repräsentiert wurden, das Erbe abführen würden, wäre alles in Ordnung. Doch Longland Hearne war nachweislich ein sehr vorsichtiger Mensch; er stand auf Sterners Seite und nebenbei enthielt das Testament einige Redewendungen, die auf verschiedene Weise interpretiert werden konnten; oder Material für einen langjährigen Rechtsstreit liefern würden, um zu entscheiden, ob die Erbschaft wie vermutet Frau Lizzie Saarbrücken zufallen sollte. Das Erbe dürfte etwa zweieinhalb Millionen Mark schwer sein. Das bedeutete, dass die Firma „Fürste & Wienecker“ gerettet wäre, sofern es dem gemeinsamen Besitz des Ehepaars zugefügt würde. Wenn es umgekehrt dem privaten Vermögen der Frau zufiele, bliebe das Unternehmen Moritz Rosenthal & Co. auf einem Schuldenberg von einer Million sitzen – auf einem Betrag, der nicht leicht aufzutreiben wäre.

Deshalb war es für Rosenthal wichtig, die Zeit zu nutzen, während Saarbrücken als hilfloser Gefangener im Gefängnis saß – ihn zu verpflichten, die Schritte zu gehen, die sein Anwalt wünschte, wenn er sich wieder auf freiem Fuß befand. Klar, er musste erst gerettet werden. Und es war die logische Konsequenz, dass bei einem Scheitern die finanzielle Seite des Falls hoffnungslos verloren sein würde. Allerdings gab Rosenthal niemals die Hoffnung auf.

Am selben Tag, an dem die Beweisaufnahme vor Gericht abgeschlossen wurde, ging er zum Gefängnis. Er wollte seinen Mandanten ein letztes Mal sprechen, bevor die große Schlacht begann.

Saarbrücken war nervös und Rosenthal ging deshalb sehr sanft mit ihm um – jedenfalls solange sie über den Mord sprachen. Er munterte den Gefangenen auf und erklärte ihm, keine Angst vor Dr. Hagemeister und seinen Indizienbeweisen zu haben.

„Allerdings müssen wir uns nun mit der anderen Seite der Medaille beschäftigen“, sagte er. „Der finanziellen Seite. Sie haben ihre Angelegenheiten wie ein Verrückter geführt. Das war ein Fehler, der ohne Hinzunahme enormen Kapitals nicht geheilt werden kann. Wir haben getan, was wir konnten, doch ohne zusätzliches Geld können wir die Firma nicht retten – ja, noch schlimmer, wir werden unser Geld verlieren. An diesem Punkt haben Sie sich wie ein Krimineller verhalten. Und allein dafür verdienen

Sie das Unglück, das Ihnen bereits widerfahren ist. Aus diesem Grund müssen Sie Ihre Angelegenheiten mit Ihrer Frau regeln, sobald es möglich ist. Sie sind noch nicht geschieden, aber ich habe Sie verstanden, dass Sie schon Ihre Einwilligung gegeben haben. Das ist ein wichtiger Punkt in dem Mordprozess. Haben Sie?"

„Ja", antwortete Saarbrücken kurz.

„Schriftlich?", fragte der Anwalt.

„Nein, mündlich, gegenüber Lord Faringdon, an dem Abend, als es passierte."

„Richtig", betonte der Jurist. „So war es. Und das ist der Grund für Lord Faringdons Fahrt nach Frankfurt gewesen und seinen darauffolgenden Ausflug nach …"

Der Anwalt unterbrach. In der Zelle, in Anwesenheit des Gefangenen, wollte er nicht seine Trumpfkarte legen und die große Überraschung vorwegnehmen.

„Das läuft darauf hinaus, dass Sie Ihre Einwilligung *nicht* gegeben haben. Wir können also weiter mit Sterner verhandeln, denn mit ihm sollten wir eine Einigung hinbekommen."

„Niemals!", rief Saarbrücken hitzig. „Ich werde diesem Menschen nur auf 24 Schritte begegnen, mit Pistolen in unseren Händen."

„Sachte, sachte", entgegnete der Jurist. „Es wird lange dauern, bis Sie eine solche Gelegenheit erhalten. Und nebenbei denke ich, dass Sie erfahren genug sein müssten, um die Unannehmlichkeiten zu erkennen, die durch eine solche Blutrünstigkeit auftreten – besonders, wenn Sie wirklich Menschen umbringen wollen und sich unter diesen Leuten ein Richter befindet, der Ihren Fall offiziell bearbeitet hat. Nein, lassen Sie mich tun, was mit Sterner getan werden muss. Es gibt andere exzellente Wege, einen Menschen zu treffen, ohne Blutvergießen. Wie gesagt, überlassen Sie ihn mir. Sie müssen meinen Anweisungen unbedingt folgen. Wir beabsichtigen, die Begehrlichkeiten der anderen zu erfüllen, natürlich nur, wenn es notwendig sein sollte. Und deshalb müssen Sie ein Schriftstück unterzeichnen, das Ihre Ansprüche im Falle einer Scheidung genau beschreibt."

Saarbrücken starrte den Anwalt an; dann sammelte er seine Gedanken.

„Ich möchte mich nicht von Lizzie trennen, so sind meine jetzigen Gefühle. Seit ich im Gefängnis bin, bereue ich und ich weiß, sie wird mir vergeben. Ich bekam Briefe von ihr, schöne Briefe mit Zuspruch. Sie glaubt an meine Unschuld ..."

„Und so weiter und so fort", unterbrach der Anwalt. „Ich kenne mich in der ganzen Sache besser aus als Sie. Lassen Sie uns nicht mehr darüber reden und vor allem nicht sentimental werden, wenn wir allein sind. Sie befinden sich hier, als unschuldiger Mann im Gefängnis. Ihre Frau besitzt ein großes, warmes Herz, sie hat Mitleid mit Ihnen und sie wird Sie retten und so weiter und so fort. Vergessen Sie das alles und schauen Sie sich an, was Sie wirklich sind: ein jämmerlicher Ritter, durch Ihr eigenes Verschulden; dann werden Sie sehen, dass Sie eine andere Melodie singen müssen. Nein, wir müssen auf alles vorbereitet sein. Wir stimmen der Scheidung zu, wenn sie für Fürste & Wieneckers Schulden aufkommt, ungeachtet der Entscheidung der Engländer über die Erbschaft. Punkt! Dies ist zu Ihrer Information bestimmt und steht nicht zur Diskussion. Sie müssen sich hier und jetzt dazu verpflichten."

Saarbrücken erhob sich.

„Heißt das, Sie lassen mich im Stich?"

„Unsinn", entgegnete der Anwalt in einem ärgerlichen Ton. „Ich bin Ihr Verteidiger; und selbst wenn ich gesehen hätte, wie Sie 30 Zentimeter kalten Stahl in den Rücken des vermaledeiten Engländers gestoßen hätten – selbst dann wäre es meine Pflicht, Sie vor Gericht reinzuwaschen, so weiß wie einen Erzengel. Sie wollen jedoch nicht als Bettler aus dem Knast kommen und wir, Moritz Rosenthal & Co., möchten nicht unser Geld durch Ihre schmutzigen Geschäfte verlieren. Das müssen Sie verstehen. Und nun unterschreiben Sie, was ich Ihnen gesagt habe."

Saarbrücken zögerte.

Rosenthal stand vor ihm. Er schaute so herzlos kalt und streng drein, wie es ein orientalischer Geldgeber tut, der es mit einem gescheiterten mittellosen Bettler zu tun hat.

Saarbrücken schauderte und – unterzeichnete.

Danach wurde der Advokat wieder freundlich. Er klopfte Saarbrücken auf die Schulter und lächelte freundlich. „Kopf hoch, Junge, ich verspreche Ihnen, alles wird gut."

Der Anwalt machte sich auf, um zu gehen. Dann stoppte er an der Tür.

„Eine weitere Sache: Sie hatten mir einmal anvertraut, an jenem ereignisreichen Abend eine Stunde mit einer Dame verbracht zu haben, sagen wir mal spielend und kosend. Ich muss davon Gebrauch machen, in meiner Rede zur Verteidigung, und ich glaube, es wird funktionieren. Allerdings brauche ich noch mehr Informationen, um mir sicher zu sein. Ich bin verpflichtet, Sie nicht zu betrügen, den Namen werde ich für mich behalten. Aber Sie müssen mir sagen, um wen es sich handelt."

„Das werde ich nicht", sagte Saarbrücken trotzig; sein Ärger war noch nicht verraucht. Und zum ersten Mal fühlte er Misstrauen gegenüber dem Menschen, der so ganz anders war als er.

„Sie müssen", bekräftigte der Advokat kurz. „Ich werde es erfahren. Sollte es eine Lüge sein, müssen Sie die Verantwortung dafür tragen. Sie können mich nicht täuschen. Ich entscheide, welche Lügen in diesem Fall erzählt werden. Aber mir müssen Sie die Wahrheit erzählen. Nun rücken Sie schon mit dem Namen raus."

Saarbrücken zögerte und dann sprach er langsam:

*„Giulia Delphini."*

„Giulia Delphini!"

Der Anwalt trat angesichts der Überraschung einen Schritt zurück.

„Die unnahbare, schöne Frau des italienischen Bankiers, der in dem Häuschen nahe des Tatorts wohnte. Saarbrücken, Sie haben Ihre Möglichkeiten im Leben ziemlich vermasselt. Das war also der Grund, warum Sie so nah am Tatort gesehen wurden. Doch wie kann diese Frau Stolzi ihre Herrin und Gebieterin so friedlich beim Packen vorgefunden haben – und wie in aller Welt konnten Sie eine solche Eroberung so schnell entweichen lassen?"

Saarbrücken errötete.

„Es ist ein unschuldiges Treffen gewesen, nicht das erste. Ich verließ das Haus durch eine Hintertür, bevor der Ehemann kam. Frau Giulia hat das Dienstmädchen hinausgeschickt, um allein mit mir zu sein."

„Gut", erwiderte der Anwalt. „Ich sagte Ihnen, wenn wir dies nutzen könnten, glaube ich, würde es funktionieren."

„Unmöglich!", entgegnete Saarbrücken hastig. „Ich habe Ihr Wort. Herr Delphini ist so eifersüchtig wie Othello. Sie haben mir Ihr Ehrenwort gegeben, Herr Rosenthal; es wäre verbrecherisch, wenn Sie es nicht halten würden."

„Machen Sie sich nicht verrückt, Saarbrücken. Ich halte immer meine Versprechen; so wie es aussieht, könnte das gut ankommen. Es beruhigt mich, eines zu wissen: dass Sie einen besonders triftigen Grund hatten, an einem Ort gewesen zu sein, wo Sie besser nicht hätten sein sollen. Es ist schon in Ordnung. Heute bin ich mit Ihnen zufrieden, Saarbrücken, und Sie werden morgen mehr als zufrieden mit mir sein."

Rosenthal schüttelte seine Hand, ziemlich lässig, wie es seine Art war, und ließ ihn zurück.

Saarbrücken sank jedoch auf den Gefängnisstuhl und vergrub das Gesicht in seinen Händen.

## Viertes Kapitel

Dr. Sterner saß in seinem Arbeitszimmer und beschäftigte sich mit einem unbedeutenden Diebstahl. Es handelte sich um einen jener unnützen Fälle, die drei Viertel der Zeit des Richters in Anspruch nahmen. Auch dieser Teil der Arbeit musste erledigt werden: ein armer Halunke, der niemals eine Chance hatte und auf die schiefe Bahn gelangt war – mit den daraus resultierenden Folgen, neuem Elend und neuen Straftaten. Nun neigte sich der Nachmittag desselben Tages, an dem Saarbrücken von Rosenthal im Gefängnis besucht worden war, dem Ende zu.

Da klopfte es zaghaft an der Tür.

„Herein", sagte Sterner, ohne sich umzudrehen – seine Stimme klang ziemlich unwirsch, er hasste es, in seiner Arbeit gestört zu werden. Die Tür hatte sich leise geöffnet und fast lautlos wieder geschlossen.

„Lizzie!"

Sie beugte ihren Kopf.

„Du bist hier – zu mir gekommen?"

„Ja", bestätigte sie mit schwacher Stimme. „Ich vermute, es ist nicht richtig – aber ich muss es tun. In den letzten Tagen und Nächten konnte ich keine Ruhe finden. Ich muss mit dir reden, ich muss mich mit dir aussprechen."

Sterner schob ihr einen tiefen, komfortablen Stuhl entgegen und sie setzte sich.

Sie war schwarz gekleidet, sah blass und nervös aus. Allerdings zeigten ihre Lippen einen gewissen Ausdruck, den er von früher so nicht kannte. Er hatte diese Mimik aber kürzlich bemerkt, als er sie besuchte und geschäftsmäßig die Dinge besprach, die er mit ihr zu regeln hatte. Ihre Konversation ging niemals über das Geschäftsmäßige hinaus – er offerierte ihr seine Dienstleistungen als erfahrener und befähigter Vertreter seiner Profession. Er wusste, dass sich die Leute die Mäuler zerrissen, über sie und ihn. Wenn sie nur gewusst hätten, worüber sie sprachen …

Und mittlerweile schwelte in beiden von ihnen ein Feuer unter der Asche. Ein zufälliges Wort konnte es zu einer Flamme ausweiten. Sterner hatte seinerzeit die Wahrheit gesagt, während er sie am Tag nach der Befragung in Falkenstein getroffen hatte. Als er sie dort nach Tagen der Trennung wiedersah, erkannte er, dass sie – sie allein – ihm auswich. Doch ihre Augen drückten etwas anderes aus als ihre Lippen.

Nun befand sie sich in seinen Räumlichkeiten, sie war freiwillig gekommen, um ihn privat zu sprechen.

Sterner sagte nichts – es oblag ihr, zu reden.

Sie stotterte ein bisschen; es schien, als ob sie Angst davor hätte, zu viel zu erzählen. Doch allmählich wurden ihre Worte fester und ihre Wangen erröteten leicht.

„Ich konnte keine Ruhe finden, ich muss zu dir sprechen“, (wiederholte sie). „Ich weiß, du bist klug und weißt, das Richtige zu tun. Und jetzt denke ich, es ist meine Pflicht zu handeln, genauso wie es die deine ist. Ich schauderte im Gericht, als ich all das hörte, was gegen ihn zusammengetragen wurde! Er ist unschuldig, er hat seine Fehler, seine großen hässlichen Fehler, aber er hat Cecil nicht umgebracht. Er ist kein Mörder und sie dürfen ihn nicht als Mörder zum Tode verurteilen. Ich verstehe nicht, wie all diese sogenannten Indizienbeweise zu seiner Verurteilung führen können. Und dennoch habe ich gesehen, wie alle an seine Schuld glauben – all diese unsympathischen, inquisitorischen und gleichgültigen Leute, die nur auf seinen Tod zu warten scheinen. Ich sage dir, das entsetzt mich. Das ist der Grund, warum ich zu dir gekommen bin und dich bitte, ihn zu retten. Du kannst es tun, du allein, und du brauchst es nicht vor mir zu leugnen. Warum kümmere ich mich um all das, was du und Hearne für mich tun? Ich möchte das ganze Geld nicht; wenn ich nur sein Leben retten könnte; so nehmt alles, nehmt jeden einzelnen Pfennig. Bei mir gibt es lediglich Platz für einen Gedanken, einen Wunsch – du musst diesen Menschen retten, er ist unschuldig."

Sterner sprach kein Wort, unabsichtlich schüttelte er seinen Kopf.

„Ja, ja", rief sie ungeduldig aus. „Er ist unschuldig. Niemand weiß etwas darüber, was passierte – du genauso wenig wie jeder andere. Aber ich fühle es, ich weiß es, hörst du? Er ist unschuldig. Ich habe mit dir über Bedingungen gesprochen, es gibt keine. Du weißt, was ich für dich empfinde; da können wir nicht über Bedingungen sprechen, aber nur um diese eine Sache bitte ich dich, flehe ich dich an: Rette ihn. Denn man wird sagen, dass du ihn verurteilt haben wirst. Ich komme zu dir, du kannst dich bei mir nicht irren, es geht um Erbarmen. Du weißt, dass sämtliche Gefühle, die eine Frau für einen Mann haben kann, dir gehören. Du weißt, dass ich dir gehöre, wie ich es immer getan habe und immer tun werde. Doch jetzt musst du, sage ich – musst du diesen Mann retten."

Sie erhob sich und trat ihm entgegen.

Sterner erhob sich ebenfalls, zitternd vor Emotion.

Sie legte den Arm um seinen Hals und er beugte seinen Kopf gegen ihren.

Keiner der beiden sprach ein Wort.

Die Minuten vergingen; es schien, als ob die Vergangenheit ausgelöscht war – so als ob sie sich das erste Mal trafen und sich ihre früheren Identitäten verändert hatten.

Sterner fand als Erster die Sprache wieder.

„Ich danke dir fürs Kommen, Lizzie – danke dir für das freiwillige Ausradieren des Wortes Bedingungen, das sich in mein Gehirn eingebrannt hatte, seit der Stunde, in der du es ausgesprochen hattest. Nun gehörst du mir – darum gib mir dein vollstes Vertrauen und glaube mir: Alles, was ich tun kann und mache, wird nur für dich sein. Es gibt eine Vorsehung über uns Menschen, die manchmal unsere Angelegenheiten so regelt, dass wir nach unseren Wünschen handeln. Diese Vorsehung wacht über uns. Hab Geduld, es wird so enden, wie du es dir wünschst. Aber diese Stunde gehört uns; vertraue mir und gib mir diese Stunde gänzlich und ungeteilt, als die mir allein geweihte Stunde."

## Fünftes Kapitel

Der Gerichtssaal war bis zum Ersticken gefüllt; jeder wusste, dass heute Isidor Rosenthal sprechen würde, und schließlich galt er als der eloquenteste Anwalt in Frankfurt. Seine Rede hatte er bestens vorbereitet; die Worte der einzelnen Zeugen, die Szenen während der Beweisanhörung und viele bisher unverständliche Andeutungen gaben bereits vor, welchen Weg die Ansprache nehmen würde. Jedem war klar, dass es nicht um das Zurückweisen von Indizien ging oder den Versuch, etwaige Ausflüchte oder Erklärungen zu finden. Allerdings erwarteten alle einen Angriff auf die Personen, die mit der Untersuchung befasst waren. Und über allen stand der untersuchende Richter, der in diesem Fall die ersten Schritte unternommen hatte. Nichts könnte mehr nach dem Geschmack der Öffentlichkeit sein. Diese Frauen und Männer, die ihre geballten Fäuste gegenüber dem Mörder erhoben, suchten Schutz unter den sicheren Flügeln der Justiz. Sie riefen nach Rache – und dann, als sich eine mächtige Stimme dagegen erhob, war der ganze Mob bereit, sich gegen die Justiz und diejenigen, die diese Institution verkörperten, zu wenden; bereit, ihre Hände, die sie in ihrer Wut gegen den Mörder gerichtet hatten, nun gegen das Schwert der Gerechtigkeit zu erheben.

Aus diesem Grund hatte der Anwalt eine so dankbare Aufgabe. Deshalb lächelte Isidor Rosenthal vor der Menge, als er sich zu seiner Verteidigungsrede erhob. Er glänzte wie eine Katze in der Dämmerung: Seine Robe lag anmutig auf seinem Körper, sein Hemd schimmerte weiß und sein schwarzes Haar war elegant nach links gescheitelt. Während er sprach, schwankte er leicht aus der Hüfte, und wenn er lächelte, zeigten sich seine glänzenden Zähne zwischen dem dunklen schwarzen Schnurrbart. Er war ein bemerkenswert gut aussehender Mann und sein orientalischer Gesichtszug trug einen edlen Ausdruck, so wie bei einem arabischen Scheich. Bei diesem Mann gab es kein einziges Teilchen Energie, das nicht zweckgerichtet eingesetzt wurde.

Nach einer formalen Verbeugung vor dem Gericht begann er zu sprechen. Seine Stimme war gut trainiert, tief und klangvoll. Er schien seine Sätze zu formulieren wie jemand, der Knetmasse formte; nichtsdestotrotz wirkten sie hart und fest wie Marmor.

Nach der formalen Einführung fuhr er fort.

„Im Jahr 1868 engagierte der angesehene Professor Sterner von der Universität Kiel eine junge Frau namens Elisa Hansen. Die Tochter eines dänischen Lotsen hatte eine gute Ausbildung genossen. Und ihr wurde der Elementarunterricht für den ältesten Sohn des Professors, Fritz Sterner, anvertraut. Seine weiteren Fortschritte auf dem Wissenspfad brachten seiner Familie und seinem Land (später) besonderes Ansehen."

Keiner konnte vermuten, worauf der Anwalt hinauswollte. Handelte es sich um eine Einführung in die „mildernden Umstände"? Fritz Sterner schaute erstaunt auf ihn, mit einem seltsamen, verunsicherten Blick.

Der Verteidiger machte mit seinen Ausführungen weiter.

„Im Jahr 1871 verlobte sich diese junge Frau mit einem englischen Seemann. Der ließ seine Geliebte zurück, um mit einem Schiff über die heimtückischen Wellen zu fahren, die zu seinem Grab wurden. Das Jahr ging zu Ende und Elisa Hansen gebar eine Tochter. Meine Herren Geschworenen, vielleicht sieht es für Sie so aus, dass ich weit von den Grundlagen dieses Falles abschweife. Doch das ist nicht so: Das Kind, das 1872 von der jungen, vom Schicksal geschlagenen, verwitweten Frau geboren wurde, war Elisabeth Saarbrücken. Es handelt sich also um die Frau des Mannes, den mein verehrter Kollege so schwer angeklagt hat, für dessen Kopf er eine solch grausame Strafe fordert. Meine Herren der Jury, Sie werden den Grund erkennen, warum ich das Schicksal dieser Dame so weit zurückverfolgt habe. Und ich bitte Sie, zu beachten, dass sie das Licht der Welt in Professor Sterners ruhiger und friedvoller Villa erblickte – an jenem Flecken der Förde, den Deutschland neu hinzugewonnen hatte. Sterner war ein milder, nachsichtiger Mann und liebenswürdiger Lehrer der jungen Frau. Die Dame des Hauses starb und diese junge Frau blieb für einige Jahre in dem

Haushalt des werten Herrn. Ihre kleine Tochter machte hier ihre ersten Schritte, unterstützt durch die Hand des zehn Jahre alten Fritz Sterner. Der Professor heiratete erneut und das Haus erhielt eine neue Gebieterin. Dann ging Elisa Hansen mit ihrem Kind nach Rigsby Abbey, nahe Rochester in Kent – zur Familie des Vaters von dem kleinen Mädchen. Der Großvater des Kindes arbeitete als Aufseher von Lord Hugh Laking, dem sechsten Baron Faringdon. Der wiederum war der Vater jenes jungen Mannes, dessen trauriger Tod uns hier zusammengerufen hat. Sie werden verstehen, meine Herren Geschworenen, warum ich Sie in ein fremdes Land mitnehme, zum Anwesen eines Adligen in England. Denn dort wuchs das Kind auf und ihre Mutter heiratete einen zuverlässigen Angestellten auf dem Gut seiner Lordschaft. Er trug denselben Namen wie der Vater des Kindes, denn er war sein Cousin. Das kleine blonde Mädchen hatte einen adligen Spielkameraden in dem jungen Lord Cecil, der – 1871 geboren – nur ein Jahr älter als Elisabeth gewesen ist. 1876 wurde Lord Faringdon dann Witwer. Die fleißige deutsche Dame nahm in seinem Haushalt nun eine ähnlich wichtige Stellung ein wie seinerzeit bei dem deutschen Professor. 1881 bekam sie einen Sohn, der noch immer am Leben ist. Die Zeit schritt voran, die Kinder wuchsen auf. Der junge Lord Faringdon wurde nach Eaton geschickt. Doch seine Ferien verbrachte er zu Hause mit seiner Ziehschwester, deren Schönheit von Jahr zu Jahr zunahm."

(Nun wendete er sich für einen Moment von England ab).

„Fritz Sterner nahm ein Studium auf und schloss es mit Prädikat ab; der würdige Professor fand seine letzte Ruhe, Stadt und Universität bauten zu seinen Ehren ein Marmordenkmal. Es galt als ausgemacht, dass ihm sein Sohn ein noch stolzeres Denkmal errichten würde; er erwarb langsam, aber sicher eine Spitzenstellung unter seinen Kameraden."

(Anschließend vereinigte Rosenthal die Erzählstränge.)

„Wir kommen jetzt ins Jahr 1888, das Jahr, in dem Lord Faringdon starb. Ein Unfall während eines Segelrennens vor Cowes beendete sein Leben. Sein Sohn war da gerade 17 Jahre alt und noch ein Schuljunge. Unter den Ihnen vorzulegenden Dokumenten befindet sich ein Brief, den der junge Lord aus diesem Anlass an die Spielkameradin seiner Kindheit schrieb. Der gleiche Unfall, der Lord Faringdon des Lebens beraubte, machte Elizabeths Mutter zur Witwe. Und aufgrund der Veränderungen in Rigsby Abbey entschied sie, in ihr Heimatland zurückzukehren. Dort ließ sie sich mit ihren Ersparnissen in Altona nieder. Sie eröffnete eine Pension für junge Männer, die durch ihr Studium oder ihre Arbeit gezwungen waren, fernab von zu Hause zu leben. Unter den ersten Gästen befand sich der junge Fritz Sterner. Und einmal mehr brachten die sonderbaren Zufälle des Lebens zwei zusammen, die ihre Kindheit unter einem Dach verbracht hatten."

Atemlose Stille herrschte im Gerichtssaal; alle Augen richteten sich auf Sterner. Der hatte sich achtlos zurückgelehnt, ohne einen Gedanken daran, dass diese Sache ihn betraf. Frau Saarbrücken beugte ihren dick verschleierten Kopf und fixierte ihre Augen auf den Boden.

Der Anwalt redete weiter; und seine Stimme klang so sanft wie die von Sultanin Schehezerade, die ihrem Herrn und Meister eine Geschichte nach der anderen erzählte – in den milden orientalischen Nächten.

„Ich spreche hier für das Wohl eines Mannes; es ist meine Pflicht, die grausame Last der Anklage von den Schultern des Unschuldigen zu heben. Für mich existiert nur eine unglückliche Person: Sie steht hier vor Ihnen, schmerzlich geprüft, tyrannisiert durch den Verdacht, ermüdet und gepeinigt von der langen Gefangenschaft. Ich habe die Pflicht, diese Last von seinen Schultern zu nehmen; und ich kann mich nicht darauf beschränken, Rücksicht auf andere zu nehmen. Mir ist bewusst, dass meine Worte eine schmerzhafte Wunde hinterlassen werden. Sie reißen den Vorhang herunter, der die heiligste Intimsphäre der Gefühle anderer bedeckt. Humanität verlangt, das Leben und die Geheimnisse Einzelner geringer zu bewerten als die öffentliche Ordnung, einen Grundpfeiler unserer Gesellschaft. Ich werde diesen Weg strikt gehen, ich habe ihn für mich festgelegt. Aber entlang dieses Weges werde ich nicht nach links oder rechts schauen."

(Er kam wieder zu der eigentlichen Geschichte zurück.)

„Die zwei waren jung, ihre Herzen schlugen wärmstens. Und ihre gemeinsamen Kindheitserinnerungen bauten ihnen eine verzauberte Grotte. Wie könnte es anders sein? Es ist die alte Geschichte – die Geschichte des Lebens, wie es ähnlich einem Fluss zwischen grünen Ufern verläuft. Der Mann, der Anklage gegen Helmuth Saarbrücken erhob; der Mann, der die respekteinflößende Anreihung von Fakten zusammentrug, auf die mein werter Kollege seine grausame Anklage erhob; der Mann, der euch hier vor Gericht im Namen des Staates zusammengerufen hat, um das Urteil über den Beschuldigten zu sprechen – er ist der gleiche Mann, der im schattigen Wald an der Elbe die junge Frau in seine Arme nahm. Ihr ungewöhnliches Schicksal ist der Hauptgrund, warum wir heute hier sind: Strafverfolgung und Verteidigung, Richter und Geschworene, um zu argumentieren, nachzudenken und zu entscheiden. Für vier glückliche Jahre waren Fritz Sterner und Elisabeth Gross ein Paar, bestimmt dafür, Mann und Frau zu werden. Dann, im Frühjahr 1893, brach Fritz Sterner zu einer Reise in den Süden auf. Er hielt sich in Norditalien und Korsika auf. Dieser Reise verdankt unsere Kriminologie eine ihrer besten und wertvollsten Arbeiten. Und Fritz Sterners Studien italienischer Verbrechen und seine meisterliche Widerlegung der Theorie von (dem Gerichtsmediziner) Lombroso werden für immer ein brillantes Denkmal bleiben – für die leuchtende Kraft seiner Gedanken und ihre großartige Tiefenwirkung. Von Korsika sandte er seiner *Braut* ein Souvenir: ein scharfes Stilett mit der Inschrift ‚Vendetta', die tödliche Waffe, die jetzt vor Ihnen liegt, meine Herren Geschworenen. Damit wurde die blutige Tat im Homburger Kurpark nach Meinung meines verehrten Kollegen ausgeübt. Das Geschenk enthielt ein kleines Begleitschreiben, das durch bestimmte Umstände in meine Hände geriet. Ich werde es Ihnen jetzt vorlesen, meine Herren:

*MEIN EIN UND ALLES!*

*Ich sende Dir einen kleinen Dolch mit scharfer Spitze, den Boten der Rache zwischen den heißblütigen Söhnen dieser Bergregion. Du wirst es aus Merimées Novelle* Colomba *kennen, die wir gemeinsam gelesen haben, als Du so bestrebt warst, korrektes Französisch zu lernen. Mit diesem Dolch kannst Du die (Buchseiten von) sentimentalen Novellen aufschneiden, die Du so liebst. So kannst Du seinen Durst nach Blut stillen. Ohnehin sind die meisten Deiner Novellen viel zu blutleer. Ich habe mir einen Zwilling gekauft, der Deinem Dolch gleicht wie ein Tropfen Wasser dem anderen. Meinen benutze ich, um Bücher der Rechtswissenschaft aufzuschneiden und um meinen Widersacher Lombroso zu erdolchen. Deshalb werden Du und ich den Dolch der Vendetta schwingen und die Welt der Bücher erobern. Das Blut, nach dem wir verlangen, ist Druckertinte. Weißt Du, ich schärfe mein Schwert noch in anderer Hinsicht. Sollte es zu einem Notfall kommen, wäre der Dolch als Waffe nicht zu verachten. Er ermöglicht einen festen kurzen Hieb – und Italien ist das Land der Überfälle aus dem Hinterhalt. Wir Deutschen dagegen bevorzugen den Knüppel. Aber das verstehst Du nicht; ich bin müde und verärgert, weil die Regierung mich zurückgerufen hat und ich erst zur Hälfte fertig bin. Dies und den Dolch wirst Du heute erhalten.*

*Dein Dir gehörender Fritz*

Dieser Dolch, meine Herren der Jury, ist die Waffe, mit der dieser Mord begangen wurde – dieser Dolch, den Fritz Sterner vor sechs Jahren seiner *Braut* aus Korsika geschickt hat. Der Dolch, dessen Zwilling hell und leuchtend auf Fritz Sterners Tisch liegt."

(Rosenthal erzählte die Geschichte weiter.)

„Der junge Kriminalist kehrte im Winter aus dem Süden zurück. Er wurde nach Berlin versetzt und löste die Verbindung mit Elisabeth Gross auf. Ich sagte bereits, meine Abhandlung geht geradeaus; ich möchte nicht die Gefühle von irgendjemandem verletzen. Vielmehr möchte ich die Wahrheit herausfinden, die volle Wahrheit, seinetwillen, denn mir obliegt die Verteidigung. Ich habe einen Brief in meinen Händen, der Ihnen vorgelegt wird, meine Herren. Er begründet die Auflösung der Verbindung. An dieser Stelle muss ich den Grund nennen, auch wenn er in den Ohren einiger unangenehm klingen mag. Dr. Sterner ließ seine Braut sitzen, weil sie arm war; und weil seine weltgewandten Ambitionen entsprechende Mittel benötigten, verließ er sie und verband sich mit der Tochter eines reichen Bankiers: Ephraim Rosenthal, einem Cousin ersten Grades meines Vaters."

Der Anwalt unterbrach seine Ausführungen. Sterner hatte sich erhoben und eine Zeit lang eine ernste, wispernde Konversation mit dem Staatsanwalt geführt. Der Vorsitzende des Gerichts gab dem Verteidiger ein Zeichen, der daraufhin stoppte. Sterner und der Vorsitzende tauschten sich eilig flüsternd aus und ein wahrnehmbares

Murmeln verbreitete sich durch den Gerichtssaal. Es schien, als wäre Sterner ziemlich aufgeregt. Der Vorsitzende zeigte sich ruhig und wechselte ein paar Worte mit seinen Kollegen auf der Bank, den zwei anderen Richtern, die mit ihm die Richterschaft bildeten. Nach einer kurzen Beratung gab der Vorsitzende dem Verteidiger das Zeichen, fortzufahren. Alle Augen richteten sich auf Sterner. Der bahnte sich blass, mit zusammengebissenen Zähnen und augenscheinlich stark angespannt seinen Weg durch die Menge und verließ das Gericht.

Frau Elisabeth Saarbrücken lehnte sich nach vorne, ihr Kopf wurde von ihrer zarten Hand gestützt. Ein Schleier verdeckte ihr Gesicht und ihre Erscheinung wirkte ziemlich unbeweglich.

Isidor Rosenthal nahm den Faden wieder auf.

„Meine Herren, ich bitte Sie, mir diese lange Einführung zu vergeben; Sie werden später sehen, dass jedes darin vorgekommene Wort eine Tragweite besitzt. Jetzt möchte ich zur Beschreibung des Protagonisten in diesem Drama übergehen – zu dem Mann, dessen Verteidigung für mich eine Pflicht und eine Ehre zugleich ist. Und eine Sache, die ich mit Stolz übernehme."

Der Anwalt entwarf in einer bildreichen Sprache ein Porträt von Helmuth Saarbrücken; er begann in der Wiege und deckte dann ein Ereignis nach dem anderen aus seiner Jugend und der Zeit als jungem Erwachsenen auf; er wohnte seinen Segelreisen bei, erzählte, wie er unter Einsatz des eigenen Lebens zweimal Menschen vor dem Ertrinken aus den Fluten gerettet hätte. Und er beschrieb ihn in Kürze als Helden: als würdigen Sohn Deutschlands, dessen Vorankommen in der Welt vergleichbar mit dem Siegeszug von Zivilisation und Gerechtigkeit sei. Rosenthal kannte sein Publikum. Und Saarbrücken sah aus wie der klare, starke Wikingertyp, den die Deutschen schätzten und verehrten. Seine Figur glich der eines Ritters, der in den Legenden des Rheingaus vorkommt; der Held aus den Märchen, in denen der Wein fließt und wo die Loreley an den steilen Ufern des Rheins ihre Harfe schlägt. Rosenthals tiefe, klangvolle Stimme zeichnete ein strahlendes Bild, umgeben von einem Kranz Weinblätter. Ein solches Bild ließ die empfänglichen Herzen der Rheinländer höherschlagen, brachte ihre Wangen zum Glühen und ihre Augen zum Leuchten.

„Dann, im Herbst 1894, traf dieser Mann in Altona die von Fritz Sterner zurückgewiesene Braut. Er verliebte sich in sie und unterbreitete ihr das Angebot, sie zu heiraten. Sie antwortete ihm aufrichtig, dass ihr Herz tödlich verletzt worden sei und sie ihn nicht lieben könne. Trotzdem fragte er sie, ob sie seine Frau werden wolle. Sie nahm an und wurde seine Gattin. Er brachte sie fort aus ihrer Heimat mit all den traurigen Erinnerungen und bemühte sich, ihr ein neues und glückliches Umfeld in der Stadt am Main zu schaffen – jedoch ohne Erfolg. Eheglück kann nur aus der Liebe entspringen und ihr Herz blieb unberührt. Vergeblich versuchte er, sie aus der tiefen Erstarrtheit zu erwecken. Die Ehe blieb kinderlos; die Strahlen des Glücks, die durch Kinderlächeln scheinen, drangen niemals in die kühlen, stattlichen Räume des alten Hauses an der Uferstraße, das ihr Zuhause war. Helmuth Saarbrücken versuchte zwei Jahre lang, die Liebe seiner Frau gewinnen; er erlangte lediglich ihr Vertrauen und ihren Respekt. Dann wurde er des Kampfes müde. Ich bin nicht hier, um ihn zu tadeln, und ich werde nicht über den Trost sprechen, den er anderswo gesucht hat. Wenn aber mein werter Kollege ihn als lasterhaften Menschen und Wüstling bezeichnet, sage ich Nein! Helmuth Saarbrücken ist kein Wüstling. Er mag ein heißblütiger Mann sein, dem das Leben die Freuden der Liebe in der Ehe verweigert hat. Gleichzeitig ist er jedoch ein Ehrenmann. Er verlangte von mir, seinem Verteidiger, ein Geheimnis zu bewahren, das sein Alibi und seine Unschuld beweisen würde: nur um die Ehre einer Dame zu schützen!“

An diesem Punkt hätten die Zuhörer fast einen Hurraruf auf den Helden Saarbrücken ausgestoßen!

Der Anwalt legte nach.

„Dann wurde im letzten Herbst Frau Saarbrückens Bruder, Johann Georg, massiv von der Tuberkulose heimgesucht. Er ist in Dr. Dettweilers Sanatorium in Falkenstein eingewiesen worden, wo Fritz Sterners Schwester lebt, die Frau des angesehenen Bürgers Dr. Immermann. Fritz Sterner besuchte seine Schwester und nach einem Zeitraum von fünf Jahren traf er die von ihm verschmähte Liebe wieder, als Ehefrau eines anderen. Er selbst hatte ebenfalls an diesem Ort an einem Krankenbett gestanden. Seine Braut, Fräulein Ruth Rosenthal, hatte in Falkenstein sechs Monate hoffnungslos krank gelegen, bevor sie starb. Und seine Träume, es durch die beabsichtigte Heirat zu

Reichtum zu bringen, waren gescheitert. An dieser Stelle erzähle ich, dass er seine verstoßene Liebe wiedergetroffen hat und sie ihn immer noch liebte – ihn, den sie nie vergessen hatte, für den ihr treues Herz immer schlug, in gleicher inniger Liebe. Meine Herren Geschworenen, Sie sollten meine Ausführungen darüber markieren. Ich bitte Sie allerdings, der Sache nicht mehr Bedeutung beizumessen, als ich es tue. Es ist eine Tatsache, nichts weiter. Und in diesem Rechtsfall protestiere ich dagegen, solche Tatsachen stärker zu gewichten, als es ihr eigentlicher Inhalt hergibt. Daher werde ich der Letzte sein, der diesen Indizien eine höhere Bedeutung abringt, als sie rechtfertigen. Nun, Fritz Sterner hat auf eigenes Ersuchen sechs Monate in England verbracht, mit dem Ziel, englisches Recht zu studieren. Er wurde dem Büro des äußerst bekannten englischen Rechtsanwalts, Sir Longland Hearne aus London, zugewiesen. Von dessen Namen machte mein verehrter Kollege im Rahmen der Anklage sehr starken Gebrauch. Was er Ihnen über diesen ruhmreichen Juristen erzählt hat – und über das Testament, das Frau Elisabeth Saarbrücken zur Erbin von Lord Faringdon machte – stimmt Wort für Wort. Der merkwürdige Ton, in dem die Aussage Ihnen nähergebracht wurde, der gegen meinen Mandanten gerichtet war, passt zu meinem werten Kollegen; er wird niemanden in die Irre führen. Ich lasse alles so stehen, was die Anklage ausgeführt hat, soweit es die Fakten betrifft: Ich möchte lediglich hinzufügen, dass Dr. Fritz Sterner derjenige war, der dieses Testament bei seiner Weiterbildung in englischen Rechtsdokumenten entworfen hat. Die Tatsache ist bestens bekannt, er selbst gestand sie ein. Ich erwähne dies nur, weil dieser Fakt nicht in den Dokumenten zu diesem Fall auftaucht. Er gehört dazu und jetzt ist er hinzugefügt."

(Daran knüpfte Rosenthal an).

„Als Fritz Sterner dann seine frühere Braut in Falkenstein wiedertraf, wusste er folglich: Sie war nicht nur Saarbrückens Frau, sondern auch Lord Faringdons Erbin. Er redete mit ihr, sie führten häufige und lange Gespräche, aber darüber sprach er nicht mit ihr. Warum in aller Welt sollten sich zwei Menschen, die so intensiv in Erinnerungen schweifen, über die Gegenwart und ihre nüchternen Sachverhalte austauschen? Wenn Elisabeth Saarbrücken niemals Fritz Sterner vergessen hatte, dann hatte er sie genauso wenig vergessen. Man kehrt immer zu seiner ersten Liebe zurück, wie unsere liebenswerten Nachbarn im Westen sagen. Und selbst ein preußischer Strafrichter ist von dieser universellen Regel nicht ausgenommen. In diesem Frühling bewarb sich der junge, vielversprechende Jurist, dem eine Karriere offenstand, erfolgreich um den recht bescheidenen Posten eines Richters in Homburg vor der Höhe. Scheinbar kam er hierher, um in der Nähe des Ortes zu sein, an dem seine Braut ihren letzten Kampf geführt hatte. Sie lag nun in der Familiengruft auf dem Friedhof in Frankfurt. Ich glaube, behaupten zu können, dass unweit dieses Gartens seine erste und einzige Liebe erneut aufblühte. Ich habe erwähnt, welche langen und häufigen Gespräche Dr. Sterner und Frau Elisabeth Saarbrücken geführt hatten – während sie das

Krankenbett ihres Bruders besuchte und er Gast seiner Schwester gewesen ist. Bislang noch nicht erwähnt habe ich den Mann, der eines Tages im Homburger Kurpark unter den dicken Rhododendren-Blättern ermordet aufgefunden wurde. Um genauer zu sein, ich habe nur den jungen Lord beschrieben, der seine Ferien auf dem Landsitz in Kent verbrachte. Ich werde jetzt auf ihn zurückkommen und bitte Sie, mit mir ein paar Jahre zurückzugehen."

Die Uhr im Gerichtssaal schlug mit ihrem festen Klang und der Vorsitzende unterbrach den Anwalt, die Sitzung war beendet. Sie wurde vertagt und der Raum leerte sich langsam. Am nächsten Tag war ein jüdischer Feiertag, gefolgt von einem katholischen. Angesichts der Spannung, die alle erfasste, erschien die deshalb anberaumte zweitägige Verschiebung beinahe zu lang.

Isidor Rosenthal hatte seinen großen Tag gehabt. Seine Freunde schwärmten um ihn herum und schüttelten seine Hand. Die Rede hatte einen mächtigen Eindruck hinterlassen. Das vollständige Verlassen eingetretener Pfade und das Einstreuen eines völlig neuen Elements in den Fall brachte die Erwartungen der Zuhörer bis an den Siedepunkt.

„Was meint er damit?" oder „Was will er damit erreichen?", fragte sich jeder. „Beschuldigt er Sterner, seine offizielle Position zu benutzen, um den Mann loszuwerden, der zwischen ihm und der Frau steht, die er liebt?" Das kam irgendwie so unerwartet, so brutal, dass es fast klang wie eine Romanze voller unglaublicher Widersprüche.

Isidor Rosenthal lächelte und schwieg. Aus ihm war nichts herauszubekommen. Er ließ die Leute gelassen bis zur nächsten Sitzung warten. Dann würden sie herausfinden, welches Ziel er verfolgte – sein Ziel, das im Grunde nichts anderes war, als jeglichen Schatten eines Verdachts gegen Helmuth Saarbrücken zu beseitigen.

Eine Sache sickerte allerdings in der Frankfurter Geschäftswelt durch: Das Bankhaus Moritz Rosenthal & Co. hatte die Gläubiger von Fürste & Wienecker nach der Eröffnung des Prozesses mit einer vernünftigen Vereinbarung zufriedengestellt – und gleichzeitig das alleinige Management der Firmenangelegenheiten übernommen.

## Sechstes Kapitel

Sterner verließ das Gericht in einem Zustand heftiger Erregung. Sicher, er hatte erwartet, dass der Anwalt seine Arbeit in dem Fall attackieren würde; ebenso war er darauf vorbereitet, seinen unhöflichen Auftritt beim ersten Treffen mit Rosenthal in dieser Sache heimgezahlt zu bekommen. Allerdings hätte er sich in seinen schlimmsten Träumen nicht ausmalen können, wie sein Privatleben in einer geschwollenen Sprache vor der gaffenden Öffentlichkeit ausgebreitet wurde. Auch hatte er nicht erwartet, wie Isidor Rosenthal, ein Mann mit einer galanten Reputation, so unbarmherzig öffentlich mit Dingen umging, die Lizzie betrafen. Sterner war mit Fräulein Rosenthal verlobt gewesen, einer Verwandten des Anwalts; ihre Familie hatte sich gegen die Verbindung ausgesprochen – weil Sterner, wie viele Norddeutsche, dem Frankfurter Geldadel gegenüber nicht sehr wohlgesonnen war. Doch die ganze Angelegenheit entpuppte sich in Wirklichkeit als feinfühlige, außergewöhnlich romantische Geschichte; der Kampf eines armen Mädchens mit einer verhängnisvollen Krankheit, um einen Hauch vom Glück zu erlangen. Sterner jedenfalls verhielt sich ihr gegenüber großzügig und ritterlich. Es war kaum anzunehmen, dass der mit solcher Eloquenz ausgestattete Mensch – egal, ob aufrichtig oder nicht – und der aus Profitgier seine Jugendliebe verlassen hatte, sich nach Aussage des Anwalts „seiner Braut entledigt hatte“, den zufälligen Zuhörern vor Gericht als Heiliger erscheinen würde. Rosenthal walzte die Sache aus – obwohl Sterner vermutete, dass sich da noch ein tieferer Grund dahinter verbarg.

Doch was dieser Mann ihm entgegengeschleudert hatte, war schon genug – er beschuldigte ihn der Gemeinheit, durch die Andeutung, mit der Heirat „lang gehegte Träume vom Reichtum“ verfolgt zu haben.

Dieser Stachel saß.

Lizzie vertraute er vollends. Und er würde im Gespräch mit ihr darüber jeden Zweifel ausräumen, den Rosenthal in seiner Rede erhoben hatte. Er wusste nur zu gut, dass er dazu in der Lage wäre, und eines Tages würden sie über die guten alten Zeiten sprechen. Ihm wurde klar, es jetzt tun zu müssen, und er entschied sich deshalb, sie an diesem Nachmittag in ihrem Zuhause zu besuchen.

Seine Entrüstung nahm langsam Stück für Stück ab und er bereute, Zeichen des Ärgers im Gericht gezeigt zu haben. Das war unsouverän gewesen und er nahm sich vor, in Zukunft mehr Kontrolle über sich zu haben. Besonders Lizzie sollte seine Unruhe keinesfalls wahrnehmen. Und er war unruhig, er unterschätzte Rosenthals Fähigkeiten nicht und er wusste, dass es sich lediglich um eine Einführung gehandelt hatte. Auf Lizzie – die so stark von dem Gedanken eingenommen war, den Mann vor der Verurteilung wegen Mordes retten zu müssen, der noch ihr Ehemann war – konnte dieses Verhandlungsgeschick nur beruhigend wirken. Doch für Sterner selbst dagegen besaß die Frage, wie die Verteidigung durchgeführt wurde, eine große Bedeutung. Sollte seine Autorität dabei untergraben werden, könnte ihn das in dem Fall beschädigen.

Für einen Augenblick hatte er die Idee, Rosenthal zu besuchen, aber er gab den Plan umgehend wieder auf. Nach allem, was geschehen war, wäre das unmöglich gewesen. Auch konnte er sich nicht an den Vorsitzenden wenden; er hatte einen Fehler begangen und versucht, den Amtsträger gegen Rosenthal einzunehmen. Der Vorsitzende hatte das sehr deutlich abgelehnt. Er machte Sterner darauf aufmerksam, dass jemand, der offiziell in den Fall involviert ist, das formale Recht besitzt, vor

Gericht sprechen zu dürfen. Das war korrekt, dazu gab es nichts Weiteres zu sagen.

Allein, Sterner war nervös.

Lizzie brauchte davon nichts mitzubekommen. Er wollte sie aufsuchen und kündigte einen Besuch in Falkenstein bei wunderbarem Herbstwetter an. Erst wollte sie nicht, doch Sterner bestand darauf und war erfolgreich. Sie nahmen den Zug nach Kronberg und wanderten den steilen Hang hinauf zur Burgruine.

Dort setzten sie sich unter den großen Lindenbaum; der Platz war einsam und keine vorbeigehenden Menschen störten ihre Konversation.

Als wäre es selbstverständlich, sprachen sie über den Vorfall vor Gericht. Lizzie wirkte besorgt, schüchtern und zurückhaltend. Sterner überwand sich, zu reden. Er hatte das Ziel, ihr Zuspruch zu geben und vor allem die Nervosität zu verbergen, die ihn weiter plagte.

Sie diskutierten über Rosenthals Angriff und Sterner verschonte dabei seinen Gegner nicht.

„Während dieser Scharlatan vortrug, fühlte ich das erste Mal, wie erbärmlich die Redekunst ist. Er kannte dich nicht, er kannte mich nicht. Er beschrieb unsere Liebe so, wie Liebe in schlechten Romanen beschrieben wird. Und dennoch klang es für die anderen so echt. Bei jedem Wort handelte es sich um Lügen – Lügen. Was wusste er über meine Gefühle und über deine Beweggründe? Er redete und riss dabei den Vorhang weg, der das Allerheiligste verbarg. Der Fatzke stand vor seinem Platz und gab eine Märchenstunde für das hochverehrte Publikum, das ihm den gewünschten Applaus spendete. Er las der Masse einige meiner Briefe an dich vor – Briefe, die du mir in deinem Ärger (zurück)gesandt hattest und die ich vernichtete, weil ich keine Briefe aufbewahre, die ihr Bestimmungsziel erreicht haben. Frau Schultz muss eine Gelegenheit gefunden haben, einige zu stehlen; Gott weiß, welchen Nutzen sich die alte Frau davon versprochen hatte. Doch nun muss sie die Briefe an Schaltz verkauft haben. Verstehst Du, wie mich das verärgert hat? Ich war nicht nur wütend, mein Ärger hat sich in mich hineingefressen. Denn das sind alles Lügen gewesen, schwere Lügen, wie sie ein Mensch erfinden kann, wenn er sie mit ein paar wahren Punkten verbindet. Wird eine Beethoven-Sonate durchgängig um einen halben Ton verändert gespielt, entsteht ein Konzert, das Dantes Inferno gleichkommt – und genau das ist es, was Rosenthal heute tat. Manchmal spielte er einen halben Ton zu hoch, manchmal einen halben Ton zu niedrig. Da gab es keine richtige Anmerkung in seiner Rede, es war abscheulich. Und diese Idioten haben alles gefressen. Darum bin ich hinausgegangen, ich konnte es mir nicht anhören, ich wollte nach draußen an die frische Luft, unter den freien Himmel. Doch es bringt nichts, darüber zu sprechen. Es ist vorüber und vorbei, und für dich und mich ist es nicht das, was zählt. Inzwischen bin ich wieder beruhigt und missgönne dem Kerl nicht seinen Erfolg."

Lizzie schaute ihn ernst an.

„Denkst du nicht, dass es uns gut getan hat, dies zu hören? Wir haben uns beide versündigt, du an mir, ich an dir, und das war unsere Strafe."

Sterner verzog sein Gesicht.

„Meine Lizzie, du musst nicht so reden. Verstehst du nicht, wie vollkommen gleichgültig es ist? Es war lediglich der hässliche Ton, so widerwärtig mit so viel falschem Klang in der Rede des Mannes. An sich finde ich die Geschichte anschaulich und gut und sogar schön. Ruth Rosenthal war ein außergewöhnliches Mädchen. Du weißt, wir haben uns auf Korsika kennengelernt. Sie hatte Schwindsucht, war zum Tode verurteilt und sie wusste es. Und sie empfand Zuneigung für mich. Scherzhaft pflegte sie zu sagen, dass der Tod sie nicht um die einzige Freude betrügen sollte, die ihr das Leben geboten hatte. Das klang romantisch, sie war romantisch. Sie ist wunderbar hübsch gewesen, mit einem orientalischen Hauch an Schönheit, und ich habe nie eine intelligentere Frau gekannt. Mit gerade einmal zwanzig besaß sie eine Ansammlung von Wissen, wie ich sie nie vorher getroffen hatte. Es war eine Laune von ihr, eine abstruse Idee. Du erinnerst dich an den Brief, den sie dir schrieb – du hast ihn nicht beantwortet, weil du sie nicht verstanden hattest. Sie teilte dir mit, dass sie in zwei Jahren tot sei und du zwei Jahre warten müsstest. Ich habe ihr keine Lügen erzählt. Sie hatte einen wundervollen Einfluss auf mich während dieser Tage unter der südlichen Sonne, wie ich ihr eingestand – aber ich liebte sie nicht und ich habe sie nicht belogen. Es klingt so alltäglich und dumm, wenn ich es sage, doch da fand sich nichts in meinem Herzen, um sich ihr zu widersetzen. Ich hielt sie bei Laune, weil ich dachte, dass es ein Verbrechen wäre, sie ihres Glücksgefühls zu berauben, was sie als ‚ihr Glück' bezeichnete – und nicht wegen ihres Reichtums, wie dieser Dampfplauderer heute behauptete."

Lizzie unterbrach ihn.

„Aber wie konntest du? Du gehörtest mir, du hattest mir dein Versprechen gegeben."

Sterner nahm ihre Hand.

„Ich konnte, Lizzie, und ich werde dir erzählen, warum. Ich liebte dich an jedem Tag, an dem ich dich hier in Falkenstein erstmalig als Saarbrückens Frau sah. Du brauchst deine Hand nicht wegzuziehen, Lizzie, ich halte sie und ich sollte sie für immer festhalten. Was ich sage, ist die Wahrheit. Wir spielten als Kinder zusammen und als wir klein waren, taten wir so, als wären wir für einander gemacht. Wir trafen uns wieder, da warst du eine junge Frau, die gerade das Leben eroberte. Unsere Kindheitsfreundschaft wurde erneuert und in unserer Unerfahrenheit nannten wir es Liebe. Nein, Lizzie, ich sage dies nicht, um mein Verhalten zu entschuldigen. Ich glaube, es bedarf keiner Entschuldigungen, und ich stehe dazu. Was ich sage, ist wahr. Und als ich mir meiner Liebe bewusst wurde, als wir uns dann wiedertrafen, fühlte ich, das erste Mal verliebt zu sein. Als wir jung waren und uns das Jawort gaben, wie er es heute ausgeführt hat, waren wir Freunde und Gefährten – jedoch keine Verliebten, obwohl wir glückliche Tage hatten. Ich kann das sagen, denn jetzt weiß ich, was Liebe ist. Und deshalb konnte ich Ruth Rosenthal aufheitern, darum konnte ich unaufrichtig zu dir sein, wie du es nennst. Meine Freundschaft zu der Gefährtin meiner Jugend wurde dadurch nicht beeinträchtigt. Und du – du hast Saarbrücken geheiratet."

Lizzie riss ihre Hand weg.

„Ich habe ihn geheiratet, ja, aber ich liebte dich. Ich mache keinen Unterschied zwischen früher Freundschaft und Liebe, so wie du es tust – ich liebte dich vom ersten Tag an, als wir uns als Erwachsene trafen, ja, schon lange vorher. Ich habe dich immer geliebt – und als ich mit dir brach, tat ich es aus Zorn – tief verletzt, wie ich es gewesen bin – nenne es Rache ..."

„Lizzie, Lizzie", sagte Sterner mit einem Lächeln. „Du brauchst keine Worte zu benutzen, die du nicht herausbringen kannst. Alles was du sagst, klingt wie ein modernes Ehedrama, sei es französisch, nordisch oder deutsch. Aber das bist nicht du. Ich könnte die Geschichte erzählen, so wie du sie erzählen würdest, wenn du in der Lage wärest, zu erläutern, warum du ihn geheiratet hast. Es klingt wie eine alltägliche Geschichte, so einfach und norddeutsch, doch ist sie immer noch wahr: Du hast geheiratet, weil deine Mutter es wollte, weil du arm warst. Deine Mutter war müde und Saarbrücken reich. Ja, ja, ja, du brauchst nicht so finster dreinzublicken. Ich weiß genau, dass dir Geld gleichgültig ist – doch die Wünsche deiner Mutter, ihre Gebete sind es nicht. Du bist verletzt gewesen, du hast nicht geantwortet, du hast dich mit dienem Kummer scheu versteckt, genau wie in letzter Zeit, als wir uns wiedergetroffen haben. Du hast mich ängstlich gemieden und bist nicht zu mir gekommen, so lange, bis es darum ging, das Leben eines Mannes zu retten – Lizzie, du bist ein offenes Buch für mich und das ist der Grund, warum ich dich liebe. Deine Heirat mit Saarbrücken ist ein Opfer gewesen; es lässt dich in den Augen der anderen nicht großartig erscheinen, das geschieht niemals bei dieser Art Opfer. Das mindert nicht dein Ansehen in meinen Augen, denn ich verstehe dich. Doch die Wahrheit ist, dass weder du noch ich wussten, was Liebe ist. Wir beide dachten, wir wüssten es, wir lasen darüber in Büchern, haben die Liebe in Theaterstücken erlebt und sie im realen Leben gesehen – wir spüren ihre Auswirkungen und nur ein paar Psychologen können Liebe deuten. Aber jeder, sogar das einfachste bäuerliche Mädchen, kann die Liebe fühlen und niemand unterliegt einem Irrtum bei diesem Gefühl. Unser Glück ist nun gekommen, es liegt an uns, es festzuhalten und nicht darüber zu reden, welches Unrecht wir einander zugefügt haben."

(Er sprach weiter.)

„Als du mir kürzlich ausgewichen bist, als wir uns wiedertrafen, als du es nicht wagtest, zu mir zu sprechen oder mir deine Sorgen anzuvertrauen – als du deinen Kinderfreund Cecil beauftragtest, den Weg für mich freizumachen durch eine Scheidung – denn das führtest du im Sinn – da sah ich, dass du mich liebtest, dass es jetzt Liebe war; obwohl du dich nicht in meine Arme warfst und dein Gesicht an meiner Brust verbargst, wie du es vor langer Zeit getan hättest. Die Wege der Menschen sind sonderbar; doch selbst wenn sie behaupten, die Jugend wäre die Zeit für Liebe, muss uns eines trösten: zu wissen, dass Liebe zusätzliches Glück erfährt, wenn die Jugend vergeht. Und statt unfreiwilliger Äußerungen unserer Sinne ist sie dann unserem Verstand voll bewusst. Wenn es ein Nachgeben und ein Verlassen gibt, wenn Reue und Sühne existieren – dann entsteht ein größeres Glück an dem Punkt, den wir erreicht haben."

Lizzie wollte etwas sagen.

Er nahm sie in seine Arme und schloss ihre Lippen mit einem Kuss.

Nur einen.

Sie schüttelte ihren Kopf. Dann lächelte sie wieder.

„Wir brauchen nicht darüber zu sprechen, Lizzie. Es kam von selbst. Weder du noch ich wollten die Dinge anders haben, als sie sind. Wir werden den grausamen Spieler vergessen und mit dem Publikum sympathisieren, das so wenig von Musik versteht. Und wir werden über viel mehr wichtige Dinge reden, die von nun an unsere Aufmerksamkeit einnehmen. Um zu zeigen, welch sensible und vernünftige Leute wir sind, gehen wir nun hinunter zum Erlkönig, trinken ein Glas Wein aus Assmannshausen und essen Lachs aus dem Rhein. Das ist vernünftig und wir beide werden uns besser fühlen."

Lizzie protestierte.

Sterner lachte.

„Ohne Essen und Wein, Lizzie, gestaltet sich alles schwieriger. Ich habe den Ärger zugelassen, ich war dumm. Und jetzt gehe ich mit dir Lachs aus dem Rhein essen."

„Aber die Leute ..."

„Die Leute – existieren für uns nicht, meine liebste Lizzie. Komm."

Lizzie ging mit ihm. Und kurz darauf saßen sie in der Loggia des Erlkönigs, während die Sonne über Falkenstein und die rötlichen Baumspitzen des Waldes sank.

Lizzie war überrascht, zu sehen, wie fröhlich Sterner war, als ob er all seine Ernsthaftigkeit gewaltsam abgeschüttelt hätte. Er lachte und scherzte: nicht nervös, sondern ziemlich natürlich, so als wäre es eine heitere Urlaubsreise und nicht ein Treffen mit einer Frau – einer Frau, die er liebte; zu einem Zeitpunkt, an dem das Wohl beider auf dem Spiel stand und ein Mordprozess seine Schatten über ihren Weg warf.

„Eine unnötige Besorgnis, Lizzie. Ich kann dir versichern: Dieses Fass, das Rosenthal heute aufgemacht hat, wird Getränke für mindestens einen weiteren Tag liefern. Und ich sagte dir bereits, ich werde nicht sprechen, bevor die anderen ihren ganzen Dampf abgelassen haben. Es ist ein großer Fehler, vernünftige Argumente mit der Sprache der Dummköpfe zu vermischen."

„Du wirst Rosenthal nicht gerecht", meinte Lizzie. „Seine Sprache klingt hochtrabend und geschwollen, das ist wahr, freilich ist er sprachbegabt."

Sterner zuckte mit seinen Schultern.

„Ich denke, ich könnte ihn zerquetschen, wenn ich in den Fall eingreife. Denn ich bin stark, ich habe die Macht, durch meine Worte und meine Gedanken. Es braucht zehn Männer wie Rosenthal, um einen wie mich daraus zu erschaffen. Das ist ziemliche Prahlerei, doch ich weiß, was ich sage. Ich brannte danach, aufzustehen und dem Kerl zu zeigen, wie leer und hohl seine Beredsamkeit ist – und wie ihn ein paar Worte niederstrecken würden. Natürlich, ich habe es nicht getan, ich brauche keine Tricks dieser Art. Abwarten! Was ich zu sagen habe, kommt just dann, wenn es wirksam sein wird; und ohne Verschwendung von Worten."

„Was glaubst du, wird er versuchen?", fragte Lizzie.

„Als Allererstes wird er Saarbrückens Hals retten wollen, indem er die Indizienbeweise in Stücke reißt. Vielleicht dürfte das gar nicht so schwer sein, obwohl es Feinarbeit braucht, um es gut zu machen. Im Anschluss folgt dann seine krönende Meisterleistung: Er möchte beweisen, dass ich Saarbrückens persönlicher Feind bin und darum den von mir zusammengetragenen Indizien nicht das geringste Gewicht beigemessen werden kann. Lassen wir ihn machen. Ich bin es, der das letzte Wort in der Sache haben wird."

„Glaubst du, das ist alles?"

„Alles ist möglich", entgegnete Sterner. „Letztendlich, Lizzie, denkst du, dass es weise von uns ist, zu spekulieren, was Herr Isidor Rosenthal im Schilde führt? Es wäre eine andere Sache, wenn wir gegen ihn kämpfen würden; oder wenn ich Ankläger in der Sache wäre oder selbst ein Interesse hätte, Saarbrückens Schuld nachzuweisen. Doch ich bin Zuschauer, nichts anderes. Und nebenbei habe ich dir versprochen, sein armes Leben zu retten, wenn ich dazu in der Lage bin. Gut, wir brauchen nicht darüber zu sprechen. Ich werde mein Versprechen halten. Worüber wir allerdings reden sollten, ist, was du am besten machen wirst – wenn das passiert, was nach dem heutigen Tag wahrscheinlich sein dürfte: dass dein Ehemann aus dem Gefängnis gelassen wird."

Lizzie errötete.

„Du musst fortgehen, Lizzie. Du musst morgen gehen, nicht später. Es gibt einige geschäftliche Dinge zu erledigen und ich werde das mit Herrn Isidor Rosenthal tun. Es wird für mich eine besondere Freude sein, dem Herrn einen Besuch in seinem Büro abzustatten. Allerdings muss ich eingestehen, dass mir Herr Isidor Rosenthal in finanziellen und geschäftlichen Angelegenheiten sicher was voraus hat."

„Ich glaube, du schätzt Rosenthal nicht richtig ein", sagte Lizzie. „Er ist klug und er weiß, was er will. Du hast gesehen, wie er die ganze Stimmung in dem Fall heute gedreht hat – so verändert hat, dass jeder den Wandel bemerkt hat."

Sterner erhob sein Glas und sprach mit einem Lächeln.

„Ich sollte nicht auf Rosenthals Wohlergehen anstoßen. Das wäre eine Beleidigung für den edlen Wein. Aber ich trinke auf den guten Umstand, der ihn lediglich zum zweitbesten Sprecher gemacht hat, anstatt der erste zu sein. Würde er der erste gewesen sein, liebe Lizzie, wärst du nicht gekommen, um mich zu sehen; und all das, was zwischen uns stand, würde nicht in den Boden vergraben, aus dem diese Traube wächst."

Lizzie lächelte.

Sterner gab sich an diesem Abend humorvoller, als er seit Jahren gewesen war, und Lizzie wunderte sich darüber. Er hatte sich niemals so verhalten, warum jetzt so? Doch sie fragte nicht.

Sie hatten vereinbart, dass Lizzie am nächsten Tag nach England gehen würde und dort auf Neuigkeiten von Sterner warten sollte. Sie vertraute auf sein Versprechen, sofern es nötig wäre, einzugreifen.

Beide trennten sich früh und Sterner fuhr zurück nach Homburg. Vor seinem Haus traf er Schaltz, der zur Seite trat und respektvoll salutierte.

Sterner hielt an.

„Oh, Schaltz", sagte er in einem lockeren Ton. „Sind Sie es, dem wir die wertvolle Information aus Hamburg verdanken?"

Schaltz wurde rot.

Sterner musterte ihn seelenruhig.

„Sie machen einen Fehler, mein guter Schaltz. Es bedarf eines schärferen Verstandes als den Ihrigen, um einen Geniestreich auszuführen, und dafür hätte es eines Geniestreichs gebraucht. Der Schlag gegen mich wird zu kurz gegriffen sein."

Schaltz sagte nichts.

Sterner spürte ein plötzliches Verlangen, die Sache bis zum Äußersten zu treiben. In einem gänzlich ruhigen und kühlen Ton fügte er hinzu:

„Sie sollten Herrn Rosenthal raten, mich direkt der Ausführung des Mordes zu beschuldigen. Und danach sollten Sie es beweisen. Dann hätten Sie jedenfalls etwas erreicht. Ein paar Briefe zusammenzutragen, die von einer untreuen Haushälterin gestohlen wurden, ist nicht viel, mit dem geprotzt werden kann."

Anschließend drehte er sich auf der Stelle um und ging weiter.

Schaltz blieb stehen, ziemlich verwirrt. Er berichtete Rosenthal von der Begegnung. Auf den machten Sterners Worte eigenartigerweise keinen großen Eindruck.

Seine Pläne waren bereits fertig und er behielt sie für sich.

## Siebtes Kapitel

Die Verhandlungen in dem Mordprozess wurden am vereinbarten Tag wieder aufgenommen. Der Gerichtssaal war voll. Sterner nahm teil, jedoch nicht die Ehefrau des Beschuldigten.

Isidor Rosenthal hatte seinen Triumph in vollen Zügen genossen. Er schien sogar um ein paar Zentimeter gewachsen zu sein. Sein Vortrag war umfassender, noch selbstbewusster. Er wusste, das gesamte Publikum hing an seinen Lippen und hörte mit intensiver Spannung jedes Wort.

Er wusste auch, dass er ein großartiges Blatt in der Hinterhand hielt – die prächtigen Trümpfe, die er heute vor der gaffenden Menge ausspielen wollte. Kein Wort hatte er im Vorfeld fallen gelassen.

Er begann mit einer Beschreibung von Lord Faringdons Person und dem Verlauf seines Lebens. Vorsichtig folgte er den Einzelheiten, die er durch Herrn Wells erhalten hatte. Danach kam er zu den Ereignissen, die sich in Homburg während der letzten Tage vor dem Mord zugetragen hatten. Dabei verweilte er ausführlich bei Frau Saarbrückens häufigen Besuchen in Falkenstein und ihren Treffen mit Sterner. Er widmete sich außerdem ihrem Scheidungsantrag und der Aufmerksamkeit, die ihr von Lord Faringdon geschenkt wurde.

Dann gelangte er letztendlich zu *dem* wichtigen Punkt.

Im Gerichtssaal herrschte Totenstille.

„Ich komme jetzt zu den Ereignissen des 6. Juli 1898. Und als Erstes frage ich: Was wissen wir? Uns ist bekannt, dass Lord Faringdon und Herr Saarbrücken im Hotel zu Abend aßen; genauso wie die Bitte von Lord Faringdon an seinen Freund, dessen Frau privat in Frankfurt treffen zu dürfen. Des Weiteren hatte Saarbrücken in den Wunsch seiner Frau nach einer Scheidung eingewilligt. Der Angeklagte beschrieb, dass der Junge ihm das Medaillon mit den Initialen seiner Frau und einer Locke ihres Haares brachte. Dann hätte Lord Faringdon um das Medaillon gebeten und Saarbrücken es ihm übergeben. So konnte er es ihr gegenüber als Zeichen für das Einverständnis des Ehemanns nutzen. Wenn das stimmt, worauf alles hindeutet, verliert dieses Medaillon seine Wirkung. Am Abend des 6. Juli ist das Medaillon also in Lord Faringdons Besitz gewesen, nicht in Saarbrückens. Der Lord fuhr nach Frankfurt, schaute nach der Dame, wo er sie vermutete; ihm wurde mitgeteilt, dass sie über Kronberg nach Falkenstein gefahren sei – zu ihrer Mutter. Ich komme nun zu dem Punkt, dem der Richter keine hinreichende Aufmerksamkeit beigemessen hat, der jedoch meiner Meinung nach der wichtigste im ganzen Fall ist. Bei dem ermordeten Mann wurde eine Rückfahrkarte von Kronberg nach Frankfurt gefunden. Es erscheint unmöglich aufzuzeigen, mit welchem Zug er nach Frankfurt zurückgefahren ist. Aber die Anklage war nicht in der Lage, darzulegen, wie er seine Zeit an diesem Abend verbrachte. Hier habe ich einen neuen Fakt. Ich kann beweisen, dass Lord Faringdon an dem Abend des 6. Juli in Frankfurt gewesen ist. Er wurde von einem Diener aus Saarbrückens Haus in Richtung Kronberg gelenkt. Seine Anwesenheit in Kronberg kann ehrlicherweise nicht eindeutig bewiesen werden. Ein Kellner sah einen Mann, auf den die Beschreibung passte. Er verließ das Hotel und schaute sich nach einer Kutsche um, die ihn gen Falkenstein bringen sollte. Er besaß einen Rückfahrschein nach Frankfurt, den er nicht nutzte. Ich sage, er kehrte nicht nach Frankfurt zurück. Und er hatte nicht die Absicht, nach Homburg zurückzufahren – andernfalls hätte er eine Rückfahrkarte von Frankfurt nach Homburg besessen. Am 7. Juli wurde er am Nachmittag um fünf Uhr ermordet im Homburger Kurpark gefunden."

(Dann entwarf Rosenthal eine ganz neue Spur.)

„Es erscheint unmöglich, dass der Mord bei Tageslicht in dem viel frequentierten Park begangen wurde. Um drei Uhr geht die Sonne auf. Folglich muss er im Zeitraum zwischen zwölf und drei Uhr nach Homburg zurückgekommen sein, ohne den Umweg über Frankfurt. Er könnte eine Kutsche in Kronberg genommen haben und den kurzen Weg gefahren sein. Das ist unwahrscheinlich, denn er hatte es nachweislich nicht eilig, zurück nach Homburg zu fahren. Und gewiss hätte er den Zug genommen. Wie ist er tatsächlich nach Homburg zurückgekommen? Nun, meine Herren Geschworenen, ich habe den Punkt erreicht, an dem Sie mit Erstaunen hören werden, was ich sage. Ich möchte eine Hypothese aufstellen, die einen Schatten auf den Menschen wirft, dessen Verhalten das scheinbar nicht rechtfertigt. Denn es handelt sich um einen sehr starken Mann, den ich attackiere. Er ist fähig, sich selbst zu verteidigen, und ich fühle kein Erbarmen. Ich behaupte, der Mann, der Lord Faringdon in der Nacht vor drei Uhr von Kronberg nach Homburg befördert hat, war – Dr. Sterner. In dessen Automobil überwand er die Distanz von Kronberg zu dem Ort, an dem er auf seinen Tod traf."

Isidor Rosenthal hörte auf zu reden und durch den Gerichtssaal schwappte eine Welle des Murmelns, erst laut und dann leiser werdend. Alle Augen richteten sich auf Sterner, der auf seinem Sitz mit verschlossenen Armen saß. Seine Gesichtszüge bewegten sich nicht. Offenbar hatte ihn der Stoß ganz und gar verfehlt.

Der Vorsitzende des Gerichts sprang auf, lehnte sich nach vorne zu Sterner. Er fragte ihn mit einer vor Emotion zitternden Stimme, ob er sofort antworten wolle.

„Nein", antwortete Sterner kurz. „Ich möchte wissen, was der Mann noch zu sagen hat."

Isidor Rosenthal legte nach. Er beschrieb Dr. Sterners motorisierte Ausflüge: Dabei hob er hervor, dass dieser Homburg am Nachmittag des 6. Juli verlassen hatte und sich auf eine seiner gewöhnlichen Fahrten nach Kronberg und Falkenstein begeben hatte. Schaltz hätte ihn vergeblich an diesem Abend gegen zehn Uhr angerufen. Und seine Haushälterin gab die Information, dass er spät in der Nacht nach Hause zurückkehren würde.

„Ich möchte keinesfalls Dr. Sterner des Mordes beschuldigen", redete er weiter. „Wenn das meine Absicht wäre, hätte ich mit meinen Indizien zur Staatsanwaltschaft gehen können, nachdem ich die Materialien für meine Verteidigungsrede gesammelt hatte. Ich wiederhole, ich möchte nicht Dr. Sterner des Mordes beschuldigen. Denn ich bin für die Verteidigung erschienen, nicht für die Anklage. Aber natürlich werde ich die Indizienbeweise gegeneinander abwägen, um zu zeigen, wie viel Gewicht ihnen beigemessen werden sollte. Von dem Moment an, als Lord Faringdon das Hotel in Kronberg verlassen hat, wissen wir überhaupt nichts mehr von ihm. Ich vermute, er kam mit Dr. Sterner zurück nach Homburg. Und nun bitte ich Sie, mir zu folgen, während ich die Reihe der Indizienbeweise darlege – einerseits gegen den Angeklagten, Saarbrücken, und andererseits gegen Richter Sterner.“

(Er zählte die Beweise chronologisch auf).

„Gegen Saarbrücken haben wir:

Erstens: Die Angelegenheit mit dem Medaillon, die ich aufgeklärt habe.

Zweitens: Seine Abwesenheit vom Hotel zwischen Mitternacht und 1:30 Uhr, die ich nicht erklären werde. Denn mit diesem Indiz ist der Name einer Dame verbunden. Und das musste ich meinem Mandanten schwören, selbst wenn der Preis dafür seine Verurteilung ist.

Drittens: Seine Finanzlage und seine Schulden bei Lord Faringdon.

Viertens: Der Umstand, dass seine Ehefrau die Erbin des Letztgenannten ist. Dieses Indiz verliert sein ganzes Gewicht, wenn wir uns ins Gedächtnis rufen, dass er bereit war, in die Scheidung einzuwilligen.

Fünftens: Die Tatsache, dass der Dolch in die Wunde passt.

Sechstens: Das Indiz, dass ihn eine Zeugin eine halbe Stunde nach Mitternacht im Park sah, unweit des Tatorts.

Ich bitte Sie, zu beachten, dass es für all diese Indizien sehr plausible Erklärungen gibt. Genauso können sie kinderleicht auf eine Art und Weise erklärt werden, die einen äußerst ernsten Verdacht gegen meinen Mandanten erweckt. Bevor wir weitergehen, werde ich die andere Reihe der Indizienbeweise aufzeigen, die gegen Dr. Sterner gerichtet werden können:

Erstens: Er hat sich nachweislich nicht zu Hause aufgehalten, ist zur gleichen Zeit wie Saarbrücken abwesend gewesen. Ja, er wurde nicht befragt, was er während dieser Zeit gemacht hat. Doch wenn er es erklären würde, wäre seine Begründung aller Wahrscheinlichkeit nach nicht zufriedenstellender als die meines Mandanten. Was die Fahrt nach Homburg angeht, müsste er in der Lage sein, Auskunft zu geben, wenn er es möchte.

Zweitens: Er war verlobt mit Frau Saarbrücken, verließ sie für eine andere, und hat danach die Freundschaft mit ihr wieder erneuert – kurz vor dem Mord.

Drittens: Er verließ sie, weil sie arm war. Später erfuhr er, dass sie im Falle des Todes von Lord Faringdon reich sein würde.

Viertens: Lord Faringdons Auftreten als ihr Bewunderer: Er kannte sie als Kind und er hatte gerade die Zustimmung ihres Ehemanns erhalten, den Weg für ihn frei zu machen. Dr. Sterner unterstützte die Scheidung aktiv. Glauben wir wirklich, dass es sein Ziel war, seiner Jugendliebe zu erlauben, die Ehefrau von Lord Faringdon zu werden?

Fünftens: Dr. Sterner besitzt einen Dolch – der dem völlig gleicht, mit dem der Mord durchgeführt wurde, wie angenommen wird. Ich werde mir nun die Freiheit nehmen und eine Passage aus dem mit Recht gerühmten Buch von Dr. Sterner ‚Über die Untersuchung von Verbrechen' zu lesen. Seite 166:

*Es ist von großer Wichtigkeit, dass dem untersuchenden Richter der Umgang mit Waffen geläufig sein sollte – besonders solcher Waffen, die eine unverwechselbare Markierung in der Wunde hinterlassen: der Dolch zum Beispiel, der bei den Italienern geschätzt wird. Während seines Aufenthaltes in Korsika nahm der Autor selbst Lehrstunden im Gebrauch dieses nationalen Vendetta-Dolches. Nach Meinung seines Lehrers erlernt ein ausgemachter Verbrecher zwölf bis 14 Meisterhiebe: ausgeteilt von vorne, hinten, oben und unten – gemäß den Gesetzen dieser noblen Kunst, die dem Angreifen von Unbewaffneten dient. Bei einigen Gelegenheiten konnte der Autor erfolgreichen Gebrauch von seinem Wissen und seinen Fähigkeiten machen.*

Isidor Rosenthal legte erneut eine Pause ein.

Sterners Gesicht blieb unbewegt; er saß zurückgelehnt auf seinem Stuhl, so als ob ihn die ganze Sache nichts anginge.

Es entstand große Aufregung im Gerichtssaal. Der Vorsitzende musste um Ruhe bitten; er wendete sich wieder Sterner zu und fragte ihn diesmal in einem steifen, fast unfreundlichen Ton:

„Wollen Sie immer noch keine Erklärung abgeben?"

„Nein", antwortete Sterner kurz, mit einer Verbeugung vor dem Vorsitzenden.

Der wiederum gab Rosenthal ein Zeichen, fortzufahren.

Der Anwalt drehte sich zu den Geschworenen um.

„Meine Herren der Jury, wenn Dr. Sterner vor Ihnen stehen würde, angeklagt des Mordes aufgrund meiner

Ausführungen, würden Sie es dann wagen, zu sagen: Dieser Mann hat den Verehrer seiner ersten Liebe umgebracht, dessen Tod ihn reich machen wird; freilich hatte er sie einst sitzen lassen, denn sie war arm. Und er ließ sich von seinem Zorn leiten, als er allein mit seinem Opfer in der dunklen Nacht war. Zudem hatte er in seiner offiziellen Funktion die Möglichkeit, die Schuld auf jemand anderes zu lenken, gegen den auf den ersten Blick alles sprach. Meine Herren, ich denke nicht. Ich glaube, auf der Grundlage solcher Indizien würden Sie sich nicht trauen, Dr. Sterner des Mordes schuldig zu erklären. Und ich wage es zu sagen, dass die Indizien gegen meinen Mandanten weitaus geringer wiegen. Nehmen wir ein Indiz, das vom ersten Tag an – als die Neuigkeit von Lord Faringdons Tod hier und anderswo die Runde machte – hinreichend gewesen ist, um Saarbrücken als seinen Mörder abzustempeln. Jedes Indiz für sich genommen bedeutet gar nichts. Gut, Herr Saarbrücken schuldete einem Freund Geld und der Tod dieses Freundes könnte ihn zu einem reichen Mann machen. Das ist an sich noch kein Grund, ihn zu verdächtigen, den Freund umgebracht zu haben. Jedoch wäre es ausgesprochen unzulässig, diese Schlussfolgerung angesichts folgender Tatsachen zu ziehen: Es gilt als sicher, dass Lord Faringdon an jenem Tag eine Vereinbarung mit Saarbrücken erreicht hatte, durch die dessen Frau frei sein würde; gleichzeitig hätten sie ihre finanziellen Dinge geregelt. Dies ist nicht bewiesen; doch ich bitte Sie, zur Kenntnis zu nehmen, dass Saarbrückens Aussage dazu von seiner Frau gegenüber dem

Gericht bestätigt wurde. Sie berichtete, sie erwartete Lord Faringdon an diesem Abend wegen dieser Angelegenheit; er sei nach Kronberg gefahren, vermutlich um sie zu finden. Was wäre, wenn wir eines annehmen – dass die Tatsache, dass Lord Faringdons Tod aus der von Dr. Sterner geliebten Frau eine reiche Dame macht, ein Anzeichen ist, dass er auch der Mörder war? Würde irgendjemand an diese Annahme glauben? Und: Eine Scheidungsvereinbarung, die es laut Saarbrücken gegeben hat, dürfte jegliche Veranlassung für den Angeklagten beseitigt haben, die Tat zu begehen. Dieselbe Vereinbarung macht in Sterners Situation dagegen überhaupt keinen Unterschied. Ist es deshalb nicht absurd, von einem Beweis gegen Saarbrücken zu sprechen?"

(Nun ging Rosenthal verstärkt auf Saarbrücken ein.)

„Ich möchte nicht erneut auf das Medaillon eingehen; das braucht keine weitere Widerlegung. Gleiches gilt für den Dolch. Ich habe aufgezeigt, dass zwei Dolche existieren. Nichtsdestotrotz gibt es einen Punkt, an dem ich verweilen möchte: die Aussage, nach der Saarbrücken im Park gesehen wurde. Sie ist korrekt. Wenn er sich einer Erklärung verweigert, liegt das an dem Gelübde zu schweigen, das er an diesem Punkt so ritterlich einhält. Sie kennen mich, meine Herren Geschworenen, und ich glaube, meine Worte haben bei Ihnen durchaus Gewicht. Saarbrückens Anwesenheit am Tatort hat sich mir völlig erklärt. Ich bin verpflichtet, zu schweigen, und muss auf die Darlegung verzichten. Wenn Sie, meine Herren, Saarbrücken aufgrund dieses Beweismittels zum Tode verurteilen – warum verurteilen Sie dann nicht die Frau, die ihn gesehen hat? Sie ist auch an dem Ort gewesen. Und wenn die Indizien, wie von mir dargelegt, Saarbrücken nicht als Mörder Lord Faringdons legitimieren, warum wird dann ein Verdacht auf ihn geworfen – und nicht auf sie? Freilich habe ich nicht die Absicht, diese arme Frau zu beschuldigen. Es gab bestimmt noch mehr Menschen, die sich in dieser Nacht im Homburger Kurpark aufhielten. Wenn das der einzige Beweis gegen sie ist, dann ist es gar nichts. Ich könnte Dr. Sterner fragen, wo er in der Nacht vom sechsten auf den siebten Juli gewesen ist, eine halbe Stunde nach Mitternacht. Ich muss nachdrücklich darauf bestehen, dass Saarbrücken wegen einer solchen Beweislage nicht verurteilt werden kann. Er besaß absolut kein Interesse am Tod von Lord Faringdon; im Gegenteil: (er wusste), mit seiner Frau als Gegner, unterstützt durch einen Fremden und in der Frage des Erbes – ob sie es beide erhalten würden oder nur sie allein – dürfte er nach dem Tod seines Freundes schlechter dastehen, als wenn der noch lebte. Und jetzt wird er des Mordes angeklagt, obwohl kein Zweifel besteht, wer die Attacke gegen ihn geritten hat – ein Mann, für den Lord Faringdons Tod der Erfüllung seiner Wünsche gleichkäme; für den durch dieses Ereignis auf einmal der Weg zu Glück und Reichtum offenstände – der einzige Weg. Das ist es, was als die Verurteilung eines Menschen anhand von Indizienbeweisen bezeichnet werden kann!“

Der Anwalt schloss mit einer Handbewegung und beugte sich zu Sterner.

„Ich komme nun zum Ende; und ich bin überzeugt, Dr. Sterner wird mir vergeben, dass ich im Verlauf meiner Rede einige Hypothesen aufgestellt habe. Es wird einfach für ihn sein, sie zu zerlegen und damit der Bedeutung zuzuführen, die ihnen passenderweise in diesem Fall gebührt."

Als der Verteidiger seinen Platz einnahm, war die Sensation im Gerichtssaal spürbar. Es verging einige Zeit, bis die Ordnung wiederhergestellt werden konnte.

Der Staatsanwalt erhob sich und wandte sich direkt an Dr. Sterner.

„Ich habe der Rede mit wachsendem Erstaunen zugehört. Bevor ich meinem Kollegen antworte, glaube ich, wird das Gericht nun Dr. Sterner erlauben, ein paar Anmerkungen vorzubringen. Er ist anwesend und gegen ihn wurde ein solcher Angriff vorgenommen, wie ich ihn in meiner langen Praxis niemals gehört habe. So könnte er den Fall wieder auf festen Boden bringen, weg von den Höhen der Liebesaffäre, in den ihn mein werter Kollege erhoben hat. Es wäre besser, wenngleich weniger auffällig, wenn die Verteidigung den Weg für diese gerade geschilderte, wahrhaft romantische Sichtweise während der Beweisanhörung bereitet hätte. An dieser Stelle kann nicht geleugnet werden, dass dies für uns sehr überraschend kam. Wie ich sagte, wird Dr. Sterner, auf dessen exzellente Arbeit in diesem Fall ich schon mit Vergnügen hinwies, reagieren. Er dürfte meinen verehrten Kollegen von den Wolken herunterholen, die er um diese entsetzliche, komplizierte Angelegenheit hüllen möchte."

Der Vorsitzende diskutierte mit seinen Kollegen auf dem Podium. Spürbar wartete das Publikum mit großer Spannung auf den Moment, an dem Sterner seine Stimme erheben würde. Denn er *musste* sprechen, jeder fühlte das. Im Grunde genommen war Sterner des Mordes bezichtigt worden.

Der Staatsanwalt hatte richtig gelegen. Dieser zu dem Fall hinzugefügte wilde, romantische Aspekt war fantasievoller, als es die Anwesenden erwarten konnten.

Die Anwälte im Gerichtssaal schienen wie gelähmt. Saarbrücken saß ruhig da, undurchdringlich wie immer. In diesem Moment wurden die Augen nicht auf ihn gerichtet, sondern auf den anderen Beschuldigten. Der saß zwar nicht auf der Anklagebank, doch plötzlich hatte er in den Gedanken aller den Platz des Gefangenen eingenommen.

Dr. Sterner stand auf und nach einer Verbeugung gegenüber dem Vorsitzenden begann er mit klarer, fester Stimme zu sprechen:

„Ich sollte mich so kurz wie möglich fassen. Der Verteidiger hat nicht mein Verhalten als Richter attackiert, jedenfalls nicht öffentlich. Er hat einen versteckten Angriff auf mein Privatleben ausgeführt, der nichts mit dem Fall zu tun hat. Welche Gründe ich für das Aufkündigen der Verlobung mit Fräulein Gross hatte, was mit gegenseitiger Zustimmung erfolgte – das betrifft alles weder die Öffentlichkeit noch den Fall. Meine Beziehung zu meiner verstorbenen Braut ist mir heilig und war mir immer heilig. Auf diesen Teil der Rede des Verteidigers habe ich nichts zu sagen. Und hätte sich seine Rede auf diese Bemerkungen beschränkt, würde ich nicht sprechen."

Sterner legte eine kurze Pause ein. Das Publikum wirkte merklich enttäuscht; die Leute hatten ein pikantes Stück aus der privaten Vergangenheit erwartet und sahen sich darum betrogen. Ihre Gefühle richteten sich sehr stark gegen den Richter. Der machte weiter, seine Augen nach wie vor auf den Vorsitzenden gerichtet.

„Auf der anderen Seite gibt es da einen Punkt, auf den ich eingehen muss. Es ist eine Hypothese, die von der Verteidigung aufgestellt wurde: die Hypothese, dass der ermordete Mann in meinem Automobil von Kronberg nach Homburg zurückfuhr. Das erscheint mir die kühnste Hypothese ihrer Art zu sein, die ich jemals gehört habe. Sie zwingt mich, meinen Respekt gegenüber diesem bedeutenden Anwalt auszudrücken, der die Verteidigung übernommen hat. Sie zwingt mich zur Bewunderung, übrigens nicht, weil sie kühn ist. Sondern weil es sich um die Wahrheit handelt!"

Sogleich wurde es im Gerichtssaal totenstill, so als wäre er vollkommen leer. Einige Sekunden gingen vorüber, bis ein summendes Geräusch über den Köpfen der Meute einsetzte – es bestand nicht aus Worten, sondern aus Gedanken. Langsam zerstreute sich das Summen, es waren Wortbrocken zu vernehmen, die Lautstärke nahm nach und nach zu.

Sterner redete weiter, unbewegt wie zuvor und in Richtung des Vorsitzenden.

„Lord Faringdon war in Kronberg, am Abend, als er ermordet wurde. Ich bin ebenfalls da gewesen, wie so oft vorher, bei einem Besuch meiner Schwester und meines Schwagers. Als ich in Falkenstein den Berg hinunterfuhr und in die Straße einbog, die zum Homburger Schloss führt, stoppte mich Lord Faringdon, den ich unwesentlich kannte. Er sagte mir, er hätte die Bahn verpasst und fragte mich, ob ich ihn in meinem Auto mitnehmen könnte – was ich natürlich tat. Während der Fahrt sprachen wir über belanglose Dinge, bis wir gegen halb zehn Homburg erreichten, gerade als es dunkel wurde. Lord Faringdon wollte nicht an seinem Hotel anhalten, er bat mich, ihn am Ende der Altstadt hinauszulassen. Dort sagte er mir auf Wiedersehen und dankte mir fürs Mitnehmen. All das ist eigentlich ganz normal."

Der Vorsitzende unterbrach ihn ziemlich scharf.

„Ich halte es für wichtig, Dr. Sterner, dass diese Aussage zu den Dokumenten hinzugefügt werden sollte. Dass dies nicht geschah, ist Ihr Fehler."

Sterner straffte sich und antwortete mit fester, klarer Stimme:

„An dieser Stelle bin ich gezwungen, dem Vorsitzenden des Gerichts zu widersprechen. Ich habe innerhalb meiner Rechte agiert, was ich beweisen werde. Nachdem Lord Faringdon mich verlassen hatte, wurde er ermordet. Als der Mord durch das Auffinden der Leiche bekannt geworden war, wurde ich offiziell mit der Untersuchung der Angelegenheit beauftragt. Ich bin Richter und nach den Gesetzen dieses Landes ist meine Überzeugung mein einziger Leitfaden. Ich habe Lord Faringdon nicht umgebracht, ich erwähne dies nur beiläufig. Niemand hat mich beschuldigt, nicht einmal die Verteidigung. Und sollte mich jemand anklagen, bin ich vorbereitet, mich einer neuen Untersuchung zu stellen. Gegenwärtig mache ich meine Aussage nur der guten Ordnung halber."

(Er wiederholte.)

„Ich habe Lord Faringdon nicht umgebracht. Deshalb habe ich den Fall unverzüglich im Licht der Fakten untersucht, so wie sie mir vorlagen: Er verließ mich gegen halb elf, erzählte nur, dass er einen Freund treffen möchte und dabei nicht begleitet werden wolle. Später entwarf ich ein Bild des Verbrechens, so wie es für die Untersuchung notwendig war. Es findet sich im offiziellen Untersuchungsreport. Ich weiß lediglich eines: Lord Faringdons Reise von Frankfurt nach Kronberg und erst recht seine Rückkehr von Kronberg nach Homburg haben nichts mit dem Mord zu tun. Ich bereitete den Fall auf und trug eine beträchtliche Menge an Material zusammen. Dann wurde ich gebeten, mich aus dem Fall zurückzuziehen, und entgegen meinem ersten Entschluss tat ich es. Solange der Fall in *meinen* Händen lag, gab es keinerlei Eile, etwas zu den Unterlagen hinzuzufügen, von dem nur ich wissen konnte. Doch mir war klar, dass dies – ohne dass es in den Dokumenten stand – ebenso bei Gericht bekannt gewesen ist. Dann trat ich zurück. Unter normalen Umständen hätte ich eine Ergänzung der Dokumente vornehmen müssen. Ich unterließ es unter diesen besonderen Bedingungen und ich finde das völlig gerechtfertigt. Warum sollte ich in dem Fall für Verwirrung sorgen? Ich war und bin überzeugt, der Angeklagte ist schuldig. Zunächst einmal wusste ich, dass die englische Verwandtschaft des Ermordeten den Verdacht in eine andere Richtung lenken würde. Mein Rücktritt, in Verbindung mit der neuen Bewandtnis, hätte die Strafverfolgung wirkungslos gemacht. Also sagte ich nichts. Es gab keine entscheidende Information unter den Indizien, die ich weggelassen habe. Die Ermittlungen wären dadurch keinen Schritt weitergebracht worden; andererseits wäre das, was bisher klar gewesen war, nun in Zweifel gezogen geworden. Aus diesem Grund sagte ich nichts. Jetzt ist es passiert, dass die Frage aufkam; gewiss, als Hypothese. Gleichwohl erfordern es meine Anwesenheit hier und mein offizieller Rang, zu sprechen. Ich habe nichts mehr länger direkt mit dem Fall zu tun, doch meine Pflicht als Bürger ergänzt meine dienstlichen Verpflichtungen. Das bindet mich, im Sinne der Wahrheit die Hypothesen der Verteidigung zu bestätigen. Das habe ich getan. Dennoch muss ich eine Bemerkung hinzufügen: Die Aussage der Verteidigung zu der Tatsache, dass der Ermordete keine Rückfahrkarte von Frankfurt nach Homburg hatte, enthält eine falsche Andeutung. Wenn ich mich richtig erinnere, besaß der Ermordete eine Saisonkarte für die Fahrt zwischen Frankfurt und Homburg. Zweifelsohne hat er sie an diesem Abend nicht benutzt, aber er besaß eine. Die anderen Hypothesen der Verteidigung handelten von meinen angenommenen Beziehungen zur Frau des Angeklagten und von meinem fantastischen Zugang zu angeblichen Waffenkenntnissen – ich möchte nicht darauf eingehen, ich bin nicht beschuldigt. Ich sollte nicht die Arbeit meines Kollegen in dem Fall kritisieren. Indes muss ich eingestehen, dass die Sache nicht vollständig aufgeklärt wurde; ich denke, meine Worte haben da ein bisschen Gewicht. Seit meinem formalen Rücktritt am 17. Juli bin ich Zuschauer. Frau Saarbrücken bat mich sehr eindringlich, ihren Ehemann zu retten. Sie hatte schon die ganze Zeit größtes Mitgefühl für den Beschuldigten gezeigt, der sich geweigert hatte, in die bereits vorbereitete Scheidung einzuwilligen. Unter normalen Umständen wäre mir nichts willkommener, als Frau Saarbrücken jeden Wunsch zu erfüllen – ganz abgesehen davon, dass dieser Wunsch uneigennützig und großmütig war. Doch meine Antwort lautete *Nein!* Ich betrachte Saarbrücken als schuldig – ja, ich sehe ihn in diesem Moment immer noch als Schuldigen für den Tod von Lord Faringdon. Und wenn ich mich jetzt entscheide, aus dem Kreis der bloßen Zuschauer auszusteigen, geschieht das, um Frau Saarbrückens Wunsch zu erfüllen und ihm zu helfen."

Ein bedrohliches Murmeln war im Gerichtssaal zu vernehmen, ein Murmeln, das zu einem lauten Sprachgewirr anschwoll, zum Aufschrei – bis der Vorsitzende das dringende Bedürfnis nach Ruhe einforderte.

Sterner warf einen Blick auf die Uhr.

„Meine Herren Geschworenen, in wenigen Minuten schlägt diese ehrwürdige Uhr die Stunde der Vertagung. Wenn Sie sich erneut in diesem Gerichtssaal versammeln, sollte ich erscheinen, bevor Sie sich mit ‚meinen Zeugnisgebern' bewaffnen und Ihr Urteil anfechten."

In diesem Moment verbreitete sich der heilige Schlag der Uhr und die Sitzung war beendet.

## Achtes Kapitel

Die Abendzeitungen widmeten sich fast ausschließlich der Berichterstattung über den großen Prozess. Sowohl die sozialdemokratische als auch die liberale und die katholische Presse bezogen Stellung gegen Dr. Sterner. Sie forderten seine Festnahme und eine unverzügliche Untersuchung seiner Handlungen. Die Wirtschaftszeitungen, überwiegend jüdisch, nahmen die Geschichte gefasst auf. Sie feierten ausdrücklich die brillante Verteidigung. Gleichzeitig blieben sie nicht unbeeinflusst, was die praktische Frage von Lord Faringdons Erbe anging. Letzteres war ein wichtiger Faktor für das Bankhaus, das sich um die Angelegenheiten von Fürste & Wienecker kümmerte. Wenn Sterner schuldig sein sollte, wenn Lord Faringdon wegen des Erbes ermordet worden war – wie stand dann die Sache für Saarbrückens Ehefrau? Durfte sie erben?

Die staatliche Presse verteidigte Sterner, gebrauchte starke Worte und sprach von orientalischen Fantasien. Der Fall erschien weiter offen; es war immer noch gut möglich, ihn wiederaufzunehmen. In jedem Fall musste die Öffentlichkeit auf die Expertise der Justizbehörden vertrauen und in aller Ruhe die nächsten Schritte abwarten – die sicher zur richtigen Zeit erfolgen würden. Zuallererst war es notwendig, sich nicht mit ungebührender Eile auf einen respektierten und bislang untadeligen Mann zu werfen. Ihm musste Zeit gegeben werden, sich zu rechtfertigen, was er zweifellos tun würde.

Isidor Rosenthal genoss seinen Sieg; dennoch vernachlässigte er nicht die nützliche Seite des Falles.

Das Haus Fürste & Wienecker wurde von der Firma Moritz Rosenthal & Co. verwaltet. Es handelte sich um ein sehr schlechtes Geschäft und es brauchte schon eine Menge Worte, um den raschen Spekulationen entgegenzutreten, die das Unternehmen erfasst hatten. Die Partner von Moritz Rosenthal & Co. übten großen Druck auf ihren Verwandten, den Anwalt, aus.

Die gesamte Angelegenheit entwickelte sich zu einer Frage, wie das englische Erbe an Land gezogen werden könnte. Dass Saarbrücken freigesprochen werden würde, daran bestand für den Anwalt Rosenthal kein Zweifel. Freilich hatte ihn Sterners Rede vor Gericht ein wenig zum Nachdenken gebracht. Es sei eine Herausforderung für ihn gewesen, als Saarbrückens Berater in Geschäftsangelegenheiten dessen Hals zu retten, wie es Sterner formuliert hatte. Gleichzeitig hatte er erklärt, Saarbrücken sei schuldig. Mit anderen Worten, es gab einen neuen Punkt, den der Advokat nicht überblicken konnte.

Sterners Verhalten im Gerichtssaal war korrekt, was immer die Zeitungen auch berichten mochten. Hätte sich der Richter darauf beschränkt, auf die direkten Angriffe zu reagieren, würde ein Freispruch gewiss sein. Natürlich verstand der Anwalt, dass Sterner dies nicht tun konnte. Seine Position als Richter war in Gefahr. Dagegen musste sein Verhalten in einer Sache als unkorrekt bezeichnet werden: Dass er Dr. Braun nicht darüber informiert hatte, Lord Faringdon in jener Nacht zurück nach Homburg gefahren zu haben. Allerdings handelte es sich um eine Auslassung, die in Ordnung gebracht werden konnte. Faktisch hatte Sterner den Fall nur eine Woche in seinen Händen gehabt. Wenn er jetzt vor Gericht solche Beweise vorlegen konnte, die für Aufklärung sorgen würden, wäre alles gerettet – und Sterner würde einmal mehr als der aufrechte Mann erscheinen.

Das schien nachweislich sein Ziel zu sein und Sterner neigte nicht zur Prahlerei. Wenn er nun damit herausrückte, dann, weil er Karten in der Hand hatte, die ihn das Spiel gewinnen ließen.

Doch welche Karten?

Rosenthal saß in seinem Studierzimmer und in den Fall vergraben. Er versuchte, den neuen Hinweis zu finden, dem Sterner folgen würde. Dann klingelte die Glocke und sein Diener meldete – Dr. Sterner.

Rosenthal sprang auf – setzte sich augenblicklich wieder hin und gab Anweisungen, Dr. Sterner hereinzuführen. Er empfing ihn mit vorgespielter Höflichkeit. Und er wusste: Wenn Sterner zu ihm kommen würde, ging es um etwas Wichtiges. Zudem war er ein viel zu kluger

Mensch, um die Fähigkeiten seines Kontrahenten zu unterschätzen.

Das Ganze würde mehr ein Duell zweier Einzelkämpfer werden, statt einer Verfolgung eines geschlagenen Feindes. Der Richter trat ein, mit einem gewissen überlegenen Lächeln, was wiederum die Vorsicht bei dem Anwalt erhöhte.

Rosenthal bot Sterner einen Sessel an. Er selbst nahm den Sitz an seinem Schreibtisch ein, wo sich die Dokumente in schönster Unordnung stapelten.

Sterner lehnte sich in seinem Sessel zurück und schaute den Advokaten tief an. Es schien, als ob er sich seine Worte überlegte, bevor er sprach.

„Sind Sie Saarbrückens Rechtsbeistand in allen seinen Angelegenheiten?"

Der Anwalt nickte.

„Gut", fuhr Sterner fort. „Ich muss mit ihm wegen der Scheidung korrespondieren, im Auftrag von Frau Saarbrücken. Ich möchte ihr dienlich sein und deshalb komme ich zu Ihnen. Hat Herr Saarbrücken mit Ihnen über diese Sache geredet?"

„Nein", entgegnete der Anwalt kurz.

Sterner bemerkte, dass er nicht die Wahrheit sprach.

Rosenthal legte nach.

„Ganz nebenbei, es handelt sich um eine Privatangelegenheit."

Sterner vermied jegliche Beunruhigung, er sprach im selben Tonfall weiter.

„Ich denke, Sie müssen eingestehen, dass es keine gänzlich private Geschichte ist. Lord Faringdons Erbe wurde bislang noch nicht ausgezahlt. Wie Sie wissen, beträgt die Summe vielleicht 120 000 Pfund Sterling, umgerechnet zweieinhalb Millionen Mark. Frau Saarbrücken möchte nicht ausbezahlt werden, denn sie lebt in einer Gütergemeinschaft mit ihrem Ehemann. Ich möchte eines hinzufügen: Mir ist bekannt, dass Sie für ihn versucht haben, die Sache zu regeln. Aber Sie sind in London auf Schwierigkeiten gestoßen."

Der Anwalt biss auf seine Lippen.

„Schwierigkeiten, die Ihnen auch nicht ganz unbekannt sind."

„Völlig", bemerkte Sterner gelassen. „Schwierigkeiten, die sich nicht so einfach beiseiteschieben lassen."

„Das werden wir sehen", antwortete der Advokat.

Sterner lächelte.

„Wir beide kennen uns, Herr Rosenthal. Ich glaube nicht, dass Sie mich wie ein Kind behandeln. Wenn ich zu Ihnen komme, geht es ums Geschäft. Frau Saarbrücken ist bereit, ihre Freiheit zu erkaufen. Und damit wir nicht weiter Versteckspiel betreiben und noch mehr Zeit verschwenden, lassen Sie mich Folgendes anmerken: Sie weiß, dass die Firma Fürste & Wienecker zahlungsunfähig ist und dass Moritz Rosenthal & Co. in die Finanzen des Unternehmens involviert ist. Wir reden über eine Geschäftsangelegenheit und Frau Saarbrücken macht ein Angebot, ein sehr großzügiges. Sie offeriert die Hälfte (der Erbschaft)."

Der Anwalt erschrak, doch er behielt sich unter Kontrolle.

Sterner schwieg, es gab eine kurze Pause.

Dann machte Sterner weiter, ohne die geringste Spur von Ungeduld.

„Angesichts dieses Angebots werden Sie verstehen, wie wichtig Frau Saarbrücken das ist."

„Und Ihnen", fügte der Anwalt scharf hinzu, was er bereute.

„Und mir", entgegnete Sterner ziemlich gelassen.

„Dann beabsichtigen Sie, Frau Saarbrücken zu heiraten?"

„Wenn es unser Gespräch erleichtert, möchte ich das Ihnen gegenüber eindeutig bestätigen – ja."

Eine weitere Pause trat ein.

Der Advokat stand erneut auf. Das Geld war ein beachtlicher Betrag. Er ging auf und ab.

„Ich glaube nicht, dass Herr Saarbrücken es annehmen wird."

Sterner lächelte.

„Wollen wir ehrlich miteinander sein? Nicht aus moralischen Gründen, sondern weil es dem Geschäft nützt. Saarbrücken wird genau das tun, was *Sie* ihm erzählen, und nichts anderes. Natürlich möchte er nicht bankrottgehen und ruiniert sein."

Rosenthal setzte sich wieder.

„Ich werde es nicht annehmen."

„Warum nicht?", fragte Sterner.

„Ganz einfach, weil es dumm wäre, mit der Hälfte zufrieden zu sein, wenn wir alles bekommen könnten."

„Nach Einreichung einer Klage?", suggerierte Sterner.

„Das Unternehmen Moritz Rosenthal & Co. kann es sich leisten, auch fünfzig Jahre zu warten, sollte es notwendig sein", bekräftigte der Anwalt mit Genugtuung.

Sterner schmunzelte.

„Sie geben also zu, dass es sich um ein Geschäft zwischen Frau Saarbrücken und Ihnen handelt?"

„Nein, zwischen Ihnen und mir", korrigierte der Anwalt.

„Sehr gut", meinte Sterner. „Lassen Sie es uns festmachen. Wollen Sie oder wollen Sie nicht?"

„Ich möchte nicht", entgegnete Rosenthal und schlug dabei leicht auf den Tisch.

Sterner saß für einen Moment da, als ob er in Gedanken versunken wäre. Dann fragte er:

„Warum nicht?"

„Unter anderem glaube ich nicht, dass Saarbrücken der Mörder von Faringdon ist. Und eine solche Transaktion, wie von Ihnen vorgeschlagen, würde ein falsches Licht auf ihn werfen."

„Das ist eine Neuigkeit", bemerkte Sterner.

„Aber entscheidend", folgerte der Anwalt; er hatte sich festgelegt. Sein Plan in der verfahrenen Situation lautete, dem Gegner die Offensive zu überlassen.

Sterner beugte sich geringfügig vorwärts, spielte dabei mit seinen Brillengläsern.

„Wie Sie sehen können, Herr Rosenthal, lässt sich eine Diskussion über den Fall selbst nicht vermeiden. Ich kann sehr gut verstehen, dass Sie sich nach Ihrer äußerst geschickten Verteidigung wie ein Mann fühlen, der einen Sieg errungen hat. Und Sie sehen sich in einer Position, dem Besiegten die Bedingungen zu diktieren, in diesem Fall mir. Wahrscheinlich brauche ich Ihnen gar nicht zu erzählen, dass ich Ihnen den Sieg gar nicht missgönne. Ich stehe über dem Gefühl von Verdruss, das eine sehr natürliche Konsequenz für jemanden wäre, der seine intimen Angelegenheiten in ein falsches Licht gesetzt sieht – und wenn ich falsch sage, meine ich nicht, wissentlich falsch. Ich glaube einfach, dass Sie die wahren Tatsachen einfach nicht kannten; jedenfalls sollte ich mich nicht damit aufhalten. Ich gestehe ein, Ihre doppelte Reihe der Indizienbeweise war eine gute Idee. Und ich bin überzeugt, sie wird dem Angeklagten nutzen – in diesem Sinne erfüllt sie ihren Zweck. Und ein Angriff auf mich ist bis zu einem gewissen Grad effektiv, lassen Sie mich gleichzeitig anmerken, nur bis zu einem gewissen Grad. Ich habe nichts unternommen, um Ihre Indizien zu widerlegen, und ich werde nichts unternehmen. Allerdings gibt es einen neuen Aspekt in dem Fall, der diskutiert werden muss. Mir ist klar, dass ich bei der nächsten Gerichtssitzung sprechen werde. Ich bin zu lange Richter, um einen Fall mit einem negativen Ergebnis zu beschließen. Bevor dieser Prozess endet, sollten wir wissen, wer der Mörder von Lord Faringdon war."

Rosenthal zuckte mit den Schultern.

„Das gehört nicht zu meinen Aufgaben, mein Auftrag ist begrenzter. Alles, was ich zu tun habe, dreht sich darum, Saarbrücken freizubekommen. Viele Rätsel blieben in der Kriminalgeschichte ungelöst. Ich würde mich durchaus damit begnügen, wenn das Homburger Rätsel seinen Platz unter den übrigen (ungelösten Fällen) findet."

„Das glaube ich Ihnen gern", sagte Sterner. „Jedoch müssen Sie mir zumindest erlauben, Ihre Verteidigungsrede ein bisschen mehr in eine positive Richtung zu entwickeln. Dann sehen Sie womöglich, wie weit Sie wirklich vorgestoßen sind – besonders wenn wir uns auf das beschränken würden, was ich als die finanzielle Seite der Geschichte bezeichnen würde."

(Er holte weit aus.)

„Wie Sie wissen, Herr Rosenthal, glaube ich nicht an Lombroso; diese Fabeln über kriminell gesinnte Personen sind solch ein theoretischer Unsinn, der zusammen mit der Vorbestimmung oder Erbsünde abgelegt werden sollte. Nichtsdestotrotz begegnete mir ein Italiener, über den ich Ihnen erzählen werde. Es bleibt dann Ihnen überlassen, welche Schlüsse Sie aus meiner Geschichte ziehen werden. Er war ein Richter wie ich, ein vielversprechender und angesehener Mann, freilich arm. Seine Geliebte wurde von einem reichen Landbesitzer aus Sizilien verführt. Um den Skandal zu vertuschen, wurde sie mit einem anderen Landbesitzer in derselben Gegend verheiratet. Mein Freund klügelte daraufhin einen Plan aus, der Lombroso interessiert hätte. Er brachte es fertig, die Bekanntschaft des (erstgenannten) Landbesitzers zu machen und seine Freundschaft zu gewinnen. Dann nutzte er seinen Einfluss, um den Besitzer dazu zu bringen, die junge Frau als Alleinerbin einzusetzen. So wurde seine Familie um ihr Erbe betrogen – ein Vorgehen, das öfter auftaucht, und gewiss sind Sie auch schon darauf gestoßen. Nun gut, im Anschluss erhielt er durch den Einfluss desselben Mannes den Posten als Richter in der Provinz, in der seine Freunde lebten. Ich möchte Sie nicht mit einer langen Geschichte ermüden. Kurz, der Landbesitzer (der die Affäre mit dem Mädchen hatte) wurde ermordet. Und durch die Tatkraft des Richters konnten so viele Indizienbeweise gegen den Ehemann der jungen Frau, den anderen Landbesitzer, arrangiert werden, dass er für den Mord verurteilt wurde. Der arme Kerl schaffte es nicht, einen guten Anwalt zu engagieren; jeder in der Provinz stand aufseiten des Richters und der reichen Erbin. Wie wäre das in Deutschland ausgegangen, ich kann es nicht sagen. Am Ende wurde der arme Kerl verbannt und die junge Frau heiratete meinen Freund."

Der Anwalt kochte vor Wut, hielt jedoch inne.

„Und ich vermute, Sie erwarten von mir die Übersetzung dieser Lügengeschichte ins Deutsche?", sprach er so gelassen, wie es ging.

Sterner lächelte.

„Eine Lügengeschichte? Nein, das ist wirklich passiert: Der Name des Richters lautete Tito Marchesi und er lebt noch immer auf Staatskosten in einer Überseestrafkolonie. Die Realität ist, italienische Frauen sind nicht so treu in ihrer Liebe. Er zerstritt sich mit seiner Gattin und sie denunzierte ihn. Sie bereute es, denn sie verlor zugleich ihr Vermögen und ihre Freiheit. Wenn Sie mir nicht glauben, können Sie sich über den Fall informieren, der hinreichend bekannt ist. Ihre Anwälte sollten ein bisschen eifriger bei der Untersuchung ausländischer Fälle sein. Denken Sie darüber nach, Herr Rosenthal, welchen Ausgang diese Geschichte in einem bestimmten Fall genommen hätte, in den wir beide involviert sind."

„Schuft!", zischte der Anwalt, während er sich einen Schritt näher zur Tür des Vorzimmers bewegte.

Sterner hatte sich erhoben und stand da mit verschränkten Armen.

„Sie erregen sich zu stark, Herr Rosenthal. Sie missverstehen mich, wenn Sie glauben, dass ich irgendetwas mit dieser Geschichte im Schilde führe; außer Ihre Aufmerksamkeit darauf zu lenken, was englische Gerichte geneigt wären, zu denken – wenn Frau Saarbrücken oder ich die gerade erzählte Geschichte ins Deutsche oder Englische übertragen und mit uns selbst verbinden. Sie sind niemals Richter gewesen; sonst würden Sie wissen, dass sich die Spannung in diesem Amt aus dem Kontrast zwischen der großen Unsicherheit und dem kleinen Wort ‚Geständnis' ergibt. Alles kann geglaubt werden, alles kann angezweifelt werden, doch das Geständnis ist bindend. Ich überlasse es voll und ganz Ihnen, sich zu entscheiden. Allerdings bitte ich Sie, Herrn Saarbrücken alles zu erzählen, was ich Ihnen erzählt habe. Und: Sie müssen eingestehen, dass Sie derzeit genauso weit weg sind, den

Mörder von Lord Faringdon mit Gewissheit zu kennen, wie zu Beginn. Vielleicht können Sie durch ein sensibles Gespräch mit Herrn Saarbrücken einen Schritt vorwärts machen. Ich habe mich sehr ausführlich damit aufgehalten. So können Sie sehen, wie die Lage ist, nach Ihrem großen Sieg im Gericht – einem Sieg, dem nur starke Bewunderung gezollt werden kann."

Sterner schmunzelte; Rosenthals Augen ruhten auf ihm, mit einem scharfen, durchdringenden Blick. Der Anwalt sammelte sich. Er schmunzelte ebenfalls, mit dem feinen, weisen Lächeln aus einer orientalischen Sage.

„Entschuldigen Sie bitte, Dr. Sterner, Sie liegen richtig. Ich habe meinen Triumph zu früh genossen. Ich dachte niemals, dass ich *Ihnen* erzählen muss, dass ich Sie nicht verdächtige, ein Mörder zu sein."

„Keine Ursache", unterbrach ihn Sterner. „Es ist letztlich gleichgültig. Die Meinung der Öffentlichkeit zählt, nicht die Ihrige."

„Na gut, lassen Sie uns ergänzen, ein dummer Mörder zu sein", meinte Rosenthal mit einigem Unmut. „Doch wie schon gesagt, ich verdächtige Sie nicht. Ein Anwalt muss einen einseitigen Blickwinkel einnehmen. Es war meine Aufgabe, Saarbrücken zu retten. Ich habe es geschafft. Möchten Sie sich nicht setzen?"

Sterner nickte und nahm seinen Sitz wieder ein.

„Ich will lediglich, dass Sie verstehen, Herr Rosenthal, dass diese Position untragbar ist. Sie haben einen formalen Sieg erzielt, aber in Wirklichkeit haben Sie verloren.

Ihr Mandant interessiert sich für nichts, außer einer endgültigen Lösung."

„Oh", unterbrach der Anwalt. „Ich habe seinen Kopf gerettet."

„Ganz recht", fuhr Sterner mit einem Lächeln fort. „Indes frage ich mich, ob der Preis, den Moritz Rosenthal & Co. für diesen Kopf bezahlt hat, nicht letztlich zu hoch war."

Der Anwalt tat so, als hätte er nicht verstanden.

Sterner sprach erneut.

„Herr Rosenthal", meinte er. „Sie sind ein vernünftiger Mann. Möchten Sie ein Geschäft machen?"

„Wenn Sie die Karten auf den Tisch legen – vielleicht!", lautete Rosenthals Antwort.

„Sehr gut", antwortete Sterner. „Ich bin nicht so geldgierig, wie Sie es der Öffentlichkeit in Ihrer eloquenten Rede mitteilten. Nicht gegenwärtig, jedenfalls nicht, seit ich älter geworden bin; trotz Ihrer seligen Beredsamkeit liegt mein Weg klar vor mir. Ich will nicht Ihre Zuversicht enttäuschen. Andererseits möchte ich diesem Schuft Saarbrücken keinesfalls mehr geben als absolut notwendig."

„Sie sollten nicht in einer solchen Sprache über meinen Mandanten reden", sagte der Anwalt milde. „Selbst wenn Sie ihn als Mörder betrachten."

Sterner schmunzelte.

„Gut, wir brauchen uns nicht über Worte zu streiten, wo wir sowieso privat sind. Sie können die Tatsache nicht ignorieren, dass die durch Ihre Redegewandtheit entstandene Situation den Fall extrem schwierig macht – aus der Sicht des bürgerlichen Rechts. Und selbst aus dem Blickwinkel des Strafrechts ist das sehr unbefriedigend für alle, außer für Saarbrücken und Sie als seinem Rechtsbeistand. Dagegen stellt es sich für Sie als Repräsentant von Moritz Rosenthal & Co. keinesfalls so angenehm dar. Ich möchte Ihnen meine Hilfe offerieren, um einen klareren Sachverhalt zu finden. Ja, ich biete an, morgen bei Gericht zu sprechen und eine neue Hypothese vorzuschlagen, die möglicherweise finale Gewissheit enthält – die sichere Wahrheit."

Der Advokat spitzte seine Ohren. Worauf in aller Welt wollte dieser Mann hinaus?

„Ich könnte mir denken, dass Ihnen ein weniger dramatisches, mehr langweiliges Vorgehen zusagt ", meinte Sterner in sehr freundlichem Tonfall. „Ein Vorgehen, das in Wirklichkeit naheliegend ist. Keine Frage, der Fall würde dadurch weit weniger interessant. Ihr Erfolg, und ich gestehe ein, es war ein Erfolg, wäre für den Moment nicht ganz so leuchtend, dafür würde die ganze Sache an Klarheit gewinnen. Sie haben (die These) etabliert, dass entweder Saarbrücken oder ich Lord Faringdon ermordet haben könnten; dazu sage ich nichts. Saarbrücken wird vermutlich freigesprochen und ich wahrscheinlich nicht verurteilt. Das bedeutet lediglich, dass der ganze Fall seit dem Tag, an dem sie den Körper des ermordeten Lords fanden, nicht vorangekommen ist. Und es muss eingeräumt werden, dass dies trotz brillanter Details ein eher mageres Ergebnis darstellt."

„Das geht mich nichts an", bemerkte der Anwalt leicht verärgert.

Sterner legte nach.

„Ich selbst habe eine andere Indizienkette verfolgt und vielleicht interessiert es Sie ein wenig; sicher nicht so sehr wie die Kette, die Sie gewählt haben, denn meine rückt Ihren Mandanten in ein eher ungünstiges Licht. Dennoch müssen Sie eingestehen, dass der Heiligenschein, mit dem Sie ihn umgeben haben, nicht aufrechterhalten werden kann. Lassen Sie ihn uns betrachten, wie er ist. Die Leute werden einem Menschen seiner Prägung bald auf die Schliche kommen. Sie sagten, Saarbrücken hatte an jenem verhängnisvollen Abend eine Verabredung mit einer Dame. Sie dachten, es wäre nett von ihm, sie nicht preiszugeben. Nichtsdestotrotz glaubten Sie, dass es notwendig sei, sich nach ihrem Namen zu erkundigen, nicht wahr?"

Rosenthal nickte.

„An diesem Punkt bin ich von Berufs wegen verpflichtet, zu schweigen."

„Es ist nicht notwendig für Sie, Ihr Berufsgeheimnis zu enthüllen. Denn ich glaube zu wissen, um welche Dame es sich handelt – kurz: Sie heißt Guilia Delphini."

Rosenthal zuckte zusammen, doch er sagte nichts.

„Da haben Sie's", bemerkte Sterner. „Darf ich Ihnen jetzt erzählen, was ich bislang verschwiegen habe, aus denselben Gründen, die ich vor Gericht erwähnt habe? Ich bin allerdings nicht so selbstgefällig (zu behaupten), dass meine Ansprache das gleiche Echo beim Publikum gefunden hat wie die Ihrige. An dem Abend, als ich von

Kronberg nach Homburg gefahren bin, hat mir Lord Faringdon anvertraut, eine Verabredung zu haben. Es war seine Absicht gewesen, Frau Saarbrücken zu sehen. Doch dieser konziliante Herr hatte sein Rendezvous vor der wichtigen Angelegenheit vereinbart, die ihn nach Falkenstein brachte. Er vertraute mir weiterhin an, dass sein Freund Saarbrücken nach ihrer Übereinkunft versprochen hatte, den Ehemann herauszuhalten – und das Treffen für ihn zu arrangieren. Das machte Lord Faringdon so wohlgesinnt gegenüber Saarbrücken. Bisher habe ich geglaubt, Saarbrücken hätte Lord Faringdon in eine Falle gelockt. Mittlerweile bin ich geneigt, die Möglichkeit einer anderen Hypothese in Betracht zu ziehen: nämlich dass Saarbrücken ganz gewiss Lord Faringdon in einen Hinterhalt geführt hat. Es ist jedoch der Ehemann der Frau, Signor Delphini, gewesen, der die Tat vollendet hat. Da wir es hier mit einem geschädigten Ehemann zu tun haben, können wir vielleicht von Totschlag statt Mord sprechen – das ist meine Indizienkette."

Während Sterner sprach, wurde der Anwalt unruhig. Er stand auf und ging den Raum nervös auf und ab. Dann hielt er plötzlich an.

„Sie können von mir als Anwalt der Verteidigung kaum verlangen, die Konsequenzen aus dieser total überflüssigen Hypothese zu akzeptieren."

Sterner zuckte mit seinen Schultern.

„Ich habe Sie nicht darum gebeten. Sie müssen nicht glauben, dass ich Sie in irgendeiner Weise beeinflussen möchte, was Ihre Position als Verteidiger betrifft. Ich kam zu Ihnen, um über die finanzielle Frage zu sprechen. Und ich halte Frau Saarbrückens Angebot nach wie vor aufrecht. Das (was ich soeben beschrieben habe) ist eine wahre Lösung des Mordfalles, die, wie ich fand, vor Ihnen ausgebreitet werden musste. Ich wollte Ihnen damit zeigen, wie zweckdienlich es wäre, wenn wir zu einem Einvernehmen gelangen. Wenn ich mich morgen vor Gericht erhebe, werden Sie diese Hypothese hören – begleitet von etwas Ungewöhnlichem wie einem eindeutigen Beweis. Ich war unlängst ebenfalls sehr geschäftig; und es ist keinesfalls gewiss, dass ich nicht auf die eine oder andere Weise eingegriffen hätte – selbst wenn ich nicht durch Ihre äußerst effektive Verteidigung dazu herausgefordert worden wäre."

Rosenthal war nervös.

Sterner lächelte.

„Ich würde sagen, dass Sie mit Ihrem Mandanten über dies sprechen sollten. Letztendlich weiß er am besten um die Richtigkeit des Ganzen. Und wie gesagt, ich stehe zu meinem Angebot. Und ich wünsche Ihnen herzliches Gelingen für Ihre Anstrengungen, die Sie zweifellos unternehmen werden, um das Vertrauen Ihres Klienten zu gewinnen."

Nachdem sich die beiden Männer getrennt hatten, dachte Rosenthal, dass Sterner als Sieger hervorgegangen war. Unverzüglich fuhr er ins Gefängnis. Hier verbrachte er, gegen die Regeln, einen Großteil der Nacht im Gespräch mit Saarbrücken.

## Neuntes Kapitel

Unmittelbar nach der Eröffnung der nächsten Sitzung im Gericht wurde Dr. Sterner aufgerufen. Er erhob sich, um unter hörbaren Anzeichen des Missfallens zu sprechen.

„Ich möchte nicht zu der Frage zurückkommen, ob ich richtig oder falsch gehandelt habe – als ich Dr. Braun die Tatsache nicht mitteilte, dass ich Lord Faringdon in der Mordnacht von Kronberg zum alten Stadttor in Homburg gefahren habe. Dr. Braun weiß, wie ausführlich ich über eine wichtige Frage diskutierte: zu ergründen, wo Lord Faringdon gewesen ist und wann er nach Haus kam. Ich tat dies mehr für mich als für ihn. Wenn im Verlauf dieses Austausches neue Punkte aufgetreten wären, die mich verpflichtet hätten zu reden, hätte ich es getan. Es sind keine solchen Punkte aufgetreten und so habe ich geschwiegen. Ansonsten hat die Frage, der ich mich nun zuwende, einen ziemlich großen Einfluss auf den Fall. Gleich am Anfang der Ermittlungen richtete sich die Aufmerksamkeit auf die Mieter des kleinen Häuschens, Signor Delphini und seine Frau. Sie waren abgereist, keiner wusste, wohin sie gefahren sind. Ich überprüfte ihre Bedienstete, Nathalia Stolzi, und hörte von ihr eine Aussage gegen den Beschuldigten. Diese Aussage stellte alle anderen Ausführungen dieser Zeugin in den Schatten. Ich hielt es für gerechtfertigt, diese Leute nicht zu verdächtigen; ich habe diesen Punkt nicht vernachlässigt, ich tätigte Anfragen über sie in ihrem Heimatort und die Antworten beseitigten jeglichen Verdacht, fühlte ich.

Dann bat ich meinen Kollegen, seine Aufmerksamkeit auf diese Sache zu richten; er hat meine Anfragen nicht verfolgt und ich kann ihn nicht dafür kritisieren. Selbst habe ich diese Ermittlungen im privaten Rahmen weitergeführt. Am Tag des Prozessbeginns kam ich aus Italien zurück – mit einer Information in dieser Angelegenheit, die ich vor Gericht darlegen möchte, bevor die Geschworenen über das Urteil beraten. Und diese Information will ich jetzt ausbreiten. Bevor ich das tue, möchte ich eine Anmerkung loswerden. Ich betonte die Tatsache, keinen Grund gesehen zu haben, Dr. Braun anzuvertrauen, dass ich Lord Faringdon zurück nach Homburg brachte. Weiterhin bestehe ich darauf, richtig gehandelt zu haben. Es mutet fremd an, wenn ich nun einen anderen verschwiegenen Fakt enthülle, der viel schwerwiegender als der erste erscheint."

Atemlose Stille lag über dem Gerichtssaal. Nichts war zu hören außer dem Kratzen von den Füllhaltern der Reporter auf dem Papier.

Sterner redete weiter.

„Lord Faringdon sprach mit mir über Fragen der Scheidung. Er erwies mir die ungebetene Ehre, mich zu informieren, dass er gezwungen sei, die Suche nach Frau Saarbrücken aufzugeben. Denn er hatte sich verabredet, eine Dame zu treffen, zu einer bestimmten Zeit, an einem bestimmten Ort. Er verriet mir nicht den Namen der Dame, den Zeitpunkt und Treffpunkt. Jedoch erzählte er mir, dass ihm Saarbrücken in dieser Sache, wie er es nannte, einen Freundschaftsdienst erwiesen hätte – indem er den Ehemann fernhielt und so das Treffen ermöglichte. Dabei bekam ich nicht den Eindruck, dass diese Verabredung einen allzu ernsthaften Charakter hatte – im Gegenteil. Ich verschwendete an diese Sache keinen Gedanken mehr, bis ich die Nachricht von Lord Faringdons Tod erhielt. Da wurde mir klar, dass Saarbrücken seinen Freund in eine Falle gelockt hatte. Und zunächst fiel es mir nicht ein, diese Falle mit irgendeiner existierenden Person zu verbinden, wie dieser Dame, die Lord Faringdon erwähnt hatte. Ich betrachtete sie als fiktive Person, erfunden von Saarbrücken für seinen verbrecherischen Zweck. So war meine Sichtweise zu Beginn des Falls – ich habe mehrfach versucht, Saarbrücken zu bewegen, den Hinterhalt zu gestehen. Meine letzte Befragung von ihm dürfte (in der Dokumentation) gewiss eine Frage zu diesem Punkt enthalten. Er weigerte sich hartnäckig, mir zu antworten. Dann änderte ich meine Meinung und vermutete, dass eine reale Person betroffen war. Und da fielen meine Gedanken natürlich auf das Ehepaar Delphini. Aus Gründen der Vorsicht erwähnte ich ihren Namen nicht. Zu diesem Zeitpunkt wollte ich ihn nicht an die Öffentlichkeit bringen. Ich trat zurück, ohne weiter ernsthaft die Aufmerksamkeit meines Kollegen auf die Mieter des Häuschens zu lenken. Die Frau des Angeklagten bat mich, nicht länger in den Fall involviert zu sein, und so gab ich ihn auf – keinesfalls um jemanden zu schonen, sondern weil niemand korrekterweise Richter seines eigenen Falles sein kann. Und die Gefühle, die diese Angelegenheit in mir hervorrief, hatten ihn zu *meinem eigenen Fall* gemacht. Der Mann, über den ich als untersuchender Richter zu urteilen hatte, stand zwischen mir und der Frau, die ich liebte. Als mir das klar wurde, zog ich mich aus der Sache zurück – trotz allem, was passiert war, oder wohl eher, weil das alles geschehen ist; ich liebe diese Frau. Ich darf behaupten, richtig gehandelt zu haben. Ich hatte meinem Nachfolger als Richter dies nicht vollständig erklärt; einem Menschen, den ich respektiere und verehre, der aber persönlich ein Fremder für mich ist; ich tat dies nicht, weil ich meinen Verdacht, Saarbrücken habe Lord Faringdon in eine Falle gelockt, nicht zum Ausdruck bringen wollte – so lange, bis es mehr als ein Verdacht sein würde, eine Gewissheit, belegt durch Tatsachen. Diese Zeit, meine Herren, ist nun gekommen; deshalb spreche ich es aus, als eine Seite in meinem eigenen Fall und nicht als Richter."

Ein Murmeln ging durch den Gerichtssaal; alle Augen richteten sich auf Sterner, wie er da stand, aufrecht und ruhig. Er hatte ihr Vertrauen zurückgewonnen; jeder war für *ihn*.

Er fuhr fort.

„Nachdem ich von dem Fall zurückgetreten bin, habe ich meine Zeit genutzt, um das Ehepaar Delphini aufzuspüren. Nach einigen Tagen bin ich erfolgreich gewesen; ich fand den Ehemann, stand ihm von Angesicht zu Angesicht gegenüber, allerdings in der Zelle eines Irrenhauses; sein Verstand hatte sich verdunkelt und wir sprachen nicht miteinander. Die Ärzte konnten mir keine direkte Auskunft geben. Und die Frage, ob irgendwelche Informationen zu erhalten sind, muss unser Außenministerium mit den italienischen Behörden regeln. Ich bezweifle es, ich benötige diese Information nicht. Alles, was ich mitbekommen habe, ist, dass die schöne junge Frau tot ist. Ihr Ehemann sah, wie sie in den Hochalpen von Graubünden in eine Gletscherspalte stürzte. Dort wurde sie mit zerschmettertem Gesicht gefunden. Wie ich sagte, brauche ich keine weiteren Informationen. Denn vor diesem Gericht steht ein Mensch – dieser Mann auf der Anklagebank – der antworten kann, Herr Vorsitzender, wenn Sie ihn fragen. War die Dame, mit der Saarbrücken eine Stunde in der Nacht zum 7. Juli verbrachte, Frau Giulia Delphini? War die Frau, die Lord Faringdon in dieser Nacht treffen wollte, Frau Giulia Delphini? Und war der Ehemann, den Saarbrücken fernhalten wollte, der inzwischen verrückte Signor Delphini, jener Mann, der Lord Faringdon mit seinen Händen umbrachte? Lassen Sie den Angeklagten diese Fragen beantworten!"

Die Augen aller richteten sich auf den Angeklagten. Saarbrücken war in den Sitz gesunken, blass wie eine Leiche und zitternd.

Rosenthal sprang auf.

„Darf ich mich an das Gericht wenden, Herr Vorsitzender?"

Er erhielt die Erlaubnis zu sprechen.

Rosenthal war jetzt nicht mehr länger der lächelnde Anwalt, der tags zuvor mit seinen Worten gespielt und den Beifall der Massen eingeheimst hatte.

Er gab nun den ernsthaften Mann, der wusste, was auf dem Spiel stand; einen Mann, der die Auflösung kannte; einen Mann, der jedes Wort gewichtet hatte, das er sprechen würde, dem es nicht um das Einfangen von Applaus ging – sondern nur darum, seine Pflicht zu tun, das Leben eines Mannes zu retten.

„Meine Herren Geschworenen", begann er. „Ich verbeuge mich vor dem letzten verehrten Redner. Dr. Sterner ist nicht nur eine Zierde der juristischen Profession und für den Stand der Richter, zu denen er gehört; er ist eine Zierde unserer deutschen Gesellschaft, ein Ritter ohne Furcht und Tadel. Er hat nicht gesprochen, ohne mich vorher zu warnen. Wissend, dass hier das Schicksal eines menschlichen Wesens auf dem Spiel steht, gab er mir die Gelegenheit, diese Fragen dem Angeklagten zu stellen; jene Fragen, die er gerade dem Präsidenten gestellt hat. Ich habe ihn gefragt und ich erhielt eine Antwort. Der Mann, der Lord Faringdon ermordete, war – Signor Delphini."

Erneut machte sich eine Sensation im Gerichtssaal breit. Und die Hände schwenkten wütend zu dem Angeklagten, der weiter auf seiner Bank saß, im Zustand eines Schwächeanfalls.

Rosenthal erhob seine Hand mit missbilligender Geste.

„Richten Sie nicht, urteilen Sie nicht, bis die Jury gesprochen hat. Die deutschen Gesetze geben dem Angeklagten das volle Recht, frei mit seinem Verteidiger zu sprechen. Und sein Rechtsbeistand ist nicht ermächtigt, seine Worte zu wiederholen. Was mir Helmut Saarbrücken über jene Nacht erzählt hat, wird nicht über meine Lippen gehen. Frau Giulia Delphini ist tot, ihre Reputation muss makellos bleiben. Denn nichts wurde bekannt, das irgendjemandem ein Recht gibt, sie jeglicher Handlungen zu beschuldigen, die ihren Namen belasten würden. Höhere Mächte haben ihren Ehemann aus der Reihe menschlicher Wesen entfernt. Wir müssen Mitleid aufbringen – über das grausame Schicksal, das ihn ereilt hat. Aber Helmuth Saarbrücken steht hier als Angeklagter und die Beschuldigungen gegen ihn sind stärker als je zuvor. Ich fühle es durch die Atmosphäre und ich kann es in den Gesichtern lesen, die sich nun gegen ihn gewandt haben."

(Er wiederholte.)

„Richten Sie nicht! Helmuth Saarbrücken teilte mir mit, dass er Lord Faringdon nicht in eine Falle gelockt habe; dass er bis zum nächsten Tag nichts gehört hätte von dem, was passiert sei; und dass er, als er die Zeugin Stolzi im Park traf, darauf wartete, das zu verhindern, was kurz zuvor geschehen sein muss."

Ein lautes Gefauche folgte auf die Worte des Anwalts. Der Vorsitzende schritt ein, doch das Geschrei nahm zu. Erst als er damit drohte, die Versammlung aufzulösen, verrauchte die Aufregung.

Rosenthal machte weiter, in einem festen, respekteinflößenden Ton.

„Es gehört zu den Maximen des deutschen Rechts, dass niemand allein aufgrund von wackligen Vermutungen verurteilt werden darf. Nichts, was ich gerade gesagt habe, kann in dem Fall widerlegt werden. Ohne einen Schimmer an Beweisen haben wir an diesem Punkt kein Recht, an den Worten eines Menschen zu zweifeln. Doch selbst andersherum, wenn Sie, meine Herren Geschworenen, überzeugt wären, dass Saarbrücken wirklich Delphini von dem Treffen seines Freundes mit dessen Frau erzählt hätte – dann wäre Saarbrücken gewiss eines beschämenden Verrats an dem Mann schuldig, den er als seinen Freund bezeichnete. Doch die Frage, die Sie beantworten müssen, ist folgende: Ist Helmuth Saarbrücken schuldig des Mordes an Lord Faringdon? Und diese Frage kann nur mit *Nein* beantwortet werden. Ob es sein Ziel war, den Tod über Lord Faringdon zu bringen? Oder ob er die Verabredung dem eifersüchtigen Ehemann verraten hat, damit Letztgenannter seine Waffe gegen den Mann zieht, den er beseitigt sehen möchte? Das sind ganz unterschiedliche Fragen als die Fragestellung, die Ihnen vorliegt. Auf der Basis der eingeholten Informationen können diese Fragen nicht in diesem Prozess geurteilt werden. Es kann nicht mehr entschieden werden, ob Dr. Sterner tatsächlich recht hat; Signor Delphini ist inzwischen unfähig, seine Handlungen zu erklären und noch weniger seine Motive und den Einfluss anderer auf ihn; und seine Frau ist tot. Es wäre möglich, einen neuen Prozess gegenüber Helmuth Saarbrücken zu eröffnen, auf einer neuen Beweisgrundlage. Allerdings bezweifle ich äußerst stark, dass dies geschehen wird. Eine Sache weiß ich: Wenn Sie gleich über die Frage entscheiden, meine Herren, muss Ihre Antwort ‚Nicht schuldig' lauten."

Rosenthal setzte sich wieder und erneut ging es sehr laut im Gerichtssaal zu. Erst als der Vorsitzende den Staatsanwalt zu seinem Schlusswort aufrief, wurde es ruhiger.

Dr. Hagemeister erhob sich langsam und feierlich. Er war sauer auf Sterner, dass der Rosenthals Aufgabe so einfach gemacht hatte – und für ihn selbst sich dadurch Schwierigkeiten aufhäuften. Mit wenigen Worten verlangte er, dass die Frage für die Jury geändert werden sollte. Ebenso beanspruchte er, die Frage der Vollständigkeit der Beweise neu aufzugreifen. Es erschien offensichtlich: Der Fall wurde mittlerweile zu einer Domäne juristischer Spitzfindigkeiten; seine tiefen menschlichen Hintergründe waren allen klar.

Rosenthal forderte, den Fall ohne Änderungen fortzusetzen, und der Vorsitzende rief den Angeklagten auf.

„Helmuth Saarbrücken, möchten Sie irgendetwas hinzufügen zu dem, was Ihr Rechtsbeistand vorgetragen hat?"

Saarbrücken beantwortete die Frage mit einem einfachen Nein.

Das Gericht begann, die aufgekommenen Fragen zu diskutieren. Es kam zum Ergebnis, dass die frischen Fakten in sich keine ausreichenden Indizien enthielten, die einen weiteren Beweis der Schuld des Angeklagten lieferten; und dass aufgrund der Dinge, die dem Gericht vorgelegt wurden, die Verantwortlichen nicht berechtigt seien, die Entscheidung der Geschworenen zu verschieben – besonders, weil die neuen Punkte in bestimmter

Weise ungewisser Art waren. Zudem eröffneten sie keine Möglichkeit, die Frage in andere Worte zu fassen, als sie der Jury vorlag.

Nach dieser Regelung wandte sich der Vorsitzende in einer kurzen Rede an die Geschworenen. Er bestätigte, dass die von der Staatsanwaltschaft vorgelegte Indizienkette unvollständig sei. Und er erinnerte sie an eines: Selbst unter der Annahme, eine vollständige Beweiskette zu haben, könnte jeder die Tat begangen haben – selbst der Richter, der den Fall in seiner Hand gehabt hatte, und er vielleicht sogar mehr als andere. Dass erneut Verdacht auf den Angeklagten gefallen sei, lag nicht an den frisch hervorgebrachten Indizien – denn im engeren Sinne des Begriffes war kein Beweis erbracht worden – sondern am Umstand, dass vermutet werden könnte, dass ein anderer die Tat begangen hätte – unter der Bedingung, dass der Angeklagte bereit war, den Verdacht auf sich zu ziehen, dass er den Mord gewollt hätte und nichts getan habe, ihn zu verhindern.

„Meine Herren der Jury", fügte er hinzu. „Die große, entscheidende Fragestellung lautet daher: Fällt das, was jetzt angeführt wurde, unter die Frage, die Sie zu beantworten haben? In anderen Worten: Ist dieser neu aufgetauchte Punkt in dem Fall – der Verdacht, der Angeklagte habe den ermordeten Mann in eine Falle gelockt und der Mord sei von einem Dritten ausgeübt worden – von solcher Beschaffenheit, dass er im Falle der Erhärtung einen Schuldspruch rechtfertigt? Lassen Sie mich sogleich sagen, dass dies offensichtlich *nicht* unter die Frage fällt, die Ihnen vorliegt. Was Sie bei Ihrer Ehre und vor Ihrem Gewissen zu entscheiden haben, ist, ob Sie vermuten, dass Helmuth Saarbrücken den fatalen Hieb gegenüber Lord Faringdon ausgeführt hat. Sind die Beweismittel für eine Strafverfolgung ausreichend, können Sie ihn auf dieser Basis verurteilen. Wenn Sie aber für Ihr Urteil auf das neue, heute vorgebrachte Material zurückgreifen wollen – dann könnten Sie bestenfalls vermuten, dass der Angeklagte den Tod von Lord Faringdon wünschte und eine Methode fand, dies ohne eigene direkte Handlung auszuführen. Das ist allerdings nicht genug, um in der vor Ihnen liegenden Frage zu entscheiden, die nur so verstanden werden kann: *Hat Saarbrücken wirklich Lord Faringdon ermordet?"*

(Die Antwort gab er gleich hinterher.)

„Und das kann niemand von Ihnen in solch einem Fall glauben. Diese Tat umgibt der Schleier der Dunkelheit. Der Prozessverlauf vor Gericht hat keinerlei Licht darauf geworfen. Andererseits besteht die Gewissheit, dass wahrscheinlich niemals alles vollständig ans Licht kommen wird. Es gibt nichts, was die Einberufung eines neuen Verfahrens verhindert. Doch die Frage, die wir zu entscheiden haben, muss unabhängig davon beantwortet werden, was sich in einem neuen Fall ergeben könnte. Meine Herren, Sie dürfen sich nicht vom Antlitz der Schurkerei blenden lassen, die einen Menschen zu umgeben scheint – einen Menschen, der den unkontrollierbaren Zorn eines betrogenen Ehemanns als Mittel einsetzt, um seinen Zweck zu erreichen und einen anderen Mann aus dem Weg zu schaffen. Erstens ist es nicht bewiesen. Und zweitens stimmt diese Frage nicht mit der überein, die Ihnen gestellt wurde. Es hängt vom Angeklagten ab, ob er in diesem Stadium der Verhandlung wünscht, den Beweis nachzuliefern. Er möchte es nicht. Nun obliegt es Ihnen, zu sprechen, nachdem Sie diese gebührende Bemerkung mit meinen Worten gehört haben."

Während der Vorsitzende redete, fühlte jeder, dass der Angeklagte beinahe freigesprochen war. Obwohl die Empörung gegenüber Saarbrücken im Publikum groß schien, wagte es niemand der Anwesenden, ihn für schuldig zu betrachten, Lord Faringdon ermordet zu haben – nach alldem, was im Verlauf des Prozesses herausgekommen war.

Und deshalb geschah es, dass dieser Prozess, dem mit so viel Spannung entgegengesehen worden war, zu einem undramatischen Ende kam; ohne die traditionelle Stille der Erwartung; ohne den feierlichen Schrecken von Urteil und Strafe. Stattdessen gab es ein ruhiges, fast selbstverständliches *Nicht schuldig* der Jury zu der Frage, ob Saarbrücken den Mord an Lord Faringdon begangen hatte.

## Zehntes Kapitel

An einem alten fränkischen Erkerfenster im Vorraum des Gerichts stand Isidor Rosenthal, intensiv im Gespräch mit Dr. Sterner.

Sterner hatte dem Anwalt gratuliert, denn das Ergebnis bedeutete, dass er den Prozess gewonnen hatte. Rosenthal lächelte bei seiner Antwort.

„Gestern war der Triumph größer als heute. Sie haben die Last von mir genommen, als Sie aufgestanden sind und Ihr Schlusswort hielten."

„Das tut nichts zur Sache", sagte Sterner. „Sie haben Saarbrückens Hals gerettet. Hätte meine Information für sich allein gestanden – ohne Ihre vernichtende Kritik an den Indizienbeweisen – wäre der Mann verurteilt worden. Meiner Meinung nach zeigt es nur, dass Geschworenengerichte eine Erfindung des Teufels sind. Kein geschulter Jurist würde in Erwägung ziehen, einen Menschen kraft der Beweise zu verurteilen, die gegen Saarbrücken vorgebracht wurden. Es ist eine völlig andere Sache, dass ich nach wie vor überzeugt bin, dass der Mann der Durchtriebenheit schuldig ist – ja, einer Handlung, die noch niederträchtiger ist, als wenn er selbst den Dolch benutzt hätte."

Rosenthal schüttelte seinen Kopf.

„Ich glaube, Sie tun ihm unrecht. Wie Sie sehr richtig bemerkt haben, hätte ihn kein Jurist verurteilt. Und ich glaube kaum, dass irgendeine Jury es getan hätte, jedenfalls keine deutsche oder englische; wir wissen nicht, was die Franzosen oder Italiener getan hätten. Wahrscheinlich hätten sie Saarbrücken verurteilt und Delphini freigesprochen. Allerdings bin ich mir nicht gänzlich sicher, dass Saarbrücken wirklich Lord Faringdons Tod wollte. Wie Sie wissen, war ich mit ihm letzte Nacht zusammen.

Und ich sage Ihnen, ich habe ihn nicht mit Samthandschuhen angefasst. Es stimmt, er hat die Verabredung arrangiert. Und es ist ebenfalls wahr, dass er Lord Faringdon in einen Schlamassel bringen wollte. Das war ein einfacher Trick und lässt sich durch nichts entschuldigen. Er wollte die Sache für sich nutzen, um Faringdon für sich zu gewinnen und – in seinem Sinne – Einfluss auf das Scheidungsverfahren zu nehmen. Indes versicherte er mir, was ich angesichts seiner ganzen Haltung wohl glauben muss, dass er sich niemals einen Moment vorstellen konnte, dass der vermaledeite Italiener zum Blutvergießen neigen würde. Saarbrücken beteuerte, den Italiener während des Konzerts verlassen zu haben, wo er mit ihm gesprochen hatte. Danach bewegte er sich nach oben auf sein Zimmer; er wurde unruhig und marschierte nach draußen, denn er erwartete nämlich Lord Faringdon nach seiner kleinen Überraschung. Als der nicht kam, ging Saarbrücken zu den Delphinis. Der Italiener öffnete selbst die Tür, beschimpfte ihn fürs Kommen und stiftete Unruhe ohne Grund. Dann, als Lord Faringdon ermordet aufgefunden wurde, schwieg Saarbrücken über die ganze Geschichte, die ihm nicht zur Ehre gereicht hätte. Er ertrug seine Gefangenschaft wie ein guter Junge, bis ich kam und ihn wachrüttelte. Ich neige dazu, seine Geschichte zu glauben."

Nun schüttelte Sterner seinen Kopf.

„Ich kann mich geirrt haben, als ich behauptete, es ist mein Fall. Vielleicht liege ich falsch, aber glauben Sie, dass Saarbrücken zum Schafott gegangen wäre, ohne etwas zu sagen, wenn sie ihn verurteilt hätten?"

Der Anwalt grinste mit einem richtig strahlenden Lächeln.

„Nein, Dr. Sterner, das glaube ich nicht. Denn ich habe ihm letzte Nacht eines klargemacht: Wenn er nicht die Wahrheit sagt, wird sein Kopf im Gefängnishof fallen."

„Das muss nicht bedeuten, dass er unschuldig ist; auch wenn die Tatsachen so waren, wie sie Saarbrücken beschrieben hat und Sie ihm jedenfalls zu glauben scheinen; auch wenn der Mann, der in diesem Fall (nach dem Urteilsspruch) nicht schuldig ist, und als Einziger neben dem Mörder weiß, was passiert ist, geschwiegen hat; auch wenn er seine lange Gefangenschaft ertragen hat, einschließlich der zum Greifen nahen Aussicht, zum Tode verurteilt zu werden; all das, weil es ziemlich schlecht aussehen würde, dass er, als Lord Faringdons Freund, eine Liebesaffäre dem betrogenen Ehemann verraten hatte; eine Liebesaffäre, die dazu noch harmlos gewesen ist. Nein, Sie werden es nicht schaffen, mich davon zu überzeugen. Und lassen Sie mich hinzufügen, Sie glauben es selbst auch nicht. Saarbrücken lügt, Sie haben seinen Hals gerettet. Und was die Frage des Erbes angeht, hält Frau Saarbrücken an Ihrem Angebot fest. Doch Sie müssen zugestehen: Nach alldem, was passiert ist, kann von ihr sicher nicht erwartet werden, dass sie den Namen ihres Mannes noch allzu lange trägt."

Rosenthal biss auf seine Unterlippe.

„Werden Sie den Fall weiterverfolgen?"

„Nein", entgegnete Sterner. „Er kann nicht weiterverfolgt und aufgeklärt werden. Moralisch gesprochen ist Saarbrücken ein toter Mann, juristisch kann er nicht verurteilt werden. Und ich nehme Abschied von Ihnen mit der Vermutung, dass Sie, mein begabter Opponent – wenn Sie ehrlich mit sich selbst sind – nicht mehr als ich an Ihren unwürdigen Klienten glauben können. Was das Erbe angeht, haben wir bereits übereingestimmt."

Sterner streckte seine Hand dem Anwalt entgegen.

„Ich stehe Ihnen zu Diensten", sagte Rosenthal, während er Sterners Hand nahm. „Das profitabelste Ergebnis, das mir dieser Prozess gebracht hat, ist meine engere Bekanntschaft mit Ihnen."

Sterner lachte.

„Ich könnte versucht sein, etwas ähnlich Höfliches zu antworten, aber …"

Der Anwalt unterbrach.

„Das möchte ich gar nicht. Ihr Gewinn liegt darin, *Ihren eigenen Prozess gewonnen zu haben.*"

## NACHWORT
## (Ein Jahr später)

Sir Longland Hearne hatte ein Landhaus auf der Isle of Wight mit Blick auf die Meerenge von Cowes und die grünen Wälder nahe des Meeresarms von Southampton. Der Garten reichte bis hinunter an das Wasser. Und in geringer Entfernung von der Küste lag die Jacht *Alerte,* die an einem schönen Sommertag unter ihrer stolzen Takelage schaukelte wie ein Schwan.

Unter der Veranda des Hauses stand der Besitzer der *Alerte,* Dr. Fritz Sterner, mit seiner jungen, frisch vermählten Frau. Beide befanden sich auf ihrer Hochzeitsreise und besuchten den Besitzer des Hauses.

Sterner war gebräunt durch die Seeluft und Lizzies Augen glänzten vor Glück.

Sie waren nun in den (gemeinsamen) Hafen eingelaufen.

Was bleibt sonst noch zu erzählen? Ein Jahr war vergangen seit den Sitzungen des Schwurgerichts in Frankfurt am Main. Die italienische Regierung hatte sich geweigert, den Bankier Delphini auszuliefern, mit der außerordentlichen Begründung, dass er sich in der Irrenanstalt hinter Schloss und Riegel befand. Dorthin war er unmittelbar nach einem Besuch in der Schweiz eingeliefert worden. Während der Reise widerfuhr ihm das Unglück, seine junge Frau zu verlieren, die einen steilen Abhang in den Graubündner Alpen hinunterstürzte. Die deutschen und italienischen Zeitungen hatten viel über den Fall zu berichten. Als direkter Effekt ergab sich die Liquidation der Firma Fürste & Wienecker. Ihr Chef, Helmuth Saarbrücken, war bereits nach Südamerika abgereist, nachdem er die Scheidung von seiner Frau vollzogen hatte.

Indirekt brachte der Fall für Dr. Fritz Sterner einen beruflichen Aufstieg und dauerhafte Zufriedenheit.

Für Isidor Rosenthal war die Sache mit privater Genugtuung und großem öffentlichen Ansehen verbunden. Nur für den achten Baron Faringdon und seine Familie ergaben sich schmerzhafte Auswirkungen. Und Herr Wells tröstete sich derweil auf andere Weise.

Sir Longland sprach in seiner ruhigen und ernsthaften Art zu seinen Gästen aus den aufregenden Tagen in Homburg vor der Höhe. Indes schwieg Lizzie Sterner, während sie verliebt ihren Ehemann betrachtete.

Sterner ergriff wiederum die Gelegenheit, die Sache verallgemeinert zusammenzufassen. Dies wurde bei ihm mittlerweile zur Gepflogenheit, seit er kaum noch auf Widerstand stieß.

„Ich hatte eine Lehrstunde, Sir Longland“, sagte er. „Niemals einem Hinweis nachzugehen und dabei andere auszuschließen; niemals von einer Aufgabe abzulassen, die einmal begonnen wurde; und ergänzend, ich habe eine tiefgreifende Verachtung für Indizienbeweise. Sofern es mir meine Frau zeitlich erlaubt, beabsichtige ich schon seit Längerem, eine Arbeit über die absolute Unzuverlässigkeit von Indizienbeweisen und die Abschaffung von Geschworenen zu veröffentlichen.“

Sir Longland schmunzelte.

„So wünschen Sie, eine Art juristischen Absolutismus einzuführen."

„Vielleicht", meinte Sterner. „Ich sollte es vorziehen, alle Strafgerichte zu beseitigen, aber ich vermute, das wäre gegenwärtig unpraktikabel. Ich würde vorschlagen, dass nur die klügsten, erfahrensten und in jeder Hinsicht ausgezeichneten Rechtsanwälte zu Richtern ernannt werden sollten; nachdem sie in ihrem langen und ehrenvollen Leben bewiesen haben, dass sie frei von Dummheit sind und unfähig, eine Frau zu lieben – nicht einmal die eigene Ehefrau."

„Gut, das bedeutet, dass du zurücktreten wirst, richtig?", fragte Lizzie mit einem Lächeln.

„Das läuft darauf hinaus", entgegnete Sterner.

Ebenfalls erhältlich ist der erste Bad Homburg Krimi von Peter Borstel: **Hessisch Roulette** – im Buchhandel oder unter www.taunus-krimi.de

*„Ein Muss für Homburger, die gern Krimis lesen. Wer sich hier auskennt, wird es mögen, mit Nik Herzberg durch die Straßen zu ziehen, vorbei an Homburger Historie und typischen Themen der Kurstadt."* ***(Taunus Zeitung)***

Und auch der zweite Bad Homburg Krimi von Peter Borstel – **Saalburg-Komplott** – wurde zum lokalen Bestseller. Ihn gibt es ebenso im Handel oder unter www.taunus-krimi.de

*„Räuberpistole und allerlei Skurriles mischen sich zu einer wohlfeilen Melange, die in der Kurstadt viele Fans gefunden hat.“* ***(Frankfurter Rundschau)***